www.tredition.de

Kevin-Hendrick Schmittlein

Wechselspieler

© 2017 Frank Mahnke

Umschlag, Illustration: Eckhard Kaltenhäuser
Frank Mahnke

Verlag: tradition GmbH, Hamburg

ISBN
978-3-7439-5200-3   (Paperback)
978-3-7439-5295-9   (Hardcover)
978-3-7439-5202-7   (e-Book)

Printed in Germany

Inhalt

Leute sagen, ich würde immer ein Wechselspieler bleiben.

Zwar anwesend, aber nicht zu gebrauchen.

Austauschbar, auswechselbar, Wechselspieler!

Denen zeige ich es noch!

Ein Talent hat nämlich jeder.

Vorneweg

Kevin-Hendrick-Projekt.jimdo.com

Alter, weißte eigentlich, dass ein Transfermarkt gar kein richtiger Markt ist? Da musste erst mal drauf kommen!

Kennste mich eigentlich schon? Mein Name ist Kevin-Hendrick. Bin ein großes Fußballtalent und habe ganz viel Ahnung vom Fußball.

Ich bin schon 19 Jahre alt. Das weiß ich genau, denn ich lernte es mühselig auswendig. Leider ändert sich das aber jedes Jahr. Immer genau dann, wenn ich es perfekt drauf habe.

Aldar, Ich wohne zu Hause in Heimberg. Das ist so ein kleines Dorf mit Dorfladen, einem Vereinsheim, der Kirche und einem Schützenhaus. Häuser und Straßen haben wir, aber keinen Bahnhof. Das macht auch keinen Sinn, da in Heimberg keine Schienen liegen. Busse fahren aber auf der Straße lang. Damit kommt man gut in die ganz große Stadt Blankenhausen.

Mit Mutta und Vatta wohne ich in einem Haus mit Garten. Vatta hat da noch ein Haus, in dem das Auto immer drinne steht. Meine kleine Schwester Sarah-Herta wohnt auch noch bei uns. Die hat ihr eigenes Zimmer. Das ist wie meine Bude oben im Haus.

Vatta baute eine Treppe ins Haus ein. Die ist sehr praktisch! So kommt man ganz bequem nach oben und auch wieder runter. Vatta macht ganz viel im Haus. Nur Mutta meckert deshalb öfter. Zuletzt, weil die Treppe etwas wackelt und quietscht. In meiner Bude steht ein wichtiger Fernseher. Da gucke ich Fußball und Dokumentarfilme. „Hänsel und Gretel" schaue ich gern zum Beispiel. Ich muss mich schließlich regelmäßig weiterbilden.

Einen Stall wo früher mal Schweine eine ordentliche Sauerei gemacht hatten, haben wir auch. Da ist ganz viel Zeugs drinne. Zeugs, das man braucht und Zeugs, das man nicht mehr braucht. Das ist aber relativ. Zeugs, das Mutta und Vatta nicht mehr brauchen, kann ich oft noch sehr gut gebrauchen. Wie zum Beispiel den Schutzanzug aus dem Ersten Weltkrieg. Den brauche ich. Wegen der Wellen von den Radios, wenn die aktiv sind. Da bin ich schlau.

Meine Oma Herta wohnt auch in unserem Dorf. Ich gehe gerne zu ihr. Weil sie richtig gut kochen kann, aber auch, weil ich immer mal fünf Euromarks von ihr geschenkt bekomme. Weihnachten war an der Fünf sogar noch eine Null dran. Das kam gut. Ich spare nämlich fleißig.

Dumm bin ich ganz sicher nicht. In der Schule war ich nur etwas schneller ausgelernt als Andere. Lesen und Schreiben waren nicht so mein Ding. Das hatte ich schnell abgewählt. Brauchte ich nicht. Für Deutsch habe ich den Hans-Rudolf. Der kann das.

Mathe macht meine kleine Schwester Sarah-Herta für mich. Zu Mathe hatte sie schon immer einen guten Draht. Alles habe ich gut organisiert. So brauche ich mich nicht mit Nebensächlichkeiten beschäftigen.

Man muss eben wissen, worauf es ankommt. Lieber wandte ich mich praktischen Dingen zu. Was nutzt Kopfarbeit, wenn man am Ende nur gelangweilt rumsitzen würde. In einem Büro zum Beispiel. Schlau im Kopf, aber nichts zu tun.

Lebenspraktisch! Das bin ich. Genau! Mein Leben findet in der Praxis statt.

Talente habe ich jede Menge. Viele Ideen springen in meinem Kopf umher und wollen nur frei gelassen werden. Jeden Tag lerne ich Dinge, die ich im Leben so brauchen werde. Warum Zeit für die Schule verschwenden?

Ich bin in der Ausbildung zum Star-Maler bei Farben-Paule. Man muss ja schließlich was ordentliches gelernt haben. Vatta sagte mir immer: „Mache ein ordentliche Ausbildung! Nicht, dass du plötzlich ohne etwas da stehst! Handwerk hat goldenen Boden!" Da hatte er Recht.

Solltest du schön, reich oder Fußballer sein, kannste mich bald als Star-Maler buchen. Wahrscheinlich gibt es jetzt schon Wartezeiten. Wenn du in etwa zehn Jahren deine Bude malern willst, müssteste mir mal so langsam Bescheid sagen. Nicht, dass du mal irgendwann enttäuscht bist und deine Bude wie Hulle aussieht, nur weil ich nicht eher zu dir kommen konnte.

Ich muss aber erst noch meine Ausbildung beenden. Logisch! Einen Kalender habe ich bereits angelegt. Da kommen alle Termine hinein. Ein paar Zeiten wären gerade noch frei. Na gut, eigentlich sind alle Termine noch frei. Aber die ganzen Wochentage malte ich bereits in das Buch rein. Nur Samstag und Sonntag nicht. Da werde ich Profi sein. In der Bundesliga.

Natürlich bin ich Fußballer. Das ist mein größtes Talent. Noch spiele ich in der 2. Kreisklasse bei Germania Dereberg. Ich bin Kapitän meiner Mannschaft und sitze meistens auf der Bank. Manche Leute meinten, ich wäre einfach nur ein popeliger Wechselspieler.

Ich würde immer nur dann zum Zuge kommen, wenn kein Anderer mehr da wäre. Im Leben würde ich auch immer nur ein Wechselspieler bleiben. Zwar anwesend, aber zu nichts zu gebrauchen. Austauschbar, auswechselbar, Wechselspieler.

Dem Letzten, der das sagte, haute ich mal so ganz kräftig aufs Maul! Was diese Leute manchmal erzählen?! Alter, die Wahrheit ist doch, ich bin zu gut für die Anderen. Ich, der Kapitän, der Antreiber! Und das nicht nur im Fußball. Im Leben insgesamt! Meinen Leuten sage ich, wo es lang geht. Manchmal muss ich eben deutlich werden. Dann gibt es auch mal aufs Maul. Die Richtung ist doch wohl jetzt klar, oder?

Meine Rückennummer ist die „10“. Diese Nummer ist ganz wichtig. Genau so viele Finger habe ich an den Händen. Das hatte ich mir einmal gemerkt. Leider ist die „1" abgegangen. Der Trainer meinte, es würde zu mir passen. Der ist schlau!

Sehr bald wird mich der Uli von den Bayern anrufen. Dann werde ich Profifußballer. Auch der Bundes-Jogi wartet schon auf mich. Bis dahin reife ich noch ein wenig in der Kreisklasse.

Nach Fußball mache ich Manager. Das ist nicht so schwer, denn andere Fußballer schafften das auch. Manager bin ich eigentlich schon jetzt. Meine großartigen Ideen erzeugen immer wieder Bewunderung und Freude. Jeden Tag lerne ich etwas Neues dazu. Dinge, die ich vorher nicht wusste.

Falls du dieses Buch lesen kannst und gut aufpasst, biste hinterher viel schlauer, als vorher. Bei mir kannste immer etwas lernen. Aber nicht lesen und nebenbei andere Sachen denken. Dann verlierste den Faden und du kommst einfach nicht mehr hinterher. Immer schön konzentriert bleiben!

Der Hans-Rudolf schrieb alles auf, was ich ihm diktierte und nun hier im Buch rumsteht.. Da war er sehr fleißig. Musste er auch! Ein bisschen Druck musste ich natürlich ausüben. Ohne Druck bewegt sich niemand mehr, als er muss!

Dumm sein allein reicht nicht, man muss auch schlau sein!

Alter, alles wird geiler!

Es geht steil!

Rückrunde

Silvestergedanken

Aldar, ich denke noch ganz oft an die Silvesterparty mit meinen Freunden von der Germania Dereberg! Die war geil! Mein Feuerwerk gefiel allen sehr gut. Ich liebe Feuerwerk! Das hatte nämlich etwas mit meiner Entstehung zu tun. Als ich entstand, hatte es auch geknallt. Genau in dem Augenblick, als ich gemacht wurde, war Mitternacht. Es muss ein riesengroßer Rums gewesen sein. Die ganze Welt feierte mich in diesem Augenblick!

Silvester feierten wir im Vereinsheim von der Germania. Da feiern wir sehr gern. Es trafen sich bei unserer Party alle Spieler, außer denen, die eine Frau zu Hause auf der Couch sitzen hatten, oder in der Küche. Unter Männern feiert es sich immer am Besten! Bier trinken und dummes Zeugs erzählen, ohne dass die Frau oder die Olle meckert. Dann ist es am Schönsten. Sollte man einschlafen, bleibt man einfach liegen, bis man morgens aufgeräumt wird. Egal!

Silvester ist jedes Jahr am Jahresende. Musste dir mal merken, falls dich jemand fragt. Wir hatten viel Spaß bei der Party. Sogar der Chef von Dereberg war da und brachte Sekt mit. Er wollte mit uns aufs neue Jahr anstoßen. Jeder wünschte sich viele gute Sachen für das kommende Jahr. Ganz viel Nettes. Man hat schließlich Wünsche und Vorsätze. Wichtige Dinge, die man im kommenden Jahr erreichen will. Da wünscht man sich oft mehr von dem Einen oder weniger von dem Anderen. Das Meiste hat man aber wieder vergessen, wenn man nüchtern wurde gegen Mittag.

Der Chef, dem das Dorf gehörte, wusste natürlich, was er an seinen Leuten von der Germania Dereberg hatte. Wir sind schon eine tolle Truppe. Immerhin organisierten wir im Sommer eine tolle Dorfparty, als wir das Pokalspiel gegen Fortuna Bernberge hatten. Das war sicher das Größte, was Dereberg je erlebt hatte.

Unsere Pokalparty hatte das Ansehen vom Chef in Dereberg gestärkt. Ihm war das Ganze sehr wichtig. Er hatte nämlich einen wichtigen Vorsatz fürs neue Jahr. Er wollte wieder Dorfchef werden. Vom ganzen Dorf. So ein Präsident wird nämlich von den Leuten, die bei ihm wohnen dürfen, gewählt. Dafür brauchte er viel Bürgernähe. Sogar Fußballer waren manchmal auch Bürger.

Weißte, wir von Germania Dereberg spielen in der 2. Kreisklasse Fußball. Irgendwann steigen wir aber auf. Dazu müssen wir nur erster werden. Aber Pokalsieger können wir auch so werden. Absteigen können wir übrigens nicht. Erstens, weil wir sowieso die Besten sind und unter unserer Staffel gibt es keine Tabelle mehr. Das wissen alle, nur der Chef vom Dorf nicht. Aber solange er unseren Verein unterstützt, muss er nicht alles wissen.

Der Dorfpräsident muss irgendwas mit Bauen oder Mauern zu tun haben. Vatta meinte nämlich, der könne sehr gut auf den Putz hauen. Naja, ein Talent hat irgendwie jeder! Oder? Man muss nur suchen.

Von der ganzen Knallerei an Silvester war mir plötzlich so ganz komisch geworden. Ein ganz komisches Gefühl war das. Eigentlich war ich doch so ein knallharter Typ. Hart gegen mich und auch andere. Da gab's auch mal aufs Maul, wenn es der Gerechtigkeit dienen würde.

Aber ich musste in dieser Nacht an so viele Sachen denken. Wie ein Weichei kam ich mir plötzlich vor. Es spukten viele Fragen im Kopf drinne rum. Mein Grinsen wich aus dem Gesicht, ich hörte mein Herz klopfen und fühlte mich einfach nur schlecht. So müsste es sich anfühlen, wenn man kurz davor ist, sich auf den Weg hinter die Wolken zu machen. Dort wo der Heini Fußball spielt und auf Opa Walter wartet, um wieder gemeinsam in einer Mannschaft spielen zu können. Dann aber als Engel. Das soll es geben. Ich winke auch immer nach oben, falls Heini mich sieht.

Es kamen mir so viele Gedanken und Fragen in den Kopf rein. Wie würde sich mein Leben entwickeln? Weißte, ich war nun schon 19 Jahre alt und lernte bei Farben-Paule Maler. Vatta sagte ja, man muss erst was Vernünftiges lernen. Manager könnte ich immer noch machen. Das schafften im Fußball so ziemlich alle. Da hatte er Recht. Vielleicht muss man nur einmal geradeaus den Ball getroffen haben, dann klappten auch die anderen Sachen.

Vatta meinte, wenn man nicht ganz schlau sei, würde Selbstbewusstsein helfen. So könnten auch saublöde

Ideen durchgesetzt werden. Niemand würde sich trauen, etwas dagegen zu sagen. Sollte dann etwas schief gelaufen sein, wären notfalls die Anderen Schuld. So wie die Trainer, die oft nicht mehr mitspielen dürfen in der Bundesliga.

Würde der Uli von den Bayern mich in diesem Jahr anrufen? Oder der Rangnick von Rasenbrause Leipzig? Oder wenigstens der Watzke von Borussia Dortmund? Aber der Bundes-Jogi würde mich bestimmt bald holen. Immerhin hatte der Schweini seinen Rücktritt erklärt und da musste diese Lücke dringend geschlossen werden. An mir und meinem Fußballtalent konnten sie alle auf Dauer natürlich nicht vorbei kommen. Das wusste jeder. Naja, wenigstens ich wusste das genau.

Ich musste auch an die Lena denken. Das war schon sehr komisch alles. Ein merkwürdiges Gefühl. Lena war ja eine Frau, wie ich erfahren hatte. Ein anderer Mensch! Anders als wir Männer. Onkel Herbert meinte einmal, es gäbe Menschen und Frauen. Was hatte es nur auf sich mit diesen anderen Menschen? Es war im letzten Jahr schon ein Schock zu erfahren, dass es Frauen gibt. Von dieser Erkenntnis musste ich mich lange erholen. Glaube mir, wenn du kapierst, biste auch eine Weile durcheinander.

Dank Onkel Herbert wurde ich zum Glück sehr vorsichtig. Er warnte mich vor diesen Frauen! Aber warum bekam ich immer Fieber und mein Gehirn Wackelkontakt, wenn ich mit der Lena zusammen war? Hoffentlich ging mein Gehirn nicht einfach mal aus! Peng, Kurzschluss! Dann hätte ich ein Kind am Hacken.

So was Kleines, das immer schreit, Dreck macht und dir später die Haare vom Kopf frisst.

Jetzt muss ich aufpassen, sonst beruhige ich mich nicht wieder. Dann kann ich nicht diktieren und du kannst nicht lesen, was ich sagen will.

Aber! Achtung! Passe auf! Der Weihnachtsmann gab mir den Auftrag, mit der Lena ins Kino zu gehen! Der schenkte mir Kinokarten. Den durfte ich natürlich nicht enttäuschen. Nein, niemals darf man den Weihnachtsmann enttäuschen. Meine kleine Schwester, die Sarah-Herta, glaubt noch nicht einmal daran, dass es den Weihnachtsmann gibt. Stelle dir das mal vor! Sie meinte, es wäre immer Onkel Herbert. Der wäre nur verkleidet! Diese Kinder! So waren wir früher nicht!

Es gab keine Wahl für mich. Ich musste mit der Lena ins Kino gehen. Sonst würde ich die Rute bekommen, wenn wieder Weihnachten kommen sollte. Klar oder? Das wollte ich natürlich nicht riskieren. Nee, auf keinen Fall!

Ich weiß auch nicht, was aus Sarah-Herta einmal werden soll. Es ist sogar so schlimm mit ihr, dass sie wahrscheinlich Gymnasium machen muss. Überlege mal! Gymnasium! Sie ist in der 4. Klasse und so langsam wird es eng!

Ich freute mich auch wieder auf Oma Herta. Das Essen war bei ihr einfach zu gut. Sie machte immer die gute Butter dran. „Iss mal schön, damit du nicht vom Fleisch fällst!", sagte sie immer. Oma passte immer gut auf mich auf. Bisher hatte sie die Familie immer gut über den Winter gebracht. Auch damals, als es nichts gab. Nur Opa Walter nicht. Aber der war nicht verhungert, sondern war damals mit einer Spielerfrau durchgebrannt.

Dass die Neue besser kochen konnte als Oma, konnte ich mir eigentlich nicht vorstellen. Da musste was anderes passiert sein damals. Vielleicht war sie einfach nur schön. Schön reicht oft aus fürs Leben. Vatta meinte jedenfalls, ihm würde es eigentlich reichen. Aber er hatte ja nun Mutta. Man kann nicht alles haben!Ich musste unbedingt noch mehr über Opa Walter erfahren. Welche Geheimnisse würde es da noch geben?

Tante Hannelore wollte mir auch noch etwas erzählen über Opa. Sie kannte den Opa Walter von früher. Denn ihr Heini spielte mit ihm Fußball. Heini spielt aber schon lange oben im Himmel und schaut uns immer zu. Weißte ja schon. Fall du nicht aufgepasst hast, wollte ich noch einmal sagen.

Wenn Tante Hannelore mal wieder mit dem Bus aus der ganz großen Stadt käme, würde ich ihr die Taschen nach Hause tragen. Dann könnte sie mir sicher mehr erzählen. So würde ich es machen. Es geht um meine Wurzeln. Woher habe ich meine Talente und meine roten Haare? Irgendwann möchte man das wissen.

Warum trifft meine kleine Schwester eigentlich das Tor beim Fußball und ich nicht? Sie spielte nun auch schon eine Weile bei der Germania Dereberg. Aber noch bei den Kleinen. Obwohl Vatta immer meinte, Fußball wäre nur was für harte Kerle, macht Sarah-Herta

Fußball. Männersport ist es doch eigentlich! Stimmte das plötzlich nicht mehr?

Jetzt steht er sogar bei jedem Spiel an der Seite und feuert sie an. Bei den Spielen der Kleinen gibt es ganz oft Ärger. Die Eltern an der Seite sind krasse Hooligans. Da gibt es oft mal Haue. Sogar Spiele wurden abgebrochen, da Eltern den Platz gestürmt hatten. Glaube mir, bei den Fußballspielen der ganz Kleinen ist Krieg! Sogar Schiedsrichter weigerten sich immer wieder, Spiele bei den Kleinen zu pfeifen. Schiris sind sowieso komisch. Die lassen sich Woche für Woche beschimpfen. Macht das Spaß? Bundesliga ist gegenüber Spielen bei den Kleinen wie Kindergarten!

Ich wollte auch endlich mal mein erstes Tor schießen. Mein größter Traum. Das musste doch endlich mal klappen. Ein paar Mal ging der Ball sogar fast in Richtung Tor. Fast reicht aber nicht ganz. Der Ball muss schon drinne sein im Tor. Zwischen diesen Balken. Für „fast" gibt es leider keinen Jubel und keine Punkte.

Um Sarah-Herta machte ich mir ein paar Sorgen. Obwohl sie immer in ihrem Kinderzimmer saß und am Schreibtisch Hausaufgaben machte, kam sie nicht voran. Tatsächlich konnte sie Mathe sehr gut. Besser als ich. Aber da lief irgendwas nicht rund bei ihr.

Würde sie einen Vertrag an der Peter-Hotti-Schule bekommen? Weißte, dort wo ich fürs Leben lernte. „Pestalozzi-Schule" heißt das, meinte Hans-Rudolf wieder. Na gut, der kann lesen und schreiben. Notfalls müsste Sarah-Herta doch ans Gymnasium gehen wie der Hans-Rudolf. Naja! Mal schauen! Ich hoffe, meine Erziehung hat nicht komplett versagt.

Als Kapitän von der Germania hatte ich natürlich auch Ziele. Pokalsieger wollte ich werden. DFB-Pokalsieger. Im Pokal ist schließlich alles möglich. Das sagen die Leute mit dem Mikrofon im Fernseher drinne immer. Das ginge also auch mit der Germania Dereberg. Man muss nur alle Spiele gewinnen! Das klingt einfach. Dann im Finale gegen Bayern München! Das wäre doch der Traum! Und weißte, dann sieht der Uli von den Bayern mich mal persönlich und wird mich direkt zu den Bayern nach München holen. „Berlin, Berlin- Wir fahren nach Berlin"! Wirste schon sehen! Kommste dann einfach auch hin. Nach Berlin.

Würde Blau-Weiß Madeberg aufsteigen, fragte ich mich. Das wäre auch geil! Hoffentlich fingen die nicht wieder an zu träumen und würden vergessen, weiter Fußball zu spielen. Mit meinem Kollegen, also Kumpel, würde ich ganz sicher auch mal wieder ins Stadion fahren. Ich bekam ja schließlich seine Klamotten von Blau-Weiß zum Auftragen! Die sind zwar etwas zu klein, aber richtige Fan-Klamotten. In dem Stadion dort war immer eine tolle Stimmung. Schon geil, Alter!

Mich wollten sie bei Blau-Weiß leider nicht. Hatte gefragt. Konnte mir schon denken, dass ich dort den Rahmen sprengen würde. Wenn ein Spieler viel zu gut ist, bekommen die anderen Spieler Komplexe und haben dann keine Lust mehr. Die gehen anschließend nach Mutti und weinen. Oder sie weinen an einem Baum im Wald. Möglich! Ich habe auch einen Baum. Da weine ich. Aber nicht verraten. Ich weine heimlich!

Ob ich im neuen Jahr erfahren würde, wer der Typ war, dem das Gehirn ausging damals an Silvester? Der umarmte Mutta und schon erbte ich sein Talent. Mutta hatte leider den Überblick an Silvester verloren und kannte seinen Namen nicht mehr. Oder sie hatte einfach vergessen, zu fragen. Auch möglich.

Vielleicht würde ich den Typen noch finden. Erzeuger nennt man das, wie ich erfahren hatte. Ich wollte es unbedingt wissen. Schuld an meinen ganzen Sachen sind nämlich diese kleinen Gene. Das sind Spirellis oder so. Da wird etwas aus Mutter und Vater zusammengebastelt und wenn du Glück hast, kommt was Gutes dabei heraus. Wenn nicht, wirste Gymnasium oder Student.

Sollte ich das Talent vom Silvester-Typen haben, müsste ich mit meiner Suche in der Bundesliga beginnen. Das machte Sinn!

Vatta war nicht mein Vater, das wusste ich schon. Man konnte aber auch genau sehen, dass Vatta nicht mein Vater war. Er war anders als ich. Er hatte keine roten Haare und kein Talent für Fußball. Ich glaubte auch, der interessiert sich nicht einmal für Fußball.

Vatta war damals auch ganz schlau und war Silvester erst gar nicht zu Hause. Er hatte sich nämlich vorsorglich aus dem Staub gemacht. Vatta war wohl mit Kumpels unterwegs. Dort konnte so was Dummes nicht passieren. Und wenn doch, redete niemand drüber. Das sei Verschwiegenheit, meinte Vatta dazu.

Wahre Verschwiegenheit gäbe es bei Frauen so nicht. Da weiß immer die beste Freundin Bescheid, aber jede Frau hat viele beste Freundinnen. Dann könnteste eigentlich gleich einen Aushang am Dorfladen machen hier in Heimberg. Das mit dem Aushang würde auch woanders genau so funktionieren, sagte Vatta. Das hat nichts mit Heimberg zu tun. Da kannste jedes Dorf einfach mal für Heimberg einsetzen.

Würde ich dieses Jahr vielleicht Bartwuchs bekommen? Ich rasierte mich schon immer fleißig. Regelmäßiges Rasieren soll den Bartwuchs fördern. Nun hatte ich aber gehört, es wäre Quatsch. Vielleicht war es auch nur Strategie der Werbung. Wie früher! Waren Eier knapp, waren die ungesund. Gab es plötzlich eine Eierschwemme, wurden Eier super gesund und man sollte möglichst viele davon essen.

So musste das jetzt auch mit dem Bartwuchs sein. Gab es keine Rasierklingen zu kaufen, war Rasieren Quatsch. Gab es Klingen im Überfluss, würde regelmäßiges Rasieren den Bartwuchs fördern. Das ist Wissenschaft, meinte der Hans-Rudolf.

Man könne unser Kaufverhalten beeinflussen. Weißte, da kaufste eine Kiste voll Zeugs, ohne es zu brauchen. Nur, weil die Werbung dir gesagt hat, es wäre ganz wichtig für dich. Irgendwann haste einen Schrank voll Zeugs, von dem du nicht einmal weißt, wozu es Nütze ist. Du, der Hans-Rudolf weiß manchmal ganz viel. Trotz Gymnasium.

Hoffentlich bliebe der Hans-Rudolf bei der Germania. Auch wenn er bald ausgelernt wäre in der Schule. Der muss schließlich alles aufschreiben, was ich ihm erzähle.

Der Hans-Rudolf musste da im Gymnasium auch lesen und schreiben lernen. Kopfarbeiter wird der sicher einmal werden. Vatta meinte aber, nur vom Denken mit dem Kopf wird man nicht satt. Dafür brauchte man Hände. Hände, die Dinge bewegen können. Da hatte Vatta seine ganz eigene Meinung. Da vertraue ich ihm auch.

Allerdings brauche ich den Kopf von Hans-Rudolf für mein Buch. Aber meine Hände bewegten ihn. Besser meine Fäuste. Vatta hatte schon Recht! Außerdem, ein bisschen Angst schadete ihm nicht.

Du, Silvester war vorbei. Ein paar Tage waren nun schon vergangen. Ich dachte noch einmal an die Party. Meine Wünsche und Vorsätze wusste ich sogar noch. Außer die, die ich vergessen hatte. Diese Wünsche kann ich dir aber nicht erzählen. Vergessene Sachen weiß man nämlich nicht mehr. Aber die Wünsche, die ich mir gemerkt hatte, weiß ich noch. Verstehste?

Draußen schien die Sonne, aber es war noch ziemlich kalt. Ich schloss meine Augen. Alles war so schön! Ich war hier und dort draußen war die Welt. Da draußen würde alles möglich sein. Welt, ich komme! Auf geht's! Die Rückrunde kann beginnen!

Rolltreppe

Eh, ich fuhr ein paar Tage nach Silvester in die ganz ganz große Stadt, denn ich wollte mir einen Transfermarkt mal genau anschauen. Immerhin war Winterpause und der Transfermarkt wurde für ein paar Wochen geöffnet. Dann geht die ganze Bundesliga shoppen, wie das im neuen Deutsch heißt. Das ist Englisch, sagte Hans-Rudolf. Die brauchen kein „C", um „sch" zu sagen. Gut, dass er es sagte, aber bemerkt hätte ich es nicht. Brauchste also einen neuen Spieler oder brauchste einen anderen nicht mehr, gehste da hin und machst dein Geschäft.

Die paar Tage, die ich frei hatte, wollte ich gut ausnutzen. Man hat ja immer so sehr viel zu tun. Neben wichtigen Dingen wie Fußball gucken ist auch immer Training bei meiner Germania Dereberg. Ist ja wichtig, denn man muss immer am Ball bleiben. Gerade dann, wenn ich bald Bundesliga spielen müsste. Man will ja fit sein, wenn man gerufen wird. Dereberg kennste bestimmt, ist ein kleines Dorf. Kennt jeder hier bei uns im Dorf.

Wenn man etwas verkaufen oder kaufen will, geht man zum Markt. In der ganz ganz großen Stadt gibt es Wochenmärkte. Die sind einmal in der Woche. Da werden Buden aufgestellt und dann kannste da ganz viel Zeugs kaufen. Auch so schöne Glitzersachen aus China, die ich so mag, gibt es dort. Klamotten kannste dort kaufen, die bei uns im Dorf schon zu Omas Zeiten modern waren. Vatta sagte aber immer, das auf diesem Markt wäre eine Altkleidersammlung und die

Vietnamesen verkauften das alte Zeugs. Nur Omis und Opis waren scharf darauf, weil sie das schon immer so getragen hatten. Zeitlose Mode eben. Schöne Kittelschürzen findet man dort aber immer, sagte Mutta. Sie braucht auch bald mal eine neue Schürze. So mit Blümchen drauf.

Du, ich schaute über den ganzen Markt, aber nirgends stand eine Bude für Transfer. Mir kam dann aber der Gedanke, dass man dort draußen keine Fußballer verkaufen würde. Es war ja Winter und saukalt. Da würden die Spieler frieren und Schnupfen bekommen. Krank lassen die sich nicht so gut verkaufen. Das leuchtete ein. Hätte ich eigentlich schon eher drauf kommen können.

Da fiel mein Blick auf ein ganz großes Haus, ein Einkaufhaus. Da kannst auch ganz viel kaufen und es ist immer schön warm da drinne. Dort könnte man Fußballer gut lagern. Ich ging da einfach mal rein. Eh, der Markt war so groß, dass du ganz viel Zeit mitbringen musst, um in jede Ecke zu gucken. Und immer schön aufpassen, dass du dich nicht verläufst. Eine Landkarte vom Markt fand ich nicht. Nur überall Wörter mit Pfeilen. Das hatte mir aber nicht geholfen. Weißte ja schon warum. Einen Transfermarkt entdeckte ich aber in dem großen Haus auch nicht.

Altar, ich entdeckte dann was ganz Verrücktes! In dem Haus ging es nämlich weiter nach oben. Man konnte da ganz oben auch einkaufen. Bis unters Dach. Das kannte ich vorher gar nicht. In unserer ganz großen Stadt, in Blankenhausen, war immer alles unten. Da war schon das Dach. In der Passage in der ganz großen Stadt hatten die eine Treppe drinne. Hans-Rudolf erklärte mir, dass man ein solches Haus auch Passage nennt. Das lernt man eben auch am Gymnasium.

Da war eine Treppe, wie wir in unserem Haus haben, in dem wir wohnen. Vatta hatte damals die schlaue Idee, so eine Treppe einzubauen. Das war sehr praktisch. Weißte ja. Ganz viele Stufen übereinander ergeben eine Treppe. So kannste ganz bequem nach oben gehen, aber auch wieder runter. Ganz schön schlau. Aber die Treppe in der Passage funktionierte ganz anders! Nicht ganz so schlau gemacht, aber wenn man übt eine Weile, geht es ganz gut.

Kennste Rolltreppe? Das ist wie eine richtige Treppe, aber die bewegt sich. Da stellste dich drauf und die fährt dich nach oben. Nach unten aber auch, aber da musste eine andere Treppe nehmen. Wohin die Treppe gerade fährt, erkennste, wenn du in Ruhe beobachtest, in welche Richtung die sich bewegt. Das ist echt wie Zauberei. So eine Rolltreppe muss unendlich lang sein. Unten kommt immer wieder eine neue Stufe aus dem Fußboden raus und oben verschwindet sie in der Erde. Verrückt!

Ich übte vorsichtshalber ein bisschen. Das war gar nicht so einfach. Versuche du mal selbst die Stufen zu treffen, wenn die sich bewegen. Ein paar Mal gestürzte ich, aber dann klappte es ganz gut.

Mal ein Tipp von mir, falls du auch mal Rolltreppe fahren willst: Wenn du oben oder unten angekommen bist, immer ganz schnell zur Seite gehen!

Passe auf! Weißte nämlich, ich rollte so schön nach oben. Alles lief endlich prima. Vor mir waren ein paar Omis und Opis. Als die oben ankamen, blieben sie einfach stehen und diskutierten in welche Richtung sie weiter gehen müssten. Verstehe mal richtig! Ich dahinter und konnte nicht stehen bleiben! Die Treppe bewegte sich unaufhörlich immer weiter. Diese Menschen kamen immer näher. Plötzlich konnte ich nichts mehr. Ich bekam einen Schock! Ich wollte rufen, aber es ging nicht. Wild fuchtelte ich mit den Armen. Aber niemand schien mich zu bemerken. An den alten Leuten kam ich unmöglich vorbei, außerdem kamen von hinten immer noch mehr Leute. Wo sollte ich jetzt hin? Es gab keinen Platz mehr für mich zum Ausweichen. In Panik stolperte ich und fiel hin. Brach mir beide Hände! Im Liegen kam ich oben an. Fast stürzten die Alten über mich. Mit Glück konnte sich die eine Oma halten und purzelte nicht die Treppe bis unten runter. Dann schimpfte dieser Rentner etwas von „Unerhört!", „Banause!" und insgesamt auf die Jugend von heute. Der eine Opa wollte noch mit seinem Stock auf mich zu kommen. Als er gerade zuschlagen wollte, stürzte er fast. Zwei der Omas konnten ihn dann gerade noch halten.

Alter! Hier in der ganz ganz großen Stadt sind die Hooligans noch krasser drauf, als bei uns auf dem Sportplatz. Schimpfend zogen die Alten dann ab. Meine gebrochenen Hände gingen dann zum Glück auch wieder. Nur ein paar Schrammen sah man noch.

Als ich dann endlich oben war, konnte ich weiter nach dem Transfermarkt suchen. Den gab es aber auch ganz oben nicht. Ich suchte überall. Irgendwann kamen Leute von der Security zu mir und meinten, sie wollten jetzt gern nach Hause gehen und den Markt abschließen. Ja gut, ich sah ein, dass die müde waren. Das musste auch ein anstrengender Job sein, immer aufpassen zu müssen. Bei diesen vielen Hooligans in der Passage ist das auch nicht ungefährlich.

Ich würde aber demnächst meine Suche fortsetzen! Den Transfermarkt würde ich schon noch finden.

Rückrunde

Alta, ich freute mich so sehr auf die Rückrunde im Fußball! Meine Bayern waren Herbstmeister, obwohl schon Winter war. Das schafften die sogar ohne mich. Es war aber nur eine Frage der Zeit, wann der Uli von den Bayern mich anrufen würde, weil er dringend meine Hilfe brauchte. So richtig gut spielten die nämlich nicht. Viel zu italienisch. Schließlich hatten die einen Trainer aus Italien, wo die italienisch reden.

In der Rückrunde spielen alle Mannschaften noch einmal gegeneinander. Nur andersrum. Wer in der Hinrunde zu Hause spielte, muss nun wegfahren. Die Mannschaft, die im Sommer nach dem letzten Spieltag ganz oben in der Tabelle steht, hat gewonnen. Die ist dann Deutscher Meister und bekommt ein Blechteil geschenkt. Das Teil heißt Meisterschale. Da kannste aber keinen Sekt reinkippen, um diesen den Leuten über den Kopf zu schütten. Oder mal was draus zu trinken wegen Durst. Der Sekt hält auf der Schale nicht fest, weil das ein ganz flaches Teil ist. Kannste mal ausprobieren!

Kippe mal zu Hause eine Flasche Sekt auf den Wohnzimmertisch. Der ist auch flach. Der Sekt hält nicht auf dem Tisch. Alles läuft runter. Probiere das mal aus! Wirste sehen! Manchmal lernt man am besten durch Selbsterfahrung. Lernen bei Tuing. Wenn du dann noch von Mutta oder Vatta eins hinter die Ohren bekommst, hält das Gelernte für immer. Siehste, bei mir kannste viel lernen! Schön aufpassen immer!

Der Deutsche Meister kann aber nicht aufsteigen. Da oben geht's nämlich nicht weiter. Dafür darf der dann in der Pilz-Liga spielen, die nach den Champignons benannt ist. Warum auch immer die das so genannt hatten. Keine Ahnung. Das Wort kann man noch nicht einmal aussprechen. Pilz-Liga ist da einfacher. Obwohl ich Pilze gar nicht mag. Zum Glück macht Mutter keine Pilze in den Obstsalat. Das hatte ich ihr aber auch mal deutlich gesagt. Wenn man die richtigen Worte findet, merkt sie sich das. Wenn deine Mutter mal nicht spurt, einfach mal deutliche Worte aussprechen! Merken!

In der Pilz-Liga kannste dann auch ein Blechteil gewinnen. Das nennt man auch Pokal. Haste gewonnen, biste Bester von Europa. Europa ist so was Ähnliches wie Deutschland, aber ein bisschen größer. Aber nicht ganz so groß wie die Welt. Jetzt weißte Bescheid!

Haste gehört im Radio drinne? Das kam aus dem Radio von Vattas Auto raus. Der Schweini hatte mal wieder gespielt dort in England. Da hinten, wo die Englisch sprechen, was man eigentlich auch in der Schule lernen könnte, wenn man nicht gerade krank gewesen wäre. Der Trainer vom Schweini war immer noch sauer, dass Deutschland Weltmeister war von der ganzen Welt und sein Land nur Weltmeister von Europa. Der hatte tatsächlich den Weltmeister-Kapitän mal wieder spielen lassen. So richtig auf dem Platz drauf. Aber nur ein paar Minuten. Aber alle Fans hatten den Schweini gefeiert. Das musste den Trainer von ManU aus England aber so dolle geärgert haben, dass Schweini dann wieder auf der Tribüne sitzen musste. Oder der wollte ihn einfach nur ärgern!

Schweini sollte es sich wirklich nochmal überlegen. Das Angebot steht weiterhin, dass er zu uns zur Germania kommen kann. Das weiß der. Bei uns müsste er auch nicht auf der Tribüne sitzen. Wir haben nämlich keine. Aber er könnte mit mir zusammen auf der Bank sitzen. Ganz gemütlich. Schantall würde immer weiche Sitzkissen auf die Bank legen und manchmal auch ein paar Blümchen hinstellen. Kalte Getränke würde ich auch noch organisieren. Geil oder? Zwei weltbeste Fußballer zusammen auf einer Bank. Wer hat das schon?

Turnhalle

Alter, draußen war es sehr kalt geworden. War ja auch Winter und man konnte das vorher auch so erwarten. Das war jedes Jahr dasselbe. Selbst ich konnte es mir gut merken. Oma sagte mir auch vorsichtshalber Bescheid, dass ich jetzt lange Unterhosen anziehen müsste. Spätestens dann war sicher, dass es draußen kalt wurde und mit Schnee zu rechnen war.

Nicht jeder weiß, dass es im Winter kalt und ungemütlich wird. Vielleicht haben diese Leute keine Oma, die gut aufpasst. Vatta erzählte mir das nämlich. Weißte, der baggert immer Löcher mit seinem Bagger. So ganz viele unterschiedliche Löcher. Große, lange, tiefe, breite Löcher. Zu macht er die auch. Meistens.

Im Winter passiert es dann mal schnell, dass er keine Löcher bauen kann. Auch andere Leute auf der Baustelle können nicht arbeiten. Es liegt dann Schnee rum und alles ist gefroren wie Eis. Dass Schnee im Winter kommt, ist viel wahrscheinlicher als im Sommer. Aber nicht alle Leute wissen das.

In der Zeitung drinne entschuldigten sich Leute, dass eine Straße nicht zum Termin fertig wurde. Dafür konnten die Planer nämlich nichts. Niemand konnte damit rechnen, dass plötzlich der Winter kam. Zusätzlich gab es auch noch Wetter und Schnee. Höhere Gewalt eben. Weißte, die hätten mich ja mal fragen können. Dann hätten die Winter einplanen können und schon wären sie noch gut im Termin. „Dann hätte die Firma aber den Auftrag nicht bekommen!", meinte Vatta. Das wäre teurer geworden und den Auftrag bekäme eine Firma ohne Winter. Vielleicht ein Baubetrieb aus Afrika. Die haben keinen Winter.

Verrückt, woran man so denken muss, wenn man Aufträge und Termine macht. Dazu muss man schon in der Schule gewesen sein. Wenigstens ein wenig!

Auch wenn mich Kälte nicht so störte, weil ich ja so ein harter Kerl war, trainierten wir mit der Germania in der Halle. Aber nicht verwechseln mit der Stadt, die auch Halle heißt. Kennste Halle? Das ist eine ganz ganz große Stadt und die spielen in der 3. Bundesliga. Die haben Rot und Weiß als Farben. Aber ein ganz anderes Rot als die Bayern. Etwas roter.

Unsere Halle ist ein großes Haus. Da ist ein Dach drüber und drinne ist es nicht so kalt wie draußen. Da schneit es auch nicht rein. Regen gibt es auch nicht. Leider gibt es keinen Rasen da drinne. Kennste unseren Flur zu Hause? Da liegt ein Fußboden an der Erde. Belag sagt man da auch zu. So was in der Art haben wir in unserer Halle. Da darfste keine Fußballschuhe mit Knuddeln drunter anziehen, die Stollen heißen.

Zu unserer Halle sagt man auch Turnhalle, selbst wenn man nicht turnt. So eine Turnhalle ist auch kleiner als unser Fußballplatz. Musste echt aufpassen! Wenn du da voll gegen den Ball knallst, fliegt der Ball hinten an die Wand. Dann ist der Ball im „Aus", selbst wenn der Ball ins Feld zurück fliegt. Das ist dann blöd, weil die andere Mannschaft dann immer den Ball bekommt und der Torwart Abstoß machen darf.

Bisschen gefährlich ist das mit der Ballerei schon. Man muss immer gut hinschauen, wo der Ball gerade rumfliegt. Das muss man aber erst mal kapieren. Zum Glück spielt man dort mit einem Spezialball. Der ist weicher, als die von draußen und meistens gelb. Die Oberfläche ist etwas rau und wenn dich so ein Ball im Gesicht streift, haste noch lange Brandspuren an der Backe.

Du, ich knallte einmal volles Ding gegen den Ball. Das war der Hammer! Das kann sonst niemand! Ich drehte mich gleich zu meinen Leuten um, mich feiern zu lassen. Die hatten ganz sicher gestaunt, wie stark ich schießen konnte. Ja, ich der Kapitän! Die hätten mich gefeiert ohne Ende. Ganz sicher! Davon bekam ich aber nichts mehr mit.

Der Ball kam von der Wand hinter dem Tor zurückgeschossen und traf mich volles Ding am Kopf. Ich glaubte erst, da hatte jemand das Licht aus gemacht. Es war dunkel. Ich sah gar nichts. Als es wieder hell wurde, waren meine Leute von der Germania noch alle da. Sie standen um mich rum und meinten, ich hätte gerade etwas Wichtiges gelernt. Ich sollte immer gut aufpassen, wo der Ball ist und mit mehr Gefühl spielen. So, als wenn man eine Frau streichelt. Du, es kam mir vor, als ob sie grinsten. Zu deren Glück drehte sich mir noch alles ein wenig, sonst hätte es bestimmt was aufs Maul gegeben. Aber gemerkt hatte ich mir das Ganze schon!

Allmählich wurde ich wieder etwas klarer im Kopf. Eh, was sollte das denn jetzt?! Warum sollte ich eine Frau streicheln? Wozu? Was dachten die denn von mir? Dann ginge vielleicht mein Gehirn aus und ich hätte den Salat. Außerdem war ich immer noch auf der Suche nach Antworten. Frau!? Nicht mit mir!

Nachteilsausgleich

Weltfußballer

Aldar, kannste mir das erklären? Ich habe da was nicht verstanden. Passe mal auf! Du kennst doch den Ronald, der in Spanien Fußball spielt, aber von nebenan kommt. Da wo die gerade Weltmeister von Europa sind. Dieser Ronald hatte eine Wahl gewonnen. Der wurde zum besten Fußballer der Welt gewählt. Also wirklich von ganz überall her. Auch ganz hinten in der Ecke irgendwo. Das bedeutete also, es gab keinen Spieler, der besser war als er. Ganz viele Tore konnte der schießen. Nur wegen seiner Frisur allein hatten die ihn sicher nicht gewählt. Die Haare zählten da nicht.

So eine Ronald-Frisur hatte ich auch einmal. Damals kannte ich noch nicht dieses Gel für die Haare und machte mir Butter rein. Weil Butter machte Oma Herta auch überall dran, wenn es gut werden sollte. Das sah echt gut aus. Mutta schimpfte aber, da überall wo ich rumlag Fettflecken waren. Einen ganzen Tag lief sie durch das Haus und wischte die Butter überall raus. Danach durfte ich es nicht mehr machen.

Passe weiter auf! Es gab da noch eine andere Wahl. Diese hatte der Manuel Neuer von den Bayern gewonnen. Der wurde der beste Torwart von der ganzen Welt bis in die letzte Ecke hinein. Bis dahin ist alles noch klar. Verstehste bestimmt auch noch ganz gut.

Aber nun kommt's! Konzentriere dich! Vielleicht kannst du mir diese Frage beantworten.

Was passiert, wenn der beste Fußballer der Welt, der jeden Ball ins Tor schießt, gegen den besten Torwart der Welt spielt, der jeden Ball hält? Verstehe mal, der Stürmer trifft immer, der Torwart hält immer! Das macht mich ganz wuselig im Kopf. Da stimmt doch was nicht! Wie würde denn ein Spiel enden, wenn die Beiden gegeneinander spielen würden? Wenn du eine Antwort hast, sage bitte Bescheid! Kann echt nicht schlafen. Ich denke ständig drüber nach.

Nachteilausgleich

Altar, bei Farben-Paule ging es auch im neuen Jahr fleißig weiter. Es gab noch viel zu lernen. Schon klar, es ist noch kein Meister vom Himmel gefallen, wie Oma Herta immer sagte. Mein Traum war es schließlich, einmal Star-Maler zu werden für die Schönen und Reichen. Alle würden von mir gemalert werden wollen. Dafür nahm ich gern eine Ausbildung in Kauf. Der Chef von Farben-Paule war ein guter Bekannter von meinem alten Lehrer Herrn Schulze.

Meine Idee, auch Lehrer zu werden, hatte Herr Schulze für mich verworfen. Es wäre nichts für mich. Ich sei zu Höherem geboren. Schon klar, Lehrer kann jeder.

Ich bekam die Stelle bei Farben-Paule. Manchmal sind Beziehungen eben wichtig. Aber eigentlich war mir klar, dass ich wegen meiner Leistungen in der Schule dort ohne Probleme unterkam. Vatta meinte: „Trotz deiner Leistungen!" Das verstand ich nicht. Vater sagte, entweder malert der Chef von Farben-Paule unter der Hand oder der Lehrer weiß etwas von dem, das Andere nicht wissen sollten. Unter die Hand vom Lehrer hatte ich geschaut. Da sah man nichts. Also wusste der etwas Wichtiges. Wenn ein Lehrer nichts weiß, macht es auch keinen Sinn. Egal! Ich lernte dort fleißig Maler.

Der Fabian war nach der Weihnachtspause auch wieder da. Er war ein Freund geworden, auch wenn ich eigentlich keine Freunde habe. Gut, ein bisschen komisch kam er mir manchmal schon vor. Den Tick mit den rosa Klamotten kannte ich sonst nur von meiner kleinen Schwester Sarah-Herta. Aber Fabian hatte auch nette Ideen. Außerdem half er mir, wenn ich Höhenangst bekam. Er musste mich oft von der Leiter oder der Rüstung retten. Er schimpfte nie und es wurde ihm nie zu viel.

Da wir uns eine Weile nicht sahen, wünschten wir uns alles Gute für das neue Jahr. Ich erklärte ihm auch gleich, dass er wirklich ganz allein Fan von Hertha BSC und dem Hamburger SV sein durfte. Seit die nämlich in pinken Auswärtsklamotten spielten, war Fabian heißer Fan. Ich würde ihm das wirklich ganz allein überlassen. Außerdem wäre ich doch sowieso nur Fan von Bayern München. Er brauchte nicht mit mir teilen. Fabian freute sich ganz dolle und knuddelte mir die Ohren. Das machte er seitdem öfter, wenn er sich freute. Er meinte, die roten Ohren würden gut zu meinen Haaren passen. Naja!

Weißte, der Fabian hatte sogar ein echtes pinkes Auswärtstrikot von Hertha Berlin angezogen. Pink steht ihm auch echt gut. „Magenta!", rief er. Soll er, für mich ist es pink! Ich hoffte nur, er war nicht krank geworden von dem ganzen pinken Zeugs. Notfalls müsste ich mit ihm mal in Vattas Bar gehen und desinfizieren. Vielleicht konnte ich ihn vor Schlimmerem noch bewahren.

Bei Farben-Paule ging es auch sofort hart weiter. Ich sollte Tapezieren üben. Das war ja echt schwer. Auch wegen meiner Höhenangst stand ich da ganz schön unter Druck. Nach einem Sturz von der Leiter hatte ich mir eine andere Sicherung ausgedacht. Der Sturz war ganz schön heftig gewesen. Den Strick um den Hals zu wickeln und am Haken an der Decke zu befestigen, hatte zwar den Vorteil, dass man die Hände frei bekam, aber man bekam echt schlecht Luft, wenn man fiel. Die Schlinge zog sich so fest zu, dass keine Luft mehr aus dem Kopf in meine Lungen kam. Ich benötigte eine Idee.

Ideen hatte ich immer wieder. Man muss nur ordentlich nachdenken. Damals machte ich bei „Jugend forscht mit" und fand heraus, dass in einem Fußball nur Luft drinne ist. Die Aktion war zwar teuer geworden, aber Wissenschaft ist nie billig.

Ich ging nach meinem heftigen Erlebnis mal wieder in unseren Stall, wo früher die Schweine drinne wohnten. Dort, wo das ganze Zeugs rumlag, das man brauchte oder nicht mehr brauchte, fand ich was ganz Tolles.

Kennste Hunde? Das sind so Tiere mit vier Beinen und einer Leine um den Hals herum. Aber nicht verwechseln mit Bergsteigern. Na gut, die haben keine vier Beine. Etwas weniger sind es schon. Hunde braucht man zum Aufpassen und zum Füttern. Manche Leute haben Hunde, um gefährlich auszusehen. Das sind dann Kampfhunde. Diese haben so viel Kraft, dass sie kaum laufen können. Herrchen ist dadurch natürlich auch stärker. Zumindest sein Selbstbewusstsein wächst.

Das sieht man gleich. Logisch! „Alter, halte du Schnauze oder ich habe Hund, guckst du!", sagte mal ein Typ in Jockey-Hose zu mir. Der war geil und so stark. Na gut, den Hund interessierte das alles nicht besonders. Der schnupperte lieber an seinem Revier herum und erschnüffelte, was andere Hunde so hinterlassen hatten. Vielleicht hörte der Hund nur schwer. Kann auch sein. Der Typ war aber schon geil mit seinem Hund. Dann ging der Hund mit seinem Herrchen weiter spazieren. Die Leine immer schön straff gezogen. Der Typ wollte noch sagen, dass er den Hund auf mich hetzen würde, aber in diesem Moment war der Kampfhund mit Herrchen schon weiter gegangen.

Eigentlich wollte ja auch so einen Hund haben. Der würde gut zu mir passen. Na gut, es stimmte eigentlich schon, was Mutta sagte. Mutta meinte nämlich, ich würde spinnen, da ich Angst vor Hunden hätte. Du, bitte niemandem verraten das mit meiner Angst! Versprochen?

Nun passe auf! Hunde haben normalerweise ein Halsband, an dem Herrchen festgemacht ist. Das ist aber ziemlich eng am Hals. Genau das kannte ich so vom meinem Strick schon. Es gibt aber auch so Strippen aus Leder, die den Hunden um den Körper gebunden werden. Am Rücken ist dann ein Ring und da kommt die Leine dran.

Oma meinte, man machte so was auch Babys um. So konnte man sie auch gut halten, wenn sie hinfielen. Wenn die Kinder in der Karre saßen, machte man das auch. So fielen sie nicht heraus und wurden nicht überrollt von der Kinderkarre. Heute meinen manche Leute, es würde die Persönlichkeit des Kindes gefährden. Es könne sich nicht frei entwickeln und den persönlichen Bedürfnissen nicht nachgeben können. Dann bekäme das arme Kind eine Persönlichkeitsstörung, würde einnässen und noch in der Grundschule Windel tragen.

Ich hörte von Sarah-Herta, in ihrer Klasse würden auch noch Kinder sitzen mit Windel. Aber nicht, weil sie gestört sind, sondern weil es so angenehm wohlig warm ist beim Pullern. Die durften nämlich beim Spielen ihre Persönlichkeit entwickeln. Um mal auf Wasserklo zu gehen, war keine Zeit. Es wäre sonst zu einer schwerwiegenden Entwicklungsverzögerung gekommen. Als studierte Eltern weiß man das. Dafür gibt es bunte Zeitungen, die alles erklären. Das Windeltragen gut ist, sagen die im Fernseher drinne auch immer. Muss ja dann gut sein. Die gibt es in vielen Größen, mit Kammern und sonst noch komischem Krams. Kann man auch als Erwachsener tragen und keiner siehts.

Später würde ein persönlichkeitsgestörtes Kind mit Tragegurt zum Mörder werden. Dann haste den Salat! Oma meinte, sie hätte noch niemanden gemorkst, weil sie aufs Klo gegangen und schon früh trocken war. Sie kenne auch niemanden, dem es geschadet hätte. Kurz schaute sie zu mir, aber dann lächelte sie. Alles gut!

Genau so ein Teil zum Halten fand ich im Stall drinne. Das funktionierte dann sogar richtig gut. Ich machte mir das Teil um. Hinten an der Öse kam der Strick dran und das andere Ende machte ich in bewährter Weise am Haken an der Decke fest. Ideen muss man eben haben! Geiles Teil! Ich war stolz auf mich.

Tapezieren ist echt schwer! Musste mal versuchen. Da haste so ganz langes Papier. So lang wie die Wand von oben nach unten. Aber sehr breit ist das Papier nicht. Bahn nennt man so ein Papier. Dann klebste ganz viele Bahnen nebeneinander. Bis die Wand voll mit Tapete ist, muss man das machen. Sonst sieht das blöd aus. Diese Bahnen müssen ganz dicht zusammen sein. Ohne Lücke natürlich und übereinander sollen die auch nicht sein. Das ist echt schwer. Da musste schon etwas im Kopf drinne haben. Zu Kompliziert! Lies einfach nochmal von vorn, wenn du es nicht verstanden hast.

Bis zum Feierabend hatte ich drei Bahnen geschafft. Das Ergebnis war noch nicht perfekt, aber mir gefiel es schon ganz gut. Nur der Meister sah das natürlich wieder anders. Ja gut, die Bahnen waren alle schief dran mit ein paar Lücken und Falten. Aber schick! Woanders wäre das Kunst gewesen.

Der Meister meckerte aber. Das verstand ich nicht! Ich hatte doch Nachteilsausgleich! Das kannte ich noch von der Schule. Wenn ich etwas nicht gut konnte, bekam ich Nachteilsausgleich, weil ich ein paar Nachteile hatte. Wenn man benachteiligt ist, darf man dafür nicht bestraft werden. Ich bekam zum Beispiel beim Ausrechnen für 2 plus 2 ist gleich 5 keine Zensur „6", sondern eine „3". Weil das Ergebnis nämlich nahe dran war.

Als ich dann keine Fünfen mehr hatte auf meiner Urkunde am Ende des Schuljahres, sondern Dreien, wollten sie mir den Nachteilsausgleich wieder wegnehmen. Dass ich dann wieder Fünfen bekommen würde, kapierten die nicht. Sogar ich hatte meine Nachteile verstanden. Vatta sagte „sehr erstaunlich" zu meinem Wissen. Und das heißt schon was, wenn Vatta sich zu Wort meldet!

Das mit dem Nachteilsausgleich stand bei den Leuten, die ganz viel wissen, in irgendeinem Papier drinne rum. Sie machten es genau so, wie das Papier es bestimmte. Ob es nun Sinn machte, oder nicht, war egal. Mutta meinte, das wäre etwa so, als wenn man bei Hunger ein Rezeptbuch essen würde, statt zu kochen.

Vatta schimpfte, das wäre alles Kokolores. Ich hätte nun zwar bessere Zensuren, aber ich sei dadurch nicht schlauer geworden. Sollte ich noch mehr Nachteile ausgleichen, könnte ich studieren und auch Papiere schreiben. Keine Ahnung, wie er das meinte. Das lag wohl an meinen Nachteilen.

Du, der Meister drohte wirklich fast zu platzen. Er meinte, so etwas Krummes könnte er den Kunden nicht anbieten. Wenn die Tapete krumm und schief an der Wand wäre, würde es keine Sau interessieren, ob jemand Nachteilsausgleich hätte.

Verstand das gar nicht! Warum sollte heute nicht mehr das gelten, was in der Schule normal war? Die Leute sollten mal toleranter werden! Diese Eckengucker gucken wirklich in die kleinsten Ecken. Und selbst haben sie keine Ecken und Kanten! Auch keine Nachteile. Na wer's glaubt! Was ich damit sagen wollte, habe ich vergessen. Egal!

Wanderpokal

Alter, in der Halle wollten wir natürlich nicht nur Training machen. So ein bisschen Wettkampf müsse schon sein, sagte der Trainer. Auch in der Turnhalle gibt es Turniere und da will man gern dabei sein. Nur Training machen, dann wird man luschig, sagte er. Bei einem Turnier müsse man sich richtig reinhauen. Kämpfen eben.

Der Trainer erklärte uns, wir müssen einen Wanderpokal gewinnen. Den wollte er schon immer mal haben. Es war also ein ganz großer Wunsch von ihm. Eine Frage der Ehre sogar. Sein Trainerkollege machte sich nämlich immer lustig über ihn. Dieses Jahr wollte er den Pokal unbedingt nach Dereberg entführen. Dann würde dieser ein Jahr lang in der Vitrine im Vereinsheim stehen. Viele Menschen würden dort niederknien und dem Blechteil, der Mannschaft und ihm, dem Trainer, huldigen. Dem anderen Trainer würde er dann eine Einladung schicken, dass er den Pokal gern einmal besuchen könne. Dabei grinste der Trainer ganz breit. Gut, ich verstand das nicht, aber da war wohl ein tieferer Sinn dahinter.

Du, unser Trainer hatte ganz oft tolle Ideen. Das muss man schon sagen, aber irgendwie wurde er etwas komisch. Immerhin waren wir von der Germania Dereberg eine Fußballmannschaft. Fußball! Verstehste? So richtig Lust auf Wandern hatte ich überhaupt nicht.

Kennste Wandern? Da geht man irgendwo los und rennt durch den Wald meistens. Auf der Straße oder in der Stadt nennt man das nicht so. Glaube ich jedenfalls. Man wandert oft so lange, bis einem die Beine weh tun. Am Ende kommt man genau da wieder an, wo man losgegangen war. Dazwischen hatte man nichts Wichtiges gemacht. Höchstens freute man sich über grüne Bäume. Sei denn es war Winter. Dann gab es nicht einmal grüne Blätter und zusätzlich hatte man auch noch gefroren.

Man war also nur sinnlos durch die Gegend gelaufen. Ohne Ziel. Weißte, wenn man zum Beispiel zum Dorfladen wandert, hat man ein Ziel. Man will einkaufen. Das macht Sinn. Verstehste? Beim Wandern verlierste einfach nur Zeit. Dafür könnte man besser sinnvoll ein Fußballspiel im Fernseher drinne anschauen. Oder vielleicht auch einen Dokumentarfilm.

Wie ich am letzten Sonntag. Da kam „Hänsel und Gretel". Das ging da um Bruder und Schwester, die auch gewandert waren. Die hatten aber etwas Pech, denn die trafen eine hässliche Frau im Wald. Die wohnte da in einem alten Haus. Die konnte aber nicht gut gucken und dachte der Lieferdienst vom Chinesen war da. Da sie aber jetzt doch keinen Hunger hatte, brachte sie die Beiden in die Speisekammer. Das ist so ein Ding wie Kühlschrank, aber nicht kalt. Das hatte man früher, als es noch keine kalten Schränke gab. Zum Glück konnten Hänsel und Gretel noch abhauen. Siehste, Wandern kann auch sehr gefährlich sein!

Als ich noch klein war, wanderten Mutta, Vatta, Oma Herta und ich sonntags oft durch die Gegend. Sarah-Herta wanderte damals noch nicht. Die wohnte noch nicht bei uns. Für mich war das immer ganz schlimm. Ich bekam meine guten Sonntagsklamotten angezogen und dann ging es ziellos los. „Passe auf, mache dich nicht schmutzig! Das sind deine Sonntagssachen für gut!", riefen Mutta und Oma Herta im Chor. Nur Vatta trottete schlecht gelaunt hinterher. Glaube, der wanderte auch nicht gern. Wehren konnte er sich scheinbar auch nicht wirklich dagegen. Weißte, durch den Wald laufen und mich nicht schmutzig machen dürfen, passte nicht zu mir. Ich wollte toben, spielen und mich auf der Erde rumrammeln. Aber ich war noch so klein, dass ich keine Meinung hatte.

Jetzt, als ich das Wandern meiner Kindheit hinter mir gelassen hatte, wollte der Trainer plötzlich Wandern gehen und dann auch noch einen Pokal dafür gewinnen. Aber weißte, das wurde dann glücklicherweise doch ganz anders. Wir spielten nämlich Fußball. Es gab ein Hallenturnier in Blankenhausen, in der ganz großen Stadt hier in der Nähe. Wir spielten auch richtig gut und gewannen tatsächlich den Pokal. Der war ganz schön groß. Da hätten bequem ein paar Flaschen Sekt reingepasst. Wir freuten uns ganz dolle darüber. Am meisten natürlich der Trainer. Sein Traum erfüllte sich. Er war glücklich. Den Pokal brachten wir anschließend feierlich in unser Vereinsheim und begossen ihn ausgiebig. Zum Abschied wurde er nochmal geküsst und in die Vitrine zum Bestaunen gestellt.

Aber! Jetzt kommt's! Weißte, was gemein ist? Im nächsten Jahr müssen wir das Blechteil wieder abgeben! Dann wird wieder um diesen Pokal gespielt. Der nächste Sieger darf den behalten für ein Jahr. Dieser

Pokal wandert sozusagen von einer Mannschaft zur anderen. Deshalb nennt man das Ding Wanderpokal. Da musste erst mal drauf kommen!

Haste gelesen in der Zeitung drinne? Der Hans-Rudolf las mir da was ganz Wichtiges vor. Der Uli von den Bayern wollte Deutsch zur Pflichtsprache machen. Alle aus der Mannschaft bei den Bayern müssen dann Deutsch reden. Auch die Leute aus Spanien oder Italien. Oder Frankreich. Frankreich auch. Verstehste, wie wichtig das für mich ist?

Vorher war doch der Trainer aus Spanien dort. Der holte viele Spanier nach München, damit ihn wenigstens ein paar Leute verstanden und nicht alle Spieler kreuz und quer liefen, wenn er Spanisch sprach. Und nun war der Trainer aus Italien da. Jetzt verstanden plötzlich die

Spanier kein Wort mehr und die liefen nicht dahin, wo der Trainer es wollte. Aber wenn Deutsch Pflichtsprache würde, redeten alle Spieler Deutsch und plötzlich verständen die sich und würden wieder zusammen spielen.

Für mich wäre das natürlich ein riesiger Vorteil. Ich brauchte niemanden, der mir Italienisch erklärt. Wenn mich dann der Uli von den Bayern holen würde, könnte ich einfach so weiter reden, wie immer.

Aber was ist mit Rasenballsport? Wenn die mich holen würden? Ich kann nicht Österreichisch und auch kein Sächsisch! Kann man das lernen? Na ich hoffe mal!

Sprühsahne

Alder, zu Oma Herta gehe ich oft zum Essen oder sonntags zum Kaffeekränzchen. Das gehört zu meinen wichtigen Geschäftsterminen. Mutta hatte mir das mal erklärt. Man muss Kontakte pflegen. Auch, wenn sie nicht immer angenehm sind. Das sollte ich unbedingt lernen, wenn ich mal Manager werden will nach Profi. Das braucht man fürs Leben immer.

Die fünf Euromarks, die ich von Oma immer bekam, wenn mein Scheitel so schön gerade lag, konnte ich natürlich sehr gut gebrauchen. Schon deshalb, weil ich mit der Lena noch ins Kino gehen musste. Gut, der Weihnachtsmann hatte mir die Karten geschenkt, aber die große Tüte mit dem Krümelzeugs und zwei große

Tüten mit Cola kosteten mehr, als ich mal schnell ausrechnen konnte. Im Dorfladen bei uns in Heimberg bekäme ich für dieses Geld eine ganze Kiste von dem Zeugs. An der Pommesbude bekommste sogar noch Pommes und Bratwurst zur Cola dazu. Aber das Ganze für zehn Personen. Für einmal Kino gehen, brauchste schon viele gute Taten.

Bei Oma Herta gab es immer tollen Kuchen. Ganz viel davon und kam da auch immer weißes Zeugs oben drauf. Ich weiß gar nicht, wie Oma das machte, denn der Mixer war ja kaputt gegangen, nachdem ich damit Tapetenkleister angerührt hatte. Nach dem Ärger, den ich bekam, muss ich ihr leider noch einen Neuen besorgen.

Tante Lotte kam auch wieder zu Besuch und brachte wie immer auch einen großen Berg Kuchen mit. Das Schlimmste, was passieren konnte war, dass der Kuchen nicht reichen würde. Manchmal kamen nämlich auch Tante Hannelore und Tante Waltraut dazu und dann hätteste den Salat. Aber unter uns, die Beiden brachten auch immer ganz viel Kuchen mit. Vom Tortenmacher, der Konditor heißt.

Oma hatte nun keinen Mixer für das weiße Zeugs. Aber haste das schon mal gesehen? Oma machte Rasierschaum aus einer Dose auf den Kuchen. Das kannte ich so gar nicht. Schmeckte aber fast wie Sahne. Tante Lotte lachte und meinte, das wäre Sprühsahne.

Da ging mir ein Licht auf. Die Schiris im Fernseher drinne nehmen wahrscheinlich keinen Rasierschaum, um die Linien auf den Platz zu malen. Weißte, die malen einen kleinen Kreis um den Ball. So finden sie den wieder. Dann noch eine Linie, wo die Spieler stehen sollen, wenn sie Mauer machen. Sonst verliefen die sich auf dem großen Platz.

Eh, die nehmen wahrscheinlich Sprühsahne! Deshalb sieht man auch nie, dass die sich mal schnell nebenbei rasieren. Das macht natürlich Sinn. Würden sie mal plötzlich Hunger bekommen, könnten sie sich etwas von dem Zeugs in den Mund sprühen. Und schon könnte es weiter gehen.

Das müsste ich unbedingt einmal ausprobieren. Für unser Training wäre das aber auch was Tolles. Der Trainer würde sich auch ganz sicher freuen. Wenn wir wieder Mauer trainieren würden, könnte er unter Profi-Bedingungen Linien aufmalen. Siehste, auch bei Oma kann man viel lernen!

Nach dem Kaffeekränzchen bekam auch wieder meine fünf Euromarks. Die legte ich schön ordentlich zu den anderen Marks unter das Bett. Satt war ich auch. Was will man mehr?

Leihspieler

Altar, haste das gewusst? In der Bundesliga kann man Spieler ausleihen! Man sagt auch borgen dazu. Ich leihe mir von Sarah-Herta auch manchmal Dinge aus. Das merkt sie aber gar nicht. Außer manchmal. Dann schreit sie und ich bekomme Mecker von Mutta. Meine

Schwester hat sich manchmal etwas komisch mit ihren Sachen.

Wenn man Fußballspieler ausleiht, muss man Euromarks dafür bezahlen. Das ist eine Leihgebühr. Beinahe wie Miete. Oma macht Miete. Die leiht sich sozusagen eine Wohnung und gibt dafür Euromarks an den Besitzer. Wir machen das nicht. Uns gehört unser Haus selbst. Aber wir verleihen unsere Wohnung nicht, da wir sonst nicht wüssten, wo wir wohnen sollten. Dann müssten wir uns auch eine Wohnung leihen. Das würde wirklich wenig Sinn machen.

Bayern München hatte den Holger Badstuber an Schalke 04 ausgeliehen. Schalke brauchte einen Verteidiger und die Bayern wollten, dass der ein bisschen spielt und seine Form wieder findet. Irgendwo musste der die verloren haben. Der war aber leider ganz oft verletzt. Schalke 04 konnte den Badstuber aber nicht ausleihen, ohne zu fragen. Heimlich ging das nicht. Das hätte garantiert irgendeiner im Fernseher drinne gesehen und dann hätte es heftig Mecker gegeben.

Das brachte mich gleich auf eine tolle Geschäftsidee! Ich kaufe mir Fußballer! Den Stall würde ich aufräumen und etwas Staub wischen. Da würde ich ganz bequem fünf Leute unter bekommen. Wenn ich die Leute umschichtig schlafen lassen würde, könnte ich sogar zehn Spieler einlagern. Oder noch mehr Leute. Dann würde ich diese Spieler gegen Euromarks verleihen.

Ich stellte mir das schon ganz toll vor. Da riefe mich zum Beispiel der Watzke von Borussia Dortmund an, weil er mal fürs Wochenende einen Verteidiger brauchte. Dann würde ich ins Regal greifen und es könnte los gehen. Der hätte seinen Spieler und ich Euromarks. Ich muss nur noch überlegen, wie es dann wäre, sollte ich einen Fußballer kaputt zurück bekommen.

Aber die Idee ist doch genial. Genau mein Ding! Ich übe weiter. Bald werde ich Manager! Ja, ja! Beobachte mich mal ganz genau! Da kannste was lernen!

Torjägerkanone

Alter, meine Schwester, die Sarah-Herta spielte ja nun auch Fußball. Bei den ganz Kleinen bei der Germania. Ich wusste nicht warum, aber die konnte Tore schießen. Ich hatte leider noch nie ein Tor geschossen, auch wenn ich dem Tor etwas näher kam, nachdem mir der Trainer das Tor gezeigt hatte damals. Ich trainierte aber immer sehr fleißig dafür. Der Müller von den Bayern schaffte das schließlich auch Ende der Hinrunde. Ganz lange übte er und dann klappte es endlich. „Ohne Fleiß kein Preis", sagte Oma immer. Die wusste Bescheid.

Ich war total neidisch auf meine Schwester. Die bekam letzte Woche so ein Blechteil geschenkt. Also einen Pokal. Das war sogar die Torjägerkanone, weil sie die meisten Tore in einem Hallenturnier geschossen hatte. Ich musste sogar raus an meinen Baum im Wald, um etwas zu weinen. An meinen Stammbaum. Der heißt so, weil dort schon meine Vorfahren geweint hatten.

Aber bitte nichts von dem Baum verraten, sonst lachen meine Leute von der Germania wieder und ich müsste einem aufs Maul hauen, damit die Rangordnung wiederhergestellt wäre

Weißte, wir von der Germania hatten unser erstes eigenes Hallenturnier in diesem Winter. Das organisieren wir dann immer selbst. Die Mannschaften, die dann zu uns kommen, sind Gäste. Mannschaften, die wir nicht leiden können, laden wir erst gar nicht ein. Bei Turnieren geht das. Draußen auf dem Rasen, kannste dir deinen Gegner nicht aussuchen. Da musste dann eben mal durch.

Das Turnier war geil. Da waren so viele Mannschaften, wie ich Finger an einer Hand habe und noch eine dazu. Wir spielten dort jeder gegen jeden und alle gegen uns. So wie bei den Musketieren. Kennste die Musketiere? Das schaue ich immer so gern im Fernseher drinne. Die können so schön kämpfen und gewinnen auch immer. Passt echt gut zu mir! Ich weiß nur nie genau, warum die manchmal drei Musketiere sind und manchmal viel mehr, nämlich vier.

Bei unserem Turnier wurden wir Dritter, aber das war ganz gut für uns. Der Trainer freute sich auch. Uwe strahlte am meisten, da er der beste Torschütze vom ganzen Turnier wurde. Dafür bekam er am Ende sogar ein Blechteil geschenkt. So was bedeutete Uwe immer sehr viel und eine Woche lang strahlte er vor Glück. Wenn es ihm gut ging, ging es uns auch gut. Verstehe mal! Würde es noch einen Pokal für die meisten Tunnel geben, hätte er diesen auch noch bekommen.

Kennste Tunnel? Das ist kein Tunnel, wie man ihn von der Bahn oder vom Auto kennt. Das sagt man nur im Fußball so. Wenn jemand dir den Ball durch die Beine spielt, nennt man das Tunnel. Also linkes Bein und rechtes Bein und dann den Ball genau da zwischendurch gespielt. Das mag allerdings kein Fußballer gern. Der ist dann total sauer, auch weil die Anderen alle lachen. Du, mit mir macht so was niemand! Da gibt's aufs Maul. Egal, ob ich dann eine bunte Karte bekomme. Das geht gar nicht! Nicht mit mir!

Eh, passe auf! Ich bekam auch einen Pokal. Das Ganze war aber etwas komisch. Ich wusste eigentlich nicht, warum ich das Ding bekam. Bester Spieler wurde nämlich einer von Fußballfreunde Danstadt. Das konnte es also nicht gewesen sein. Bester Torschütze war ich auch nicht. Bester Torwart konnte ich nicht werden, da ich nicht im Tor stand. Ich bekam das Blechteil als Chancentod. Keine Ahnung, was das war, aber alle Leute klatschten Beifall und freuten sich. Es musste also was Tolles gewesen sein! Ich freute mich vorsichtshalber mit ihnen.

Altaa, mein erster eigener Pokal! Hammer!

Rückrundenstart

Haste gesehen im Fernseher drinne? Bundesliga ging endlich wieder los. Jetzt war die endlose Zeit ohne Bundesliga-Fußball vorbei. Natürlich schaute ich mir in dieser traurigen Zeit ohne Bundesliga Spiele aus der Hinrunde an. Die Ergebnisse kannte ich aber schon alle. Da gab es keine Überraschungen mehr. Hatte aber etwas nicht verstanden. Es war ein neues Jahr, aber jetzt erst kam der letzte Spieltag der Hinrunde. Komisch manchmal! Naja, man muss nicht immer alles verstehen.

Wenn die Fußballer Weihnachten zu Hause waren und etwas Urlaub gemacht hatten, verlernten sie ganz schnell das Fußballspielen. Das kannte ich selbst so von der Schule. Immer wenn Ferien waren, hatte ich danach auch alles vergessen. Das war ganz normal. Die Mannschaften machten dann immer eine Vorbereitung. Die mussten sich den Speck von den Rippen trainieren, weil sie leckere Sachen mit guter Butter bei Oma gegessen hatten. Das versteht jeder sehr gut! Schmeckt ja auch immer am Besten bei Oma und man braucht sich mal eine Weile nicht von Salatblättern ernähren.

So eine Vorbereitung machen die Mannschaften am Liebsten dort, wo es warm draußen ist. Ist ja auch viel kuscheliger dann. Dazu fahren sie ganz oft mit dem Flugzeug ganz weit weg. Wo das ist, weiß ich nicht, denn da war ich noch nicht. Ostsee jedenfalls machen die nicht, denn da ist es im Winter auch kalt.

Wenn ich drüber nachdenke im Kopf drinne, ist das doch gar nicht so gut, wenn die im Warmen trainieren. Weißte, Bundesliga geht los und plötzlich, ist der Rasen gefroren. Ganz hart. Dann wundern die sich, denn damit konnte niemand rechnen. Wie bei den Leuten, die im Winter Straßen bauen. Dann lief es im Spiel nicht so gut, weil sie ausrutschten und der Ball ganz anders rollte, als auf einem schönen grünen Rasen.

Dafür konnten die Spieler nichts. Das hatten sie im kuschelig Warmen nämlich nicht geübt. Der Rasen hart und der Ball rund! Schon stehste da, wie dumm. Als wenn du nie vorher gegen einen Ball getreten hättest.

Du, meine Bayern gewannen, auch wenn es ganz knapp war. Die Rasenballsportler dosierten ihre Flugbrause richtig und spielten ganz gut. Hertha BSC und der Hamburger SV beachteten wohl die Ratschläge der Fans und spielten nicht in ihren pinken Auswärtshemdchen. Trotzdem konnten sie nicht gewinnen. Der Fabian von Farben-Paule ärgerte sich sehr, da die nicht in Pink spielten. Das machte ihn sogar etwas traurig. Wenigstens der Torwart von Berlin zog sich ein pinkes Hemdchen an.

Borussia Dortmund gewann auch. Gegen Werder Bremen. Das war auch sehr knapp gewesen, denn die Bremer spielten gut, auch wenn sie in Tarngrün spielten. Es gibt immer wieder Mannschaften, die in Grün spielen. Die wundern sich, dass sie ihre Mitspieler nicht finden auf dem grünen Rasen. Gut, die Bremer waren nicht komplett getarnt, denn da waren weiße Streifen im Hemd. Dadurch konnten sie sich wenigstens ein bisschen erkennen auf dem Platz. Gekämpft hatten sie aber ganz dolle und das mit einem Mann weniger, weil einer nicht mehr mitmachen durfte. Sarah-Herta freute sich natürlich. Auch weil ihr Marco Reus wieder mitspielte. Die küsste schon wieder diese Autogrammkarte! Du, ich habe auch Autofotos von mir! Sag Bescheid, wenn du gern mal mein Foto küssen willst.

Ich war so froh! Bundesliga! Ich liebe es.

Rasenheizung

Alder, haste das auch gehört im Fernseher drinne? Das wusste ich noch gar nicht und konnte es mir im Kopf drinne auch gar nicht richtig vorstellen. Da sagte doch der Mann mit dem Mikrofon was ganz Komisches! Rasenheizung!

Die haben eine Rasenheizung auf dem Platz! Ich fragte Vatta und der meinte, das würde stimmen. Das gibt es wirklich! Kann man machen.

Das war doch mal wieder die Idee für mich! So was brauchten wir auch bei unserer Germania! Dann könnten wir auch im Winter draußen spielen und es wäre schön warm. Ich ging dann gleich in den Stall und schaute, ob da nicht etwas drinne war, das man gut brauchen konnte.

Hinten in der Ecke lag tatsächlich so ein Heizkörper rum, wie ich in meinem Kinderzimmer an der Wand unter dem Fenster habe. Prima, da hatte ich doch schon mal was. Du, der Heizkörper war aber kaputt. Der war ganz kalt. Hatte noch ein bisschen an dem Knopf gedreht, aber der wurde nicht wärmer!

Dann fand ich noch ein anderes Teil. So ein Ding mit Schalter und einem Windrad drinne. Das Ding musste man aber an der Wand festmachen. Da war nämlich ein Stecker dran. Eh, das klappte aber gut. Das Windrad pustete mir warme Luft ins Gesicht. Geil, das war's doch! Dann suchte ich noch in dem Haus, wo Vatta immer das Auto einstellt, lange Kabel. Dort fand ich auch ganz viele Strippen für Strom. Damit konnte man den Strom verlängern. Das wusste ich nämlich schon. Strom geht leider noch nicht mit WLAN durch die Luft.

Ich fuhr dann mit meinem Fahrrad von Opa Walter nach Dereberg. Weißte noch, ich wohnte doch in Heimberg. Im Dorf nebenan von Dereberg. Da es von dort aus fast nur Berg runter ging, war ich auch schnell auf dem Sportplatz angekommen. Ich war so aufgeregt.

Das würde eine Überraschung werden und ich wäre mal wieder der Held. Das Heizgerät machte ich sofort am Vereinshaus fest. Die Kabel reichten auch bis hin zum Rasen. Das passte!

Eine Stunde wartete ich, da passierte aber nichts. Mir wurde nicht warm und der Rasen taute nicht auf. Hatte ich einen Fehler gemacht?

Dann hatte ich einen neuen Gedanken. Bei uns im Bad, wo ich mich manchmal wasche, wenn es nötig ist, war die Heizung im Fußboden drinne. Klar, darauf hätte ich auch schon eher drauf kommen können. In der Werkstatt von unserem Platzwart Holger fand ich eine Hacke und eine Schippe. Eh, weißte wie hart der Platz war? Da kam ich mit der Hacke kaum rein. Zum Glück haute ich mir das Ding nicht in den Fuß. So was kann ich sonst ganz gut. Nach zwei Stunden hatte ich aber endlich ein Loch gebaut, in das das Warmluftgerät gut rein passte.

Vielleicht war es aber doch besser, ich würde nochmal jemanden fragen. Ich wusste nämlich nicht, ob man dazu noch eine Versicherung brauchte, falls mal was passierte. Falls der Strom zum Beispiel alle ist oder zu stark. Keine Ahnung eigentlich. Ich rief dann den Hans-Rudolf mit meinem Schmartfon an. Der lernte ja Gymnasium und der hatte dort auch Strom. Der wusste Bescheid!

Hans-Rudolf freute sich ganz laut über meine geniale Idee. Als ich sagte, das Loch wäre schon fertig gebaut, meinte er, ich sollte mal ganz schnell die Finger davon lassen. Das wäre gefährlich und würde so nicht funktionieren. Ich glaubte ihm das einfach mal. Dann hätten wir bei der Germania eben keine Rasenheizung. Aber, irgendwie müsste es funktionieren. Andere haben das schließlich auch. Aber die Idee war mal wieder gut. Ich sage es dir nochmal! Du musst immer gut aufpassen, bei mir kannste immer lernen!

Freistadt

Alter, haste Freunde? Wir von der Germania haben Freunde! Weil wir Fußball können, spielen wir im Winter gerne Fußball gegen unsere Freunde. Wir besuchen uns oft gern gegenseitig. Wir von der Germania fahren dann zu einem Hallenturnier in die Turnhalle nach Freistadt. Weil die sich so ganz dolle freuen, wenn wir dahin kommen, laden die noch mehr Freunde ein. Dann sind wir ganz viele Mannschaften. So viele, wie ich Finger an beiden Händen habe. Genau so viele Mannschaften, wie ich hinten auf meinem Trikot stehen habe. Nämlich Zehn. Siehste, das weiß ich schon!

Na gut, an meinem Hemd war die „1" abgegangen. So etwas passiert, wenn man so viel kämpft wie ich. Wir spielen dann alle gegeneinander und die beste Mannschaft bekommt einen Pokal zum Behalten geschenkt. Spaß hatten wir dort immer! Wir sind Freunde eben.

Ich war auch wieder ganz aufgeregt. Freunde besuchen war schon etwas Besonderes. Sonst hatte ich nämlich keine Freunde. Na vielleicht der Fabian von Farben-Paule. Ja doch, ein bisschen schon. Der hatte zwar alles in Pink, aber sonst war der ganz nett. Ecken malern durfte der sogar schon. Aber er war ja ein Lehrjahr weiter. Ich durfte noch keine Ecken malern, denn das war sehr kompliziert.

Vielleicht war der Hans-Rudolf auch ein bisschen Freund. Aber der muss ja! Weißte doch, der muss alles aufschreiben, was ich ihm so erzähle, sonst gibt's was drauf. Aber deshalb sehe ich ihn auch sehr oft. Wenn man jemanden oft sieht, ist man doch ein bisschen Freund, oder?

Vatta meinte, er sähe seinen Chef auch jeden Tag, aber Freunde werden sie wohl nie. Seine Freunde wären die, mit denen er sich gern trifft. Zum Beispiel zum Desinfizieren im Keller. Denen konnte er auch alles erzählen und sie würden einen auch immer verstehen. Dazu müsste man auch unter Männern nicht viel reden. Man MUSS sich nicht einfach nur treffen, sondern man MÖCHTE sich gern treffen. Das wäre ein ganz großer Unterschied. Mal raus kommen aus dem Alltag und die Olle nicht sehen müssen. Männer können einfach mal zusammen weinen und dummes Zeugs erzählen. Über Fußball reden und wie schön das Leben war, als man noch jung und unabhängig war.

So ganz verstand ich das nicht mit der Unabhängigkeit, aber ein wenig verstanden hatte ich schon, wozu Freunde da sind. Nur wozu man eine Olle brauchte, war mir immer noch nicht klar.

Immer wenn wir nach Freistadt fuhren, mussten wir schon ganz früh los fahren. Zum Glück weckt mich Mutta immer. Sie wollte nochmal kontrollieren, ob ich auch alle Sachen ordentlich gepackt und nichts vergessen hatte. Eine sauberen Schlüpper musste ich auch immer mitnehmen. Da passte sie genau auf. Das Alles war aber sehr nett von ihr. Sonst würde ich verschlafen. Und kaum hätte ich verschlafen, würde ich auch schon zu spät kommen. Komisch oder?

Mit zwei Autos fuhren wir dann los nach Freistadt. Der Trainer fuhr das eine Auto und der Uwe das andere. Die Fahrt dauerte ganz lange. Mehr als zwei Stunden. So lange bin ich sonst nie unterwegs. Außer, wenn wir zur Ostsee fahren, um Urlaub zu machen. Damit wir nicht verhungerten, machten wir von der Germania immer eine Pause. Bisschen was essen und einen Kaffee gab es dazu. Alle sollten wir noch aufs Klo gehen, auch wenn wir nicht eigentlich mussten. Das wurde kontrolliert, denn noch eine Pause wegen einer schwachen Blase konnten wir uns nicht leisten.

Ganz pünktlich kamen wir an, auch wenn es geschneit hatte. Freistadt liegt nämlich weiter oben auf dem Berg. Da kommt mehr Schnee hin, als bei uns unten. Bis zu uns reicht der Schnee meistens nicht. Ich wollte so gern noch schnell einen Schneemann bauen, aber ich durfte nicht. Wir wollten nämlich weiter zu unseren Freunden. Zum Glück wohnte in Freistadt der Bruder von Uwe. Der konnte nämlich fremde Sprachen und übersetzte Sächsisch in Deutsch. Und umgekehrt. Ich müsste mal fragen, ob er mir auch Italienisch erklären könnte. Auch wenn der Uli von den Bayern nun Deutsch als Pflichtsprache festgelegt hatte, könnte das nicht schaden.

Das Turnier hatte wieder viel Spaß gemacht. Einen Pokal gewannen wir leider nicht. Nur ein Spiel konnten wir gewinnen. Ganz am Anfang. Vielleicht, weil wir schon wacher waren, als die anderen. Wir gewannen sogar gegen die Mannschaft, die am Ende das Blechteil bekam. Wir waren Pokalsiegerbesieger! Dafür gab es nichts, aber wir freuten uns. Hört sich spitze an.

Unser Torwart, der Eike, wurde als bester Torwart gewählt und bekam dafür einen kleinen Pokal. Ich verstand das nicht, denn die Anderen hatten ganz viele Tore bei uns rein geschossen. Na gut, einer musste ja dieses Teil bekommen. Vielleicht fiel denen kein Anderer ein. Möglich! Meine Leute von der Germania meinten, wenn er nicht so gut gehalten hätte, hätten wir noch höher verloren. Stimmte schon, aber Punkte gab es für 0:1 nicht und für 0:5 auch nicht. Das hatte ich aber schon verstanden.

Aldar, die Rückfahrt war dann noch krass aufregend. Die Autos waren eingeschneit und wir mussten sie frei schippen und dann vom Parkplatz schieben. Zum Glück war die Straße, wo dir kein Auto entgegen kommt ohne Schnee. Autobahn heißt das Ding, meinte Hans-Rudolf. Es ging auch ordentlich vorwärts. Die Rückfahrt ist aber immer etwas weiter, als die Hinfahrt. Weil das Bier, das oben rein ging, unten immer schneller wieder raus wollte. Fast jeder Parkplatz wurde in letzter Not angesteuert.

Alder, das hätte noch ganz schlimm enden können. Passe auf!

Wir sahen von hinten, dass der hintere linke Reifen von Uwes Auto fast platt war. Dass so was gefährlich war, wusste sogar ich. Der Reifen von meinem Fahrrad, das mal dem Opa Walter gehörte, hatte auch mal keine Luft mehr ganz plötzlich drinne im Schlauch. Ehe ich nachdenken konnte, legte ich mich lang auf die Straße und konnte nur noch mit dem Gesicht bremsen. Die Striemen sah man dann auch noch lange. Ich versuchte auch eine Weile keine Kopfbälle, weil ich oft den Ball ins Gesicht bekam. Das tat dann ganz schön weh. Auch mir hartem Kerl tut so was weh. Kannste glauben!

Wir fuhren auf die Überholspur und gaben unseren Leuten Zeichen. Wir winkten rüber und rissen uns dabei fast die Arme aus. Die Leute in Uwes Auto winkten freundlich zurück. Wir setzten uns dann vor Uwes Auto um sie auszubremsen, aber sie überholten uns wieder und winkten freundlich rüber. Die hatten Spaß. Zum Glück zwang uns dann das Bier auf einen Parkplatz. Du, alle die eben noch gelacht hatten in dem Auto, waren plötzlich ganz blass. Sie lachten nicht mehr.

Der Reifen wurde gewechselt und dann fuhren wir ruhig weiter nach Hause. Seit diesem Tag habe ich auch immer ein Ersatzrad für mein Fahrrad dabei. Man lernt immer dazu.

Der Tag war sehr schön und aufregend. Es ist gut, Freunde zu haben!

Kino

Alter, es sollte eigentlich ein ganz ruhiger Tag werden. Es war Wochenende! Einfach mal ein bisschen ausruhen. Ich hätte den ganzen Tag nur das machen können, worauf ich Lust gehabt hätte. Bisschen Fußball gucken im Fernseher drinne oder mal wieder einen Dokumentarfilm schauen. Oder einfach so rumliegen. Verstehste, ich hatte mal nichts zu tun. Gar nichts! Geil oder?

Plötzlich stand Mutta in meinem Kinderzimmer. Hatte mich total erschrocken, weil sonst stand sie nicht einfach so da, sondern rief von unten nach oben, wenn ich mal wieder etwas erledigen sollte. Meist sollte ich Müll raus bringen. Das verstand ich eigentlich nicht, denn ich machte gar keinen Müll. Das macht Mutta immer, wenn sie kocht. Dann kann sie den auch selbst raus bringen. So ist das!

Erst höre ich nicht, als wenn ich es nicht verstanden hätte und erst wenn sie droht, dass ich nichts zu essen bekommen würde, helfe ich ihr ausnahmsweise mal. Die Sarah-Herta könnte auch mal was machen. Aber die ist ja Prinzessin! Vatta meinte, sie muss zur Schule. Das wäre auch harte Arbeit. Ja gut, sie hat es nicht ganz leicht.

Mutta meinte freudestrahlend, heute wäre der große Tag für mich. Hatte ich irgendwas vergessen? Meinen Geburtstag vielleicht? Konnte aber nicht sein, denn erst müsste der Sommer kommen und der dann auch wieder vorbei sein. Keine Ahnung, was sie von mir wollte. Ich kramte echt lange in meinem Kopf rum, aber da war nichts drinne.

„Kino! Heute gehste ins Kino! Mit der Lena!", rief Mutta.

Das war ein Schreck! Da fiel es mir wieder ein! Der Weihnachtsmann schenkte mir doch diese Eintrittskarten. Mutta wusste komischerweise genau, dass es genau heute war. Das stand nämlich drauf auf den Papierschnipseln. Dabei hatte ich den Umschlag mit den Karten Mutta gar nicht gezeigt. Du, sogar die Lena wusste schon Bescheid. Obwohl ich sie gar nicht angerufen hatte. Komisch war das alles. Der Weihnachtsmann dachte scheinbar an alles.

Der Tag begann so schön ruhig und dann wurde ich so ganz krass aufgeregt. Oh Mann! Da musste ich nun echt durch.

Was würde mich erwarten? Das konnte nämlich sehr gefährlich werden. Sie war schließlich eine Frau, wie ich erst vor kurzer Zeit gelernt hatte. Da gab es noch so viele offene Fragen. Was es denn genau mit diesen langhaarigen Menschen auf sich hatte, wusste ich immer noch nicht. Ich hoffte, die Lena würde nicht wieder so einen Blümchenrock anziehen, wie Oma früher. Oma Herta erzählte mir, wie die Frauen früher auf dem Schützenfest solche Dinger anzogen. Damit lenkten sie die Männer ab. Die schauten nur auf den Rock und nicht so sehr ins Gesicht. Dann wurden die Männer ganz uschig und denen ging das Gehirn aus. Schon waren sie verheiratet und hatten kurz danach Kinder am Hacken. Wenigstens war ich bereits gewarnt.

Auch wenn mein Tag anders geplant war, bereitete ich mich gut vor. Saubere Sachen suchte ich mir raus und ging mal mit dem Elektrorasierer über das Gesicht. Etwas von Vattas Riechwasser verteilte ich im Gesicht. Einen Scheitel kämmte ich mir aber nicht. Das fand nur Oma schick. Die fünf Euromarks mit der Null hinten dran, die mir Oma zu Weihnachten schenkte, steckte ich mir ein. Die würde ich heute sicher brauchen. Denn ich würde Lena wieder einladen, auch wenn sie einmal sagte, sie wäre modern und könnte für sich selbst bezahlen. Aber Oma Herta meinte immer, ein Mann sollte die Frau einladen. Also bezahlen mit Geld bedeutete das. Sinn machte das zwar irgendwie nicht. Das war etwas von früher. Aber ein Mann muss Kavalier sein. Dieses Wort schaute Hans-Rudolf noch schnell im Internet nach. Das Wort ist alt. Kavaliere gibt es nicht mehr.

Naja schon gut! Aber wenn du weißt, was Kavalier bedeutet, sag es mir mal. Ich wollte nicht dumm fragen. Egal, ob Kavalier von früher, oder einfach nur nett sein von heute: Ich steckte meine ganzen Euromarks gut gesichert ein.

Dann ging es los. Ich fuhr wieder mit dem Bus in die ganz ganz große Stadt. Den Weg kannte ich schon und kam auch gut am Kino an. Die Lena war noch nicht da. Lange wartete ich aber nicht. Da kam sie um die Ecke gerannt und stürzte direkt auf mich zu. Das kam so überraschend, dass ich es nicht schaffte, mich auf mein Gehirn zu konzentrieren. Zum Glück schien erst mal nichts passiert zu sein. Das Gehirn war wohl noch an.

Einen Blümchenrock hatte sie auch nicht angezogen, um mich abzulenken. Deshalb war die Gefahr für mich auch nicht zu groß, dachte ich dann. Ich konnte etwas aufatmen. Wir gingen dann hinein. Karten brauchte ich ja nicht mehr. Aber wir kauften noch diese Popcorn-Dinger und noch zwei große Tüten Cola. Beim Bezahlen sah ich noch einmal meinen schönen vielen Euromarks hinterher. Ein bisschen traurig war ich schon. Das hätte ein schönes Feuerwerk werden können.

Der Mann an der Treppe hatte nicht „Security" auf dem Rücken stehen, aber wichtig war der schon irgendwie. Der passte auf und schaute nach, ob wir auch Eintrittskarten dabei hatten. Ein bisschen gemein war er aber auch, denn er machte wieder unsere schönen Karten kaputt. Leider schauten wir keinen 3D-Film. Der Film war so platt wie ein Film in meinem Fernseher drinne. Das war schade, denn man saß nicht so mittendrin und konnte nicht gut mitspielen.

Dass die Sitze immer von allein hochklappten, wenn man aufstand, hatte ich mir aber gut gemerkt. Es war schon peinlich beim ersten Mal im Kino. Immer wenn ich vor Freude hoch sprang, klappte der Sitz hoch und ich krachte mit dem Hintern auf den Boden. Das nervte nicht nur mich selbst.

Nur manchmal noch landete ich mit meinem Hintern auf dem Fußboden. Ich tat dann so, als ob ich das absichtlich gemacht hatte. Weil die Leute immer lachten, lachte ich mit und schon dachten die, dass ich nur Spaß machte. Man muss nur schlau sein.

Irgendwann kam eine Frau in den Kinosaal rein. Vielleicht wollte sie schauen, ob nun endlich alle da sind. Eine Kiste trug sie vor dem Bauch und rief: „Möchte jemand noch ein Eis?" Da war ich echt etwas traurig. Die anderen Leute im Kino hatten schon eins bekommen und die wurden gefragt, ob sie noch eins wollten. Ungerecht! Ich hatte noch gar keins und die Lena auch noch nicht.

Ich schaute sie etwas traurig an und sie fragte mich, ob ich ein Eis möchte. Ich antwortete ihr „Nein!", denn ich wollte doch zwei Eis haben. Für mich und für die Lena. Zwei Eis gab es aber wohl nicht, denn sie drehte sich um und ging raus. Sie machte noch das Licht aus, falls jemand schlafen wollte. Aber dann ging auch schon der große Fernseher an. Da war aber noch nicht mein Film, sondern die erzählten noch eine ganze Weile von ein paar Neuigkeiten, die man gegen Euromarks kaufen könnte. Brauchte ich aber alles nicht. Nächstes Mal sage ich vorher Bescheid, dass ich nichts brauche. Dann können sie gleich mit dem Film beginnen. Das spart ganz viel Zeit.

Der Film im Kino war ganz lustig. Die Leute waren alle gezeichnet. Was es alles gibt! Mit der Lena passte es auch alles ganz gut. Teilweise vergaß ich sogar, auf mein Gehirn aufzupassen. Es machte sogar echt viel Spaß mit ihr. Als ich ihr einmal aus Spaß die Popcorntüte weggezogen hatte und das Zeugs auf der Erde landete, gab sie mir eine Backpfeife. Das hatte laut geknallt. Ich haute ihr eins auf den Hinterkopf zurück. Das ging dann hin und her. Eh, und dann mal voll mit meiner Faust gegen ihren Oberarm. Und zwischendurch wieder Backpfeifen. Die anderen Leute freuten sich wohl auch. Die feuerten uns an. Hatte aber nicht verstanden, was die riefen.

Du, Kino macht wirklich Spaß! Das würde ich gern mal wieder machen. Irgendwie dachte ich, dass Frauen vielleicht doch nicht so sehr schlimm sind, wie alle sagen. Wir verabschiedeten uns dann mit einem Pferdekuss. Ich fuhr nach Hause. Ein Gefühl, es wäre etwas im Kopf kaputt gegangen, hatte ich nicht. Aber heiß war mir. Ganz heiß!

Vorsichtshalber ging ich trotzdem noch in Vattas Keller und gurgelte mit Wodka. Sicher ist sicher.

Konto

Altar, Vatta meinte, ich müsste endlich ein Konto eröffnen! Was das war, wusste ich nicht. Vatta erklärte mir, falls mir Farben-Paule Geld schenken wollte für meine Arbeit, würde er es mir auf mein Konto legen und ich könnte es mir dann dort abholen. Warum das denn? Das ist doch ganz schön umständlich, oder? Ich sehe den Chef ganz oft. Dann könnte er es mir doch einfach so geben. In die Hand.

Aber Vatta erklärte mir, ein Konto wäre sehr praktisch. Das machen alle so und man muss so was unbedingt haben. Ich könnte nämlich dem Konto Bescheid sagen und es würde so von ganz allein irgendwelche Dinge für mich bezahlen. Das hörte sich tatsächlich gut an. Sollte mein Geld alle sein, brauchte ich dort nur Neues holen. Echt praktisch.

Ich wusste aber nicht, wie viel Euromarks in so ein Konto reinpassen würden und wann das voll wäre. Vielleicht sollte ich dann besser zwei Kontos haben bei der Bank. Vorsichtshalber. Ein paar Kontos hatte ich ja schon. Das nannte ich aber Sparstrumpf. Da packte ich immer das Geld rein, das ich mit meinen leeren Flaschen sammelte und versteckte es sicher unter mein Bett. Ich habe da sogar schon mehrere Kontos drunter liegen. Da kommt Einiges zusammen.

Vatta und ich fuhren dann in die ganz große Stadt zu einem Haus. Das war ganz schön groß, denn da mussten ganz viele Kontos reinpassen. Von den ganz vielen Leuten, die um uns herum wohnen.

Ein Typ mit einem bunten Strick um den Hals legte uns ganz viel Papier hin und ich musste überall meinen Namen drunter malen. Da kam ich ganz schön ins Schwitzen. Das dauerte natürlich eine ganze Weile.

Der Typ schien zu schwitzen und wirkte immer nervöser. Aber Dinge dauern so lange, wie sie dauern. Der bunte Strick meinte dann, ich sollte mal etwas schneller malen, denn die wollten gleich das Haus zuschließen, damit niemand die ganzen Kontos klaut. Leider hatte er mir mein neues Konto nicht gezeigt. Ich hätte gern einmal gewusst, wie groß das Teil ist. Na die würden mir sicher Bescheid geben, wenn es voll ist.

Eh, ich war erst ganz schön sauer. Ich bekam nur eine Karte aus Plastik von denen. So ganz wertloses Zeugs für meine ganz vielen Euromarks. Das sah nach Betrug aus. Am liebsten hätte ich dem Banker aufs Maul gegeben. Da waren meine Strümpfe aber viel mehr wert! Besonders die gestrickten Socken von Oma Herta.

Aber Alter, das Ganze war dann doch besser, als ich dachte. Überall gibt es große Kisten mit ganz viel Geld drinne. Da steckste die Karte rein und dann kommt unten Geld raus. Sogar Euromarks aus Papier mit Nullen hinten dran. Geld so viel man wollte, konnte man dort zapfen. Das war fast so, wie in dem Dokumentarfilm „Tischlein deck dich". Es hörte nie auf.. Der Tisch war immer randvoll gefüllt. Zum Schluss kam das Plastik-Teil sogar unten wieder raus. Das konnte man nochmal oben rein stecken und wieder Euromarks rausholen.

Das Problem mit dieser Karte war aber, dass man sich ganz viele Zahlen merken musste. Die musste man wie bei einem Telefon in die Kiste tippen. So wusste der Geldkasten nämlich, dass du es selbst warst und nicht etwa Sarah-Herta zum Beispiel. Da suchste dir nämlich heimliche Zahlen aus, die keiner kennen soll. Geheim sozusagen. Ich hatte mir dann die Zahlen 0,0,0,0 ausgedacht. Die konnte ich mir auch gut merken. Außerdem passte es zu mir, meinte Vatta. Aber verrate meine Zahlen nicht, sonst wissen das alle Leute und wollen auch was von meinen Euromarks abhaben. Man muss immer schlau sein und aufpassen.

Mir kam dann ein Gedanke. Weißte, jetzt, wo ich so ein Konto hatte, brauchte ich eigentlich gar nicht mehr für Geld zu Farben-Paule gehen. Ich brauchte doch nur noch zu einer Maschine gehen, die Karte reinstecken und schon druckte das Teil mir Geld aus.

Vatta schüttelte nur den Kopf und verdrehte etwas die Augen. Ja, ich wusste doch, ich sollte was

Vernünftiges lernen. Und dann Manager vielleicht. Ich wollte ja selbst Spuren auf der Welt hinterlassen oder wenigstens in Heimberg erst mal und später in den Geschichtsbüchern stehen. Genau! Geld ist nicht alles im Leben! „Geld allein macht nicht glücklich", sagte Oma immer.

Eine Frage hatte ich aber vergessen zu stellen. Wie kann ich denn das Geld von den leeren Flaschen in den Automaten stecken? Ich konnte da keinen Schlitz für das Klimper-Geld entdecken. Besser, ich würde die Euromarks weiterhin in den Strumpf stecken. Da war es viel sicherer. Wer weiß, wenn nämlich das Deutschland kein Geld mehr hat, würden die einfach welches aus meinem Konto herausnehmen. Aber mein Versteck unter dem Bett kennt niemand. Denke mal nach!

Passe auf! Das mit der Maschine musste üben. Mal ein Tipp von mir, falls du dir auch mal ein Konto kaufen willst. Diese Karte musste in den Schlitz stecken. Dann tippst du deine heimlichen Zahlen. Wenn du dir die nicht merken kannst, mach es so wie ich. Schreibe sie dir auf die Hand. Nicht auf die Karte! Wenn die nämlich in der Maschine steckt, kannste die Zahlen nämlich nicht mehr sehen. Dann stehst da wie dumm. Denke mal nach, da muss man erst drauf kommen. Die Zahlen müssen auch in der richtigen Reihenfolge getippt werden. Da passe ich immer genau auf. Ganz schnell musste auch sein. Wenn du zu langsam bist, denkt die Maschine, du wärst eingeschlafen oder schon nach Hause gegangen. Dann macht die nicht mehr mit und behält die Karte einfach.

Weißte, ich kann sogar mit meiner Karte in unserem Dorfladen einkaufen. Wahnsinn! Da kommste dir vor wie ein König. Oder Kaiser. Da fällt mir ein, ich sollte mal unserem Kaiser von Deutschland Bescheid geben. Weißte, der einmal den Weltmeister nach Deutschland holte. Der hatte doch auch Sorgen. Wegen seiner Spesen. So fünf Komma irgendwas Euromarks. Mit so einer Karte bekommt der sicher an der Pommesbude etwas zu essen. Dann gibt es auch nicht wieder Ärger wegen seiner Spesen. Ich sollte ihn mal anrufen.

Uhrzeit

Alda, Mutta meinte, ich sollte endlich mal die Uhr lernen! Es wäre Zeit, selbst irgendwo pünktlich zu sein. Vatta, Mutta und Sarah-Herta könnten mir nicht ständig Bescheid sagen, wann ich losgehen müsste. Das sollte ich nun endlich ganz allein schaffen. Na gut, das stimmte auch irgendwie. Das sah ich ja ein. Manchmal nervte es, wenn Mutta anrief, um die neue Uhrzeit durchzugeben. Als Manager könnte ich auch nicht immer mit Mutta telefonieren, wenn ich gerade etwas hin und her organisierte.

Ich bekam von Mutta eine Uhr geschenkt. Die konnte man sich um den Arm wickeln. Da standen ganz viele Zahlen drauf. Haste das mal gesehen? Eine Uhr mit Zeigern drauf, wäre zu kompliziert für mich, meinte Mutta. Hatte das Teil dann mal beobachtet. Da kommen immerzu neue Zahlen. Und auch ganz Große, dann wieder mal kleine Zahlen, die ich schon kenne. Das änderte sich so schnell, dass ich kaum mitzählen konnte. Rasant!

Auf meinem Schmartfon sind genau die selben Zahlen drauf. Woher weiß mein Schmartfon, welche Zahlen auf meiner Uhr sind? Das ist wie Zauberei! Verrückt, oder? Leider muss man rechnen können. Da steht immer so ein Mathezeichen zwischen zwei Zahlen. Das heißt „Teilen". Da ich aber nicht so gern teilte, wollte ich das in der Schule auch nicht lernen. Aber ich war ja ein Kämpfer und auch das mit der Uhr würde ich auch noch schaffen.

Weißte, Oma erzählte mir, sie besaß damals keine Uhr. Uhren gab es nicht so oft und sie waren auch sehr teuer. Aber das ging auch ohne. Damals sagten noch die Glocken von der Kirche Bescheid, dass sie nach Hause musste. Wenn sie als Kind mit den anderen Kindern vom Dorf gespielt hatte und die Glocken läuteten, waren alle schnell nach Hause gerannt. 18 Uhr war das immer. Dann gab es Abendessen.

Wenn man gleich in der Nähe gespielt hatte, ging man langsam nach Hause und wenn man irgendwo im Wald Dummheiten machte, musste man schnell rennen. So merkte niemand, dass man weit weg war. Die Glocken waren ganz laut. So konnte keiner sagen, man hätte es nicht gehört.

Manchmal höre ich auch die Glocken vom Vereinsheim. Weißte, dieser ganz große Verein, in dem die Vereinsmitglieder sonntags um einen Sieg bitten. Der Vereinspräsident heißt Papst mit Namen. Du weißt schon wer. Der läutet die Glocken, alle wissen Bescheid und schon rennen sie los.

Bei uns läutet der Trainer. Aber mit Handy. Das ist moderner. Dann klingelt das Telefon und wir rennen alle auf den Sportplatz.

Das mit der Uhr wollte ich sofort üben. Ich überlegte, dass ich um 11:00 Uhr zum Dorfladen gehen könnte. Sarah-Herta bat ich, mir mal die Zahl auf einen Zettel zu schreiben. Geile Idee, oder? Da brauchte ich nur den Zettel mit den Zahlen der Uhr vergleichen. Schon wusste ich Bescheid. Clever muss man sein!

Ich musste ganz schön lange warten. Aber dann stand auf meiner Uhr genau „11:00". Prima, das klappte. Ich ging los. Ein bisschen stolz war ich in diesem Augenblick schon auf mich. Aber weißte was los war? Der Dorfladen war zu! Was war denn nun los? Ich war mir ganz sicher, dass ich genau um Elf los gegangen war. Zettel und Uhr stimmten überein. Oder hatte die Sarah-Herta das falsch aufgemalt? Na warte, die könnte was erleben!

Hinten kamen zwei Männer aus dem Schützenhaus heraus. Die waren echt albern und hatten sich in den Arm genommen. Die gingen auch nicht geradeaus, sondern immer hin und her. Die sahen aus, wie Vatta, wenn er sich im Keller desinfizierte. Na gut, vielleicht waren sie etwas krank und mussten gurgeln. Konnte schon sein.

Die fragten mich, ob ich nicht mal langsam ins Bett müsste. Es wäre schon spät. Das machte mich stutzig. Ein Blick nach oben und da fiel es mir auf. Draußen war es dunkel. Ganz dunkel! Es war nachts. Mist! Ich müsste Sarah-Herta nochmal ernsthaft fragen. Da stimmte etwas nicht!

Man hätte mir aber auch sagen können, dass es am Tag zweimal Elf Uhr ist. Einmal gegen Mittag und einmal nachts. Sarah-Herta erklärte mir, man könnte die Uhr auch so einstellen, dass sie mehr Zahlen anzeigt. Dann wären die Zahlen nicht mehr doppelt, aber es wären viel mehr Zahlen. Das wollte sie mir nicht zumuten. Bis 12 müsste ich es eigentlich packen. Ja gut. Aber ich habe nur 10 Finger. Naja!

Du, Kalender kann ich aber ganz gut. Nicht, dass du denkst, ich könnte gar nichts! Habe nämlich geübt: Sommer, Herbst, Winter! Da staunste, was?!

Hartz

Weißte, meinen Plan im Kopf für meine Kariere kennste ja schon. Den Plan für meine goldene Zukunft. Maler, Fußballprofi und dann Manager machen. Oder Trainer. Oder Präsident. Alles ist möglich! Nach oben gibt es keine Grenzen.

Alter, ich traf letztens meinen alten Kollegen Leon von der Schule. Mit ihm ging ich an die Schule für Spezialisten. Wir hatten uns echt lange nicht gesehen. Der war aber schon eher ausgelernt, als ich. Dieses eine Jahr eher brachte ihm einen großen Entwicklungsvorsprung.

Wir begrüßten uns erst so, wie wir das früher schon gemacht hatten. So mit Abklatschen und so weiter. So wie die ganz coolen Typen es heute alle machen. Das muss man auch echt lange üben. Das dauert immer etwas. Wir begrüßten uns also nach der alten Prozedur und nach ein paar Minuten gaben wir uns dann die Hände und sagten: „Altaaaaa!" Geredet hatten wir früher dann nicht weiter, da wir uns verabschieden mussten, bevor die Hofpause wieder vorbei war. Das dauerte nämlich auch nochmal einige Minuten.

Aber nun hatten wir etwas Zeit und ich fragte ihn nach seinen beruflichen Plänen. „Eh Alter, was haste gelernt nach Schule?", fragte ich. Der Leon meinte: „Home-Office". Ach so! Ich wollte nicht dumm fragen, denn das kannte ich nicht. Die Blöße wollte ich mir nicht geben. Hans-Rudolf erklärte später, es wäre ein Wort aus England und bedeutete, dass man zu Hause arbeiten würde. In einem Büro.

Leon sagte, er hätte „Hartz" gelernt. Das wäre heute ein Ausbildungsberuf und ziemlich schwer. Fast so wie Manager. Man müsse ganz viel lernen, wo man dies und jenes her bekommt. Da geht es richtig um Knete. Das ist nicht so einfach. Man müsse Anträge stellen, zu Ämtern gehen und immer genau aufpassen, was sich so alles ändert in der Wirtschaft. Das hörte sich sehr kompliziert an und ich begann ihn zu bewundern. Ich könnte gern mal zu ihm kommen und er würde mir alles genau erklären, meinte er dann. So als alter Kollege würde er das für mich gern zum Sonderpreis machen. Da merkte ich schon, er weiß wie es läuft.

Ich sagte ihm, dass ich es nicht brauchte, da ich jetzt Konto hätte und bei Farben-Paule lernen würde.

Trotzdem bedankte ich mich für sein Angebot. Aber vielleicht würde ich einmal ein Praktikum bei ihm machen. Für Manager hörte sich „Home-Office" sehr wichtig an. Schaden könnte es nicht, sich einmal die bürokratischen Hürden anzuschauen und erfahren, wie man sie umschifft.

Wenn ich mal zu ihm kommen würde, könnte er mir mal sein Büro zeigen. Das braucht er, um alles ordentlich zu organisieren. Eh, der Leon hatte ein Büro! Das fehlte mir noch. So was hatte ich nicht. Ein Manager hatte bestimmt auch ein Büro. Macht auch echt Eindruck! Genau! Muss ich haben!

Mutta meinte, ich brauchte das nicht. Lesen und Schreiben wäre sowieso nicht so mein Ding. Aber es sähe wichtig und gut aus, erwiderte ich.

Du, ich fand oben auf dem Boden unter dem Dach einen alten Tisch und ein Regal. Im Stall drinne entdeckte ich den alten Computer von Vatta mit einem Fernseher dran. Da war noch ein Brett mit Tasten. Da standen ganz viele Buchstaben und Zahlen drauf. Glaube, es waren sogar noch alle Buchstaben da, die es gibt. So weit ich das beurteilen konnte natürlich.

Alte leere Ordner lagen auch noch rum. Bisschen den Staub abwischen und schon sahen die wie neu aus. Die dicken Hefter passten auch super ins Regal rein. Leider musste ich meine Ritterburg und die Bausteine wegräumen. Dafür war einfach kein Platz mehr in meinem Zimmer. Viel Zeit zum Spielen hatte ich sowieso nicht mehr. Notfalls könnte ich auch mal im Flur spielen. Das ginge schon mal. Sarah-Herta macht das auch manchmal mit ihren Puppen. Dass die noch mit Puppen spielt? Naja!

Dem Leon schien es sehr gut zu gehen. Der sah auch echt ausgeruht aus. Trotz seines „Home-Office"-Jobs. Eh Aldar, wir redeten gerade so schön, da kam eine Frau mit zwei Kindern um die Ecke gebogen und genau auf uns zu gelaufen. Die Frau und Kinder gehörten tatsächlich zu ihm! Die Kinder sagten sogar „Papa" zu ihm. Das ist ein anderes Wort für Vatta. Ich fragte Leon gleich, ob er mal sein Gehirn aus hatte und duselig im Kopf Kinder bestellte. Ich würde ihn sehr bedauern. Ich bot dem Leon an, einmal zum Desinfizieren zu kommen. Nicht, dass noch mehr Unfälle passierten.

Er wusste echt nicht, was ich meinte. Das mit den Kindern sei Strategie, erklärte er. Das Wort kannte ich vom Fußball. Strategie hat man für eine ganze Saison und Taktik für ein Spiel. So was muss man als Manager wissen.

Leon meinte, die Kinder würden Euromarks in seinen Sparstrumpf spülen. Die Kinder brauchten noch nicht einmal was tun, sondern einfach nur da sein. Kindergeld nannte man das. Leon erklärte mir, dass er noch mehr Kinder bestellen wird. Er rechnete mir vor, dass die Kinder mehr Geld verdienten, als ich bei Farben-Paule bekäme im Moment.

Mein Kumpel Leon arbeitet nebenbei noch wissenschaftlich. In seiner Freizeit untersuchte er Tragezeiten. Ja, genau so doof hatte ich auch geschaut. Eine Schwangerschaft würde heute neun Monate dauern. Nach einem Jahr etwa könnte man die

Produktion fortsetzen. Leon untersuchte nun, ob man die Trächtigkeit entscheidend verkürzen könnte. Zwei Kinder im Jahr würden 20 in 10 Jahren ausmachen. Das wäre der Durchbruch und würde das Nettoeinkommen erheblich verbessern. Dann rechnete er mir eine Zahl vor, wie viel Geld er dann im Monat verdienen würde. Das hörte sich echt viel an.

Ich fragte ihn etwas dümmlich vielleicht, wie viel denn so ein Kind im Unterhalt kostet. Essen, Kleidung, Reparatur und so was müsste man doch auch bedenken. Er schaute mich komisch an und meinte, daran hätte er noch nicht gedacht.

Ich tat so, als ob ich alles verstand, aber eigentlich verstand ich gar nichts. Schwangerschaft? Tragezeit? Produktion? Naja! Alter, was der alles wusste!

Na ob der Leon wirklich glücklich sein würde mit den Kindern am Hacken? Der hatte sicher Onkel Herbert noch nicht kennengelernt. Der Herbert hatte mir bereits ausführlich erklärt, warum man Kinder nicht braucht. Das was Onkel Herbert mir erklärte, war so schlimm, dass ich mir garantiert Kinder nicht bestellen werde. Ich erzählte Leon davon aber nichts. Es war eh zu spät. Der Arme!

Das Ganze verwirrte mich immer mehr. Kindergeld! Hm! Kinder kosten doch aber Geld? Ich sehe das an Sarah-Herta. Was die so verbraucht, ist nicht ohne. Alleine was sie so in sich hinein frisst. Mit Toastbrot und Margarine könnte man Kosten gut abfedern. Klamotten werden nach altem Vorbild aufgetragen. Schlau sein!

Zu Hause fragte ich aber mal Vatta, warum ich das mit dem Hartz nicht gelernt hatte. Es hörte sich doch nach einem guten Geschäftsmodell an. Nur das mit den Kindern störte mich. Danach war Vatta echt ein bisschen sauer. Er meinte wir Schmittleins würden unser Geld mit den Händen verdienen und nicht mit dem Dingens, diesem „Home-Office". Ich wusste nicht, was Vatta gegen Kopfarbeit hatte, aber er wird schon gewusst haben, warum er das so sagte.

Ich sollte meinen eigenen Weg gehen. So gut es ginge. Das Hartz wäre eine Hilfe für Leute, die es selbst nicht schaffen. Für den Notfall! Und Kinder wären kein Geschäftsmodell. Vatta lief hochrot an, rannte schnell in den Keller und trank etwas von seiner Notfallmedizin.

Ich wusste, was Vatta von mir erwartete. Und faul war ich auch nicht. Meine Enkelkinder sollten einmal staunend da stehen und sich über ihren Opa freuen. Genau, gute Idee! Kinder brauche ich nicht, aber Enkelkinder könnte ich mir später mal zulegen. Denen würde ich dann jeden Tag meine Lebensgeschichte erzählen. Staunend würde sie mir zuhören. So werde ich es machen!

Stürmer

Alter, wussteste, dass man Fußballer lernen kann? So ein Lernen wie in der Schule. Das erzählte nämlich der Onkel mit dem Mikrofon im Fernseher drinne. Da spielte nämlich ein Verteidiger in der Bundesliga. Das ist so einer wie Oliver-Jan oder der Sebastian von unserer Germania. Die sind auch Verteidiger und passen immer auf, dass hinten nichts passiert. Da soll von der gegnerischen Mannschaft niemand ein Tor bei uns rein schießen. Der Typ im Fernseher drinne sagte, dieser Verteidiger hätte eigentlich Stürmer gelernt. Gelernter Stürmer! Verstehste?

Wenn ich das nur vorher gewusste hätte! Dann hätte ich doch gar nicht bei Farben-Paule Maler angefangen zu lernen, sondern wäre an eine Universität gegangen, um Stürmer zu lernen. Dann würde ich das Tor immer treffen. Man dürfte vielleicht auch mehrere Berufe lernen. Mittelfeldspieler zum Beispiel.

Mutta lernte auch zwei Berufe. Zurzeit ist sie Managerin für Fußböden und Schränke mit Qualifikation für Keime. Früher war sie schon Direktorin für Gläser- und Tellerbewegung in einer Kneipe. Wegen Sarah-Herta und mir gab sie den Beruf auf, denn sie wollte nur noch bei Tageslicht arbeiten. So hatte sie mehr Zeit für die Familie.

Im Zweitberuf würde ich vielleicht Verteidiger lernen. Dann könnte man vorne und hinten gut spielen. Da die Bälle bei uns sowieso immer über das Mittelfeld hinweg fliegen, müsste man Mittelfeldspieler nicht dringend lernen. Da reichte auch ganz normales Talent aus.

Ich weiß, was du jetzt denkst. Da haste auch Recht! So wie Vatta mir das immer sagte, erst etwas Vernünftiges lernen. Aber nachfragen könnte ich trotzdem. Nach Maler kann ich immer noch Fußballer lernen. Genau!

Autogramm

Alda, hast gesehen Bundesliga? Manchmal wunderste dich! Da denkste mit dem Transfermarkt verbessern sich die Mannschaften, aber es wird doch nicht besser. Die Bayern hatten sich in der Winterpause nicht stärker gemacht mit neuen Spielern. Das weiß ich nämlich genau, weil der Uli von den Bayern mich nicht angerufen hatte. Ob die wussten, was sie tun? Schon verloren sie zu Hause 1:1 gegen Schalke 04.

Mutta meinte ein 1:1 sei unfair, da Niemand gewonnen hätte. Besser, alle Mannschaften würden immer gewinnen. Dann würden sich alle Leute immer freuen. Glaube mir, sie hat echt keine Ahnung vom Fußball!

Bei diesem Spiel ging es mal wieder um die Wurst. Hoeneß gegen Tönnies. Nun gibt es zwei Wurstkönige für ein halbes Jahr. Geht aber auch mal. Es gab ja auch mal drei Päpste nebenher, sagte Oma Herta einmal. Kennste doch noch! Das waren die Präsidenten von dem ganz großen Verein mit den großen Vereinshäusern mit Türmen und Glocken.

Die Schalker spielten auch gar nicht schlecht. Ich hatte echt Sorgen gehabt. Wollten die wirklich immer noch auf meine Hilfe verzichten? Ob der Uli von den Bayern vielleicht meine Telefonnummer verbasselt hatte? Oder er versuchte gerade verzweifelt mich anzurufen. Während ich hier zu Hause rum saß, suchte er mich vielleicht und konnte mich nirgends finden. Ich sah direkt vor mir, wie traurig der Uli von den Bayern war. Plötzlich musste ich mir selbst ein paar Tränen von der Backe wischen.

Ob der Uli von den Bayern auch so einen Baum im Wald hatte, wo er mal so ganz allein für sich sein konnte? Das hat bestimmt jeder Mann. Deshalb gibt es sicher auch so viele Bäume im Wald. Aber ich könnte ihm einen geeigneten Baum zeigen. Hier im Wald gibt es noch mehr Bäume.

Sarah-Herta freute sich mal wieder ganz dolle. Ihr Dortmund hatte gewonnen. Na toll! Sie zeigt mir ihre Freude immer zu gern. Gerade wenn es mir nicht gut geht, macht ihr das besonders viel Spaß. Ihr Marco Reus hatte zwar kein Tor geschossen, aber der ärgert sich so süß, meinte sie. Dann küsste sie mal wieder die Autogrammkarte und strahlte vor sich hin.

Die Spieler von RB Leipzig tranken sicher zu wenig von ihrer Flugbrause. Die flogen zwar wieder über den Platz, aber zu selten vor das Tor von Borussia Dortmund. So ein bisschen konnte ich mich dann doch noch freuen. Die Bayern hatten nämlich trotz der 1:1-Niederlage doch einen Punkt Vorsprung raus geholt. Das muss man auch erst mal schaffen! Das ist aber jetzt Mathe.

Alter, ich will nochmal daran erinnern! Wenn du eine Autogrammkarte von mir haben möchtest, musste das sagen. Ich habe noch vier Stück. So richtig mit Foto von mir und Namen drauf. Selbst gemalt die Unterschrift. Ich hatte ganz viele solche Karten, aber nachdem Oma Herta eine haben wollte, hatte ich nur noch vier davon. Ich müsste mal in mein Konto unter dem Bett schauen, ob die Euromarks schon ausreichen für ein paar neue Autofotos.

Langhaarige

Jubel

Altar, kennste Jubel? Wenn eine Mannschaft ein Tor geschossen hat, freuen sich immer alle Spieler ganz dolle. Da reicht es aber nicht aus, dass man sagt: „Schön, ein Tor!" Da muss man schon so richtig die Sau raus lassen. Normal schließlich kann jeder! Es muss schon etwas Besonderes her.

Weißte was geil ist? Wenn man auf dem Rasen so schön auf den Knien rutscht. Ist der Rasen etwas feucht, geht das sogar richtig gut. Beim Rutschen reißt man die Arme hoch und haut sich am Besten noch mit der Faust auf die Brust. Am Besten immer auf die Seite, wo das Herz ist. Musste mal bei dir schauen, wo das ist. Meistens dort, wo auch das Schild von deinem Verein ist. Logo sagt man heute auch dazu. Das Logo machen die oft auf die Seite, wo manche das Herz sitzen haben. Herz und Liebe gehören zusammen. Und Liebe und Fußball natürlich auch. So macht es Sinn. Wahre Liebe gibt es nur zu seinem Verein.

Wenn du beim Jubeln-Rutschen nach vielen Metern zum Stehen kommst, ist das wie Schlittenfahren im Winter. Voll geil!

Schlitten fahren darf ich nicht mehr. Vatta meinte, es würde auf Dauer zu teuer, wenn ich immer gegen den

Baum am Idiotenhügel fahren würde. Immer wäre danach der Schlitten kaputt. Nun müsste es auch mal gut sein. Weit und breit stände nur dieser eine Baum. Und genau da knallte ich immer gegen.

Du, passe mal auf! Dieser Hügel ist knallhart! Vatta hat echt keine Ahnung! Um dort runter zu fahren, muss man ein knallharter Typ sein. So wie ich! Frag mal die Gangsters von der Grundschule hier in Heimberg! Dieser Hügel ist die Todesbahn! Das sagt schon alles! Fahre du da mal runter! Voll gefährlich. Trauste dich nicht! Todesbahn! Bei diesem Wort haste schon die Hosen voll!

Vatta sagte doch ernsthaft, der Berg wäre nur ein großer Haufen Kies, den sein Kollege dahin gebaggert hatte. Damals brauchte er den Kies nicht, aber es gab den günstig. Umsonst, der war auf einer Baustelle übrig geblieben und niemand wusste wohin mit dem Dreck. Heute braucht er ihn auch nicht. Aber wenn man das Zeugs liegen hat, ist es besser, als wenn man es nicht hat. Plötzlich brauchste Kies und dann haste ein Problem.

Der Todeshügel liegt da schon seit vierzig Jahren und hat sich der Natur gut angepasst, sagte Vatta. Irgendwann grabe ich da mal, ob das stimmt. Wie die Arschologen. Kenne ich auch vom Fernseher drinne. Die finden immer, das Leute früher vergessen hatten. Mumien zum Beispiel.

Jubeln kann gefährlich werden. Bei einem Turnier in der Halle schossen wir ein Tor. Passiert. Ich mich gefreut und rutschte so schön auf den Knien über den

Boden. Arme hoch und klassisch mit den Fäusten getrommelt. Sofort merkte ich, dass irgendetwas nicht stimmte.

Das Rutschen ging nicht so gut wie gewohnt und es roch gleich etwas komisch. So wie damals, als Mutta Fleisch im Ofen hatte und mal kurz für zwei Stunden mit ihrer Freundin Rosi telefonierte. Das Fleisch war dann ganz schwarz und es hatte gestunken. Nicht nur in der Küche. Überall! So ähnlich roch es auch plötzlich, als ich dahin rutschte und jubelte.

Die Haut an den Knien war weggeledert, wie Mario das sagte. Von Eike bekam ich zusätzlich eine Klatsche an den Hinterkopf. Oma Herta nannte das immer „Mutzkopp". Das Wort hatte sie aus der alten Heimat mitgebracht. Einen Mutzkopp gab es immer dann, wenn man sich was merken sollte. Eike machte das aus genau diesem Grund, er nannte das nur „Klatsche". Nun würde ich mir aber gut merken können, dass man so was in einer Halle auf Parkett nicht machen sollte.

Kannste dir auch gleich mal mit merken. Am Besten hauste dir gleich selbst mal einen Mutzkopp. Dann merkste dir das auch für immer. Ich bedankte mich dann höflich bei Eike für den Denkzettel. Rutschen in der Halle mache ich wahrscheinlich nie wieder.

Meine Knie taten ganz schön weh. Das gebe ich hier mal zu. Sarah-Herta war ganz schön schlau. Sie schnitt mir Löcher in meine Jeans, da wo die Knie sind. So konnte die Hose an den Brandwunden nicht scheuern. Das war zwar kalt jetzt im Winter, aber besser auszuhalten als die Schmerzen. Manchmal muss man Kompromisse machen.

Oma Herta machte echt gleich wieder Flicken drauf. „Wie du rum läufst!", sagte sie. Was sollten denn die Leute denken. Wir sind ein ordentliches Haus. Bei uns ist alles immer heile. Unordentlichkeit fiele immer auf die Hausfrau zurück. Das ganze Dorf würde sonntags in der Kirche über uns reden und im Dorfladen auch. Dann übertreiben die Leute im Dorf und schon warten alle am Fernseher auf einen Film über uns. Ein Bericht über Messies. Nee, das brauchte sie nicht!

Oma verstand nicht, wie ich meine Hosen immer so hinreißen konnte und ob ich mir nicht mal andere Freunde zum Spielen suchen könnte. Naja, das verstand sie wohl nicht mehr richtig. Sarah-Herta entfernte mir diese Flicken gleich wieder. Oma machte sofort wieder Neue dran. So ging das eine Weile hin und her bis die Knie wieder in Ordnung waren. Endlich konnte ich meine Jeans wieder ohne Schmerzen anziehen.

Oma Herta nannte Jeans immer Nietenhose. Erst dachte ich, weil ich eine Niete sei. Sie meinte aber, die Leute früher in Amerika konnten nicht nähen und hätten die Hosen mit Nieten am Körper fest gemacht. Oder so ähnlich. Die ritten dahinten in Amerika auf Bullen und trieben Pferde zusammen. Die waren nämlich ganz wild. Fällt dir was auf?

Bullen!

Hatten die damals schon diese Brause mit den Bullen drauf? Echt? Warte mal, ich muss denken. Bleib hier, ich komme gleich zurück!

So, wieder da. Habe keine Antwort im Kopf gefunden. Egal! Kannst ja auch mal selber nachdenken.

Oma Herta passte früher schon auf, dass die Klamotten lange hielten. Die wurden immer genäht und gestopft. Sie meinte, wenn Sarah-Herta meine Sachen noch auftragen würde später, müsste ich viel besser darauf aufpassen. Ich hätte schließlich meine Klamotten auch in ordentlichem Zustand von meinem Cousin bekommen. Mein Cousin ist heute immer noch etwas älter als ich. Früher war ich immer schön in seine Sachen rein gewachsen. Damals waren die Sachen immer etwas zu lang für mich. Langsam wurden sie kürzer, bis sie zu kurz wurden. Das ist aber vorbei. Heute sind seine Sachen immer zu breit. Komisch.

Weißte, wenn man jubelt auf dem Fußballplatz, muss man sich immer etwas Neues ausdenken. Es würde auf Dauer zu langweilig werden. Mannschaften, die immer neue Ideen haben, schießen auch mehr Tore. Mannschaften mit wenig Ideen schießen weniger Tore, damit das nicht so auffällt, dass sie keine Fantasien haben. Vielleicht gibt es auch Spieler, die sich nicht gut freuen können.

So wie der Trainer in England, der von den Nachbarn von Spanien kommt, wo die gerade Weltmeister von Europa sind und der Ronald eigentlich wohnt. Weißte? Dieser Trainer gewinnt auch nicht alle Spiele, weil der Probleme mit dem Freuen hat. Man gewinnt eben nur, wenn man mindestens ein Tor geschossen hat, wenigstens ein Tor mehr, als die

Anderen. Könnte der sich freuen, dürften die viel mehr Tore schießen. Ein verrückter Kreislauf.

Wir von der Germania aus Dereberg denken uns oft nette Sachen aus. Bei unserem letzten Tor krochen wir auf allen Vieren über den Platz. Einmal machten wir alle eine Säge, als wenn wir einen Baum sägten. Hihi und dann machten wir wie Hunde, die an einem Baum ihr Revier markierten. Oliver-Jan, unsere Doppelsechs, war der Baum. Bis er dann mal keine Lust mehr hatte.

Eh, wenn der Uwe jubelt, kann es sogar gefährlich werden. Da musste immer aufpassen. Der rennt dann plötzlich los. Schneller, als er sich im Spiel bewegt. Am besten gehste schnell zur Seite, denn mit seinen Kilos kann er dich leicht mal umwalzen. Oder er steht mal auf deinen Füßen rum. Möchteste nicht haben!

Uwe schießt echt gern Tore. Wenn wir alle seinen Kopf streicheln, wo mal seine Haare waren, hat er das ganz besonders gern. Ich denke, nur deshalb schießt er so gern Tore. Er freut sich zu gern.

Es soll Fußballer geben, die ganz viel Zeit damit verbringen, Jubeln zu üben. Manchmal sogar sehr viel Zeit. Vatta sagte, damals hätten sie so ein Quatsch gemacht. Einmal lächeln und gut war. Und weiter ging es! Wenn die Mannschaften so viel Zeit mit Jubel-Training verbrachten, brauchten sie sich nicht wundern, wenn es mit dem Spielen nicht mehr gut läuft.

Vatta meinte, etwas bescheiden muss man sein. Er rennt schließlich auch nicht durch die Gegend und macht die „Becker-Faust" oder die Säge, wenn er mit dem Bagger ein schönes Loch gebaut hatte. Nur

Zimmerleute freuen sich, wenn der Dachstuhl tatsächlich oben am Haus festhält. Dann trinken die gern Schnaps. Ich glaube die hoffen, dass das Ding wirklich oben bleibt. Etwa so, als ob du ein Tor schießt und du jetzt hoffst, dass der Linienrichter nicht die Fahne hebt. Schnaps besiegt die Angst.

Jubel ist etwas Schönes. Schießt einfach mal Tore, dann werdet ihr sehen. Geiles Gefühl!

Kunstrasen

Altar, das war leider immer noch ganz schön kalt draußen! Es war ja immer noch Winter. Meine Leute von der Germania wollten immer noch nicht draußen auf der Wiese trainieren. Ja gut, der Platz war noch ganz hart und manchmal, wenn es wärmer war, ganz weich. Matschig. Ist der Platz zu weich, würden wir den Rasen kaputt machen und unser Platzwart, der Holger, könnte den Platz dann auch nicht mehr heile machen. Das wollte natürlich niemand. Und mal schnell Rollrasen aus Holland kommen zu lassen, war echt teuer. Glaube, so viel Geld würde noch nicht mal in mein Konto passen.

Kennste Rollrasen? Das ist Rasen, der tatsächlich wie richtiger Rasen wächst. Meistens kommt der aus Holland. Das sind auch Nachbarn von Deutschland. Aber die gewinnen nicht so oft. Früher waren die besser, aber gegen uns aus Deutschland reichte es nie richtig.

Aber Rollrasen können die gut. Und die machen Tomaten aus Wasser. Wenn der Rasen fertig gewachsen ist, schälen die den einfach von der Erde runter und rollen den auf. Wie den Teppich bei Oma Herta, wenn sie sauber macht. Oder im Fernseher drinne siehste das auch, wenn die heimlich Leute in einen Teppich wickeln.

Der Rasen wird dann im Stadion ausgewickelt. Das machen da große Maschinen. Größer als der Rasenmähertrecker, den wir mal hatten. Dann machste noch ein paar Kannen Wasser drauf und schon kannste wieder spielen. Geil oder?

Weißte, der Dorfchef von Dereberg könnte eigentlich mal ein paar Euromarks für die Germania einsammeln. Es gibt noch was ganz Anderes. Noch besser als Rollrasen. Kunstrasen! Ich hatte so was schon mal in Echt gesehen. Kennste Kunstrasen? In der ganz großen Stadt haben sie das Zeugs auf der Erde liegen. Musste mal gucken, wenn du dort zu Besuch bist.

Da kommste hin und wunderst dich, dass der Rasen so schön grün ist und staunst über den schön geschnittenen Rasen. Nicht ein Gänseblümchen findeste drauf. Nichts! Der Holger würde sich auch freuen, denn er brauchte nicht oft mähen und müsste nicht den ganzen Tag auf seinen Knien rumrutschen, um etwas von dem Unkraut abzustechen. Wenn du ganz genau hinschaust, siehste, dass es gar kein Gras ist. Nur Plastik in Grün. Den Kunstrasen musste auch niemals gießen. Das interessiert den gar nicht. Wenn es mal regnet, stört es ihn nicht einmal. Der wird nie weich. Geil oder? So was brauchen wir unbedingt bei der Germania!

Der alte Frisörmeister Fritz Burmeister hat so was aus Plastik auf dem Kopf. Nur nicht in Grün. Der wäre nämlich ansonsten ganz blank oben. Glatze heißt das. Aber nicht rasiert, sondern natürlich gewachsen. Aber Glatze wäre schlechte Werbung für einen Frisör. Dann würde niemand zu ihm kommen, da alle Angst um ihre letzten Haare hatten. Manche Leute sagen zu so einem Plastik-Dingens auf dem Kopf „Fiffi" oder „Haarteil". Meister Burmeister hat aber kein grünes Teil auf dem Kopf. Das sähe wahrscheinlich etwas blöd aus.

Ich als Manager müsste mal bei Farben-Paule und Most-Inge nachfragen, ob die ein paar Euromarks im Konto rumliegen haben, die sie nicht mehr brauchen. Vielleicht ist auch deren Konto zu voll und sie wären froh, wenn da mal wieder etwas Luft ist.

Mein Konto unter dem Bett ist leider noch nicht voll. Da passen noch einige Strümpfe drunter. Im Winter legen die Leute nicht so viele leere Flaschen in die Papierkörbe. Die trinken lieber zu Hause. Das geht dann erst wieder richtig los, wenn es wärmer wird draußen. Jetzt will niemand erfrieren beim Biertrinken. Die schmeißen die Pullen in ihre eigenen Papierkörbe. Da komme ich nicht so dran. Auf dem Schulhof von Sarah-Herta finde ich leider auch nicht so viele Flaschen. Aber das kommt auch wieder.

Kunstrasen ist eine tolle Sache. Ich male mir einen Notizzettel. Das muss ich mir merken. Für die Zukunft.

Der Rasen bei unserer Germania ist leider noch nicht bespielbar. Aber bald könnte es losgehen. Da freue ich mich schon drauf! Träumen darf man ja schon.

Madeberg

Du, die in Madeberg hatten wieder angefangen mit Fußball. Gleich wieder so richtig mit Punkten. Dort gab es bestimmt so eine Rasenheizung. Konnte ich mir gut vorstellen. Dort ging es nämlich wieder gut mit dem Spielen. Mein Kollege gab mir aber keine Eintrittskarte, weil er selbst keine Karte hatte. Es war ihm wahrscheinlich noch zu kalt draußen, um sein Trikot zu präsentieren. Im Winter brauchste echt noch eine Jacke. Aber es sollte wieder wärmer werden. Sommer kommt jedes Jahr wieder. Sicher!

Vatta wollte auch mal wissen, warum ich plötzlich blau-weiße Klamotten an hatte und nicht meine Bayern-Hemden. Er dachte, ich wäre plötzlich Fan von Schalke. Ich dachte eigentlich, Vatta hätte ein bisschen Ahnung von Fußball. Da stand immerhin Madeberg hinten drauf und nicht Schalke. Das sieht ganz anders aus! Dazu muss man noch nicht mal Lesen können. Außerdem war das 3. Bundesliga und da darf man auch mal für andere Mannschaften sein. Oder?

Du, das Spiel von Madeberg zeigten sie sogar im Fernseher drinne. Vatta meinte, er würde da zu gern mal zuschauen. Dann würde er mal sehen, wo ich mich so rumtreibe manchmal. Kurz fiel mir noch ein, dass dort noch seine Skimütze mit den Schlitzen für die Augen beim Staatsanwalt rumlag. Im Stadion gab es nämlich Mumienverbot. So etwa heißt das, wenn man das Gesicht nicht sieht. Vattas Mütze hatte mir der Anwalt damals einfach weggenommen. Zusammen mit meinem Baseballschläger und dem Schlagring. Ich hoffte, der Anwalt war jetzt nicht mit Vattas Mütze im Stadion. Wenn Vatta sein Teil im Fernseher drinne erkannt hätte, müsste ich noch so Einiges erklären.

Wenn es nun aber wieder wärmer wurde, würde Vatta nicht noch einmal nachfragen und im nächsten Jahr hätte er das sicher vergessen.

Wir schauten dann das Spiel bei mir im Kinderzimmer. Meine Teddys mit den Bayern-Hemden drehte ich vorsichtshalber mit den Gesichtern zur Wand. Die sollten nicht durcheinander kommen, wenn da plötzlich Blau und Weiß war. Das hätten die nicht verstanden. Erklären wollte ich das auch nicht lange.

Du, mit einem Sieg wären die Madeberger sogar bis auf den zweiten Platz in der Tabelle hoch gekommen. Dann würde es im Stadion bestimmt ein richtiges Feuerwerk geben. Also richtig Knall und Rauch. Nicht am Himmel, sondern auch auf dem Platz. Die Blau-Weißen würden die Anderen direkt an die Wand spielen. Überrollen. Ich freute mich schon so sehr!

Vatta war hinterher enttäuscht. Er meinte, wenn man zu Hause spielt, müsste man auch sehen, dass die unbedingt gewinnen wollen. Tempo machen, rennen bis die Zunge auf dem Rasen schleift. So was hatte ich zwar noch nie gesehen, aber ich wusste, was Vatta eigentlich meinte. Ich war ja selbst ein Kämpfer, ein Wadenbeißer. Er fand, die hatten sich ganz schön viel Zeit gelassen.

Vielleicht lagen sie in Gedanken noch an einem warmen Strand in Spaniens Sonne, oder wo auch immer. Sie hatten wahrscheinlich noch nicht bemerkt, dass sie wieder auf dem kalten Platz in Madeberg standen. Ich war nicht sauer, die hauten die Bälle immer schön nach vorne.

Nur gute Trainer können Strategie. Gekämpft hatten die Madeberger natürlich auch. Bisschen spät vielleicht. Die spielten wirklich so gut wie unsere Germania. Wir hauen die Bälle nämlich auch gern nach vorne. Dann hielt der Uwe den Kopf hin oder der Mario den linken Fuß und schon hatten wir unser Tor gemacht. Wenn der Ball nämlich dem Mario vor den linken Fuß fällt, ist das optimal. Dann fällt er nämlich nicht um beim Schießen.

Pässe und Doppelpässe trainierten wir aber auch fleißig. Manchmal klappt es sogar schon. Sollten wir das mal gut können, steigen wir ganz sicher in die 1. Kreisklasse auf. Wir sind eine junge Mannschaft und lernen noch. Das ist unser Vorteil. Einige Spieler von uns sind noch nicht einmal Vierzig! Da ist noch viel Luft nach oben. Die Madeberger sind sogar noch jünger. Da geht noch viel mehr! Die reifen noch.

Am Ende gab es ein Unentschieden. Vatta hatte aber keine Ahnung von Strategie. Wenn man die anderen Mannschaften nämlich vor sich her jagte, war es viel einfacher. War man ganz vorn, dachten alle in der Mannschaft, alles wäre gut und man wäre schon sicher aufgestiegen. Das wäre ein Fehler, denn erst im Sommer ist alles vorbei! Noch ein langer Weg. Außerdem spielt es sich als Jäger besser.

Ich sollte Vatta mal etwas von Strategie und Taktik erzählen. Vielleicht würde er es sogar verstehen irgendwann.

Spaßturnier

Alta, der Dominik von unserer Germania machte früher mal was mit Laufen, Springen und Werfen. Weißte noch? Der konnte ganz schnell rennen und war meistens schneller als der Ball. Oft vergaß er leider den Ball mitzunehmen beim Laufen. Das merkte er erst dann, wenn er aufs Tor schießen wollte und der Ball war nicht da. Der Dominik zog sich beim Training immer Schuhe mit Nägeln drunter an, wenn er noch schneller laufen wollte. Schpeiks sagte der dazu.

Ich hatte Schpeiks einmal nachgebastelt in Vattas Werkstatt drinne. Es war aber sehr unpraktisch, wenn man sich hinterher die Nägel aus den Füßen ziehen lassen musste. Tat auch ganz schön weh. Das musste ich selbst erfahren. Nochmal baue ich mir solche Dinger nicht. Ich weiß gar nicht, warum die Leute Schpeiks so toll finden.

Fußball spielen darf man damit auch nicht. Die Bälle gehen kaputt, sollte man mit diesen Nagelschuhen drauf treten. Dann geht die Luft aus den Bällen. Wenn du an dem Loch vorne wieder Luft mit der Luftmaschine rein machen willst, geht sie hinten einfach wieder raus. Am Ende musste unter dein Bett krabbeln und Euromarks für einen neuen Ball aus dem Konto holen. Dann fährste in die ganz große Stadt und musst einen neuen Ball kaufen. Irgendwann haste kein Geld mehr im Konto rumliegen und Feuerwerk für Silvester kaufen, kannste vergessen. Das will ja auch keiner. Also Finger weg von Schpeiks!

Der alte Verein für Laufen und Springen von Dominik feierte irgendeinen Geburtstag. Die Leute dort hatten die Idee, zu diesem Anlass ein Hallenturnier mit Fußball zu machen. Ein Spaßturnier. Weil wir Freunde waren von Dominik luden sie die Germania Dereberg auch ein. Fußball ist eben immer schön. Weißte doch! Es sollte ein lockeres Spaßturnier werden, aber weißte, bei Fußball verstehe ich keinen Spaß. Da will ich gewinnen. Sonst könnte ich zu Hause mit Sarah-Herta Mühle spielen. Da verliere ich aber immer.

Bei Mühle lernte ich mit Niederlagen umzugehen. Beim Fußball kann ich mich aber nie dran gewöhnen. Dort geht es mit mir durch. Ich will siegen! Mühle spielen wir aber nicht mehr, weil meine kleine Schwester es langweilig fand, immer nur zu gewinnen. Das soll mal einer verstehen! Aber es ist auch gut so, ich habe auch gar keine Zeit mehr für solche Spielchen.

Du, bei diesem Turnier war auch eine Mannschaft mit Langhaarigen dabei, diesen anderen Menschen. Weißte, bei denen ich nicht mitspielen darf. Frauen nennt man die auch, wie ich gelernt hatte. So wie die

Lena auch. Mutta auch. Es war ein Schock für mich zu erfahren, dass Mutta auch eine Frau ist. Bis dahin war sie einfach nur Mutta.

Unser erstes Spiel war dann auch gleich gegen diese Frauen-Mannschaft. Sebastian, welcher Füßetherapeut ist, meinte, wir sollten nicht so hart spielen gegen die Langhaarigen. Immer schön lieb und nett sein. Aber da trifft er bei mir auf taube Ohren! Ich bin der Kapitän und ich entscheide! Es geht immer nur um Sieg! Egal wie!

Wir bildeten vor dem Anstoß noch einen Kreis. Da gebe ich als Kapitän immer noch ein bisschen Motivation mit auf den Weg. Das machen ganz viele Mannschaften so. Ich rief laut: „Haut sie weg! Ich will euch kämpfen sehen! Im Spiel gibt es keine Freunde! Ihr Arschlöcher!" Bei „Arschlöcher" werden meine Leute richtig sauer. Ich haue dann schnell ab, aber zurück bleibt die Wut, die meine Jungs dann auf den Platz bringen. Sebastian wollte noch irgendwas sagen. Er kam nicht mehr dazu. Alle waren bereits im Tunnel!

Kennste Tunnel? Wenn man von einem Gegenspieler den Ball zwischen dem linken und dem rechten Bein durchgespielt bekommt, nennt man das Tunnel. Das ist immer sehr peinlich und alle Leute lachen über dich.

Ich meine aber einen anderen Tunnel. Wenn man nur noch das Spiel sieht. Alles Andere um dich herum haste ausgeblendet. Dann biste im Tunnel. Da denkste nicht mehr an Farben-Paule, an die Bayern oder an sonst was. Volle Konzentration! Da geht es nur noch um dich und das Spiel. Um deinen Sieg!

Anpfiff. Es ging los! Zuerst Respekt verschaffen war immer das Wichtigste! Dein Gegenspieler muss wissen, mit wem er es zu tun bekommt. Angst soll er haben! Dann hält er sich etwas fern von dir und du hast mehr Platz zum Spielen. Musste mal machen. Das hilft!

Eine Langhaarige kam auf mich zu gelaufen. Ich gleich mal mit einer Blutgrätsche rein gerutscht. Die Frau war echt gut geflogen. Fast zu gut eigentlich, denn es sah aus wie eine meiner gefürchteten Schwalben. Die hatte ich natürlich lange geübt.

Das Besondere an meinen Schwalben ist, dass ich mich einige Male noch auf der Erde rumrollere, bis ich mir am Ende Kopf und Beine halte. Dann schreie ich, als ob mein Leben gleich vorbei wäre. Der Schiedsrichter bekommt einen Schreck und hat großes Mitleid. Er gibt dann Freistoß für uns. Ja gut, etwas üben muss ich allerdings noch. Weiter perfektionieren. Der Schiri darf nicht merken, dass ich geschummelt hatte.

Du, der Schiedsrichter gab mir nach meiner Grätsche zwei Minuten Strafe und von Sebastian gab es Mecker! Man dürfe gegen Frauen nicht so hart spielen. Die wären doch das schwache Geschlecht. Zart und zerbrechlich. Fing der an zu spinnen?! Was hatte der denn geschluckt? Was wollte der denn jetzt? Sollte ich so eine Langhaarige einfach laufen lassen? Hier war Fußball und es ging ums Gewinnen! Wer das nicht will, soll nach Hause gehen und Mühle spielen. Oder Halma! Halma geht auch! Altaaar!

Ich konnte mir das Ganze von der Bank aus gar nicht anschauen. Das war echt peinlich und schlimm. Meine Leute von der Germania ließen die Langhaarigen einfach durchlaufen. Eine von denen schoss auf unser Tor. Unser Torwart, der Eike, sprang einfach in die falsche Ecke. Meine Leute freuten sich sogar zusammen mit den Langhaarigen. Die lagen sich in den Armen und küssten sich. Unglaublich! War meinen Leuten das Gehirn ausgegangen?

Endlich waren meine zwei Minuten Strafe vorbei und ich durfte wieder auf das Parkett. Kannste dir vorstellen, wie sauer ich war? Sauer? Nein, wütend war ich! Das ging gar nicht! Stelle dir mal vor, der Uli von den Bayern würde erfahren, wie wir ein Spiel kampflos hergegeben hätten. Unter meiner Führung! Der müsste doch denken, ich könnte nicht mehr gut spielen und er brauchte mich gar nicht mehr anrufen. Ich wäre in seinen Augen keine Verstärkung mehr. Nee, nicht mit mir!

Ich bin anders! Nicht so ein Weichei, der Langhaarige einfach so laufen lässt. Endlich kam der Ball auf mich zugerollt. Eh, ich volle Kanone gegen die Nille getreten. Mit ganzer Kraft und Power. Der Torwart-Frau von denen wäre sicher mit dem Ball in das Tor rein geflogen. Leider passte die Richtung nicht ganz. Der Ball flog Richtung Fenster ganz oben unter dem Dach. Eh, das hatte laut gescheppert. Eigentlich fand ich es irgendwie geil, aber alle meckerten schon wieder mit mir. Das erste Mal überhaupt ging ich als Kapitän von Bord. Bin einfach abgehauen. So sauer war ich!

Zu Hause sagte ich zu Vatta, ich sei nicht krank, aber ich müsste dringend in seinen Keller gehen und desinfizieren. Vorsichtshalber! Das Zeugs mit der Birne drauf lief runter wie Wasser. Birne ist Obst und gesund. Ich brauchte dann auch nicht so sehr viel davon. Ich legte mich zu meinen Teddys schlafen und wachte erst am nächsten Tag mittags auf.

Das Desinfizieren tat gut. Mir ging es besser. Nur der Kopf brummte. Auch das ging wieder weg. Gegen Langhaarige würde ich nie wieder spielen! Bestimmt nicht!

Hannelore

Aldar, ich traf Tante Hannelore wieder! Sie kam gerade aus dem Dorfladen heraus. Hinter ihr schleppte sich Tante Waltraut aus dem Laden. Die Beiden versuchten gerade Taschen aus dem Dorfmarkt herauszutragen. Kaffee war im Angebot. Da mussten sie natürlich hin und räumten die Regale leer. Der Kaffee würde wahrscheinlich für ein ganzes Jahr reichen. Natürlich tranken die Tanten ganz viel von dem Zeugs. Da ging schon so einiges weg. Oft trafen die sich mit irgendwelchen Tantchen zum Kaffeekränzchen. Bei Oma Herta waren sie natürlich auch immer mal. Immer gab es Kaffee!

Ich sagte einmal zu Oma Herta, sie sollte sich eine Kaffeemaschine kaufen. Du, sie sprang mich fast an. Das käme gar nicht in Frage! Kaffee trinken ist

Religion. Das ist Kult. Porzellanfilter, Filterpapier in der richtigen Größe nimmt man. Die Kaffeebohnen werden in die richtige Stärke gemahlen. Natürlich mit der Hand-Kaffeemühle, die bald hundert Jahre auf dem Buckel hat. Die Mühle selbst hat schon mehr Aroma, als so eine Bohne allein haben könnte.

Für jede Tasse kommt ein gut gehäufter Löffel Pulver in den Filter. Dann noch ein Löffel voll „für die Kanne", wie Oma immer sagt. Wasser wird in einem Wasserkessel auf dem Herd gekocht. Der pfeift, wenn das Wasser sprudelt. Zuerst werden der Kaffee und das Papier leicht befeuchtet. Quellen muss es. Warten bis der Kessel wieder pfeift und dann wird vorsichtig Wasser aufgefüllt. Danach wird langsam weiter aufgefüllt, bis die Kanne voll ist. Aber immer schön das abgesetzte Pulver vom Rand der Filters wieder vorsichtig mit ins Spiel bringen. „Eine Kaffeemaschine kommt mir nicht ins Haus!", rief Oma.

Zum Glück für die beiden Tanten hatte ich gerade im Dorfladen ein paar leere Flaschen gegen Euromarks eingetauscht. Die Taschen von den Tanten waren wahnsinnsschwer. Die hätten sie niemals nach Hause bringen können. Sie kamen nur bis zur Tür des Ladens. Dahinter ging es für sie schon nicht mehr weiter. Natürlich bot ich ihnen meine Hilfe an. Klar!

Echt, die Taschen waren so schwer, dass ich sie kaum von der Stelle bekam. Ich musste richtig kämpfen. Drei Tage lang hatte ich Muskelkater. Weißte, solche Angebote sollten die mal lassen. Damit macht man die Tantchen ganz schnell kaputt. Dann können die Tanten nämlich gar nicht mehr kaufen gehen und der Dorfladen hätte unter dem Strich mehr verloren, als gewonnen. Mal drüber nachdenken! Angebote sind für alte Leute gefährlich.

Die Alten sehen das Angebot und rennen los. Der Laden wird in Null Komma nichts leergeräumt. Diese Leute sind noch von früher, als es nichts gab. Gab es einmal etwas, dann musste man sich eindecken. Notfalls für Jahre im Voraus. Man wusste schließlich nie, was morgen sein würde. „Die Zeiten waren unsicher", sagte Oma Herta, wenn sie von früher redete.

Als ich endlich mit den Taschen bei Tante Hannelore angekommen war, fiel mir ein, dass sie mir Neuigkeiten von Opa Walter erzählen wollte. Ich würde sie gleich fragen, aber erst musste ich mich etwas erholen. Die Arme schienen mir bis zu Erde zu reichen. Fix und alle war ich! Hoffentlich wäre demnächst nicht wieder so schweres Zeugs im Angebot! Dann wollte ich nicht in der Nähe sein!

Ein wenig erfuhr ich bereits über Opa Walter. Weißte, Oma Herta war einmal seine Spielerfrau. Opa fand zufällig eine neue Spielerfrau und verschwand ohne Fahrrad nach Gerhardsberge. Das ist weit weg von hier. Zwanzig Kilometer vielleicht. Bei meiner ersten großen Expedition fand ich ihn sogar. Aber er erkannte mich nicht. Zausel sagten Nachbarn, hieß der auch.

Als Opa Walter meinte, ich solle abhauen, sonst gäbe es eins aufs Maul, wusste ich wenigstens, dass ich ihn wirklich gefunden hatte. Ob er rote Haare wie ich hatte, konnte ich nicht sehen. Da waren keine Haare mehr.

Aber Bartwuchs ohne Ende hatte er. Aber ganz in weiß. Ob ich einen weißen Bart hatte, wusste ich noch nicht. Ich wartete immer noch auf Bartwuchs.

Zwei Haare unter dem Kinn konnte ich aber schon entdecken. Ich fragte Sarah-Herta, ob sie mir einen Zopf machen könnte. So wie sie immer hat links und rechts an den Ohren. Sie meinte, das ginge nicht. Ich brauchte wenigstens drei Haare. Dann könnten wir nochmal drüber reden. Na gut!

Nachdem mein Besuch bei Opa nicht so erfolgreich war, wollte mir Tante Hannelore Neuigkeiten erzählen, die sie auch erst frisch erfahren hatte. Ich war aufgeregt, denn ich hatte so viele Fragen im Kopf drinne. Irgendwoher mussten schließlich meine Talente kommen. Fußball und die anderen Talente. Einer musste der Schuldige sein. Wegen der Gene. Das mit diesen Bausteinen hatte ich ja schon gelernt. Wie diese Bausteine in mich rein kamen, war aber immer noch ein Rätsel. Vielleicht käme ich irgendwann noch dahinter.

Ich setzte mich in den bequemen Sessel in Tante Hannelores Wohnzimmer. Sie brachte mir eine Brause, die mit einem Zisch wieder weg war. Es war leider nicht die Rasenballsportbrause. Tante Waltraut war natürlich auch noch geblieben. Für Neuigkeiten war sie sehr empfänglich. Sie bekam einen frisch gebrühten Kaffee vorgesetzt. Nicht mit Maschine gemacht! Es duftete tatsächlich viel besser, als bei uns zu Hause. Eine Prise Salz gab Tante Hannelore noch hinein. Das war auch ein altes Geheimnis. Salz ist nämlich auch Geschmacksverstärker. So wie Omas Butter.

Die beiden Tantchen taten so, als ob sie jahrelang keinen Kaffee mehr getrunken hatten. So sehr freuten sie sich darüber. Kuchen gab es natürlich auch dazu. Den hatten sie immer auf Lager. Ich nahm mir auch ein Stück. Ich hatte nach der Arbeit bei Farben-Paule großen Hunger. Fettes Fleisch war zum Glück nicht drinne in dem Kuchen. Hatte gefragt. Weißte, wegen der gesunden Ernährung.

Tante Waltraut lachte und meinte, der wäre rein vegetarisch. Also aus Blumen gemacht. Na ich müsste mal den Sebastian fragen, ob das stimmte. Der war Fachmann für gesunde Ernährung. So ganz traute ich den Tanten nämlich nicht. Sie grinsten nämlich dabei. Fettes Fleisch wollte ich nicht essen. Wegen der Fitness und dem Uli von den Bayern.

Sebastian kannte sich wirklich gut aus. Der sagte mir auch schon, dass Fisch nicht richtig Fleisch ist, aber auch keine Blume. Aber sehr gesund. Müsste dringend mit Vatta reden. Wir sollten Fisch in unserem Garten anbauen. Den kann man auch gut grillen oder kochen. Vielleicht könnten wir den sogar zu Most-Inge hier in Heimberg bringen und leckeren Saft draus machen lassen. Dann hätten wir nicht nur Apfelmost, sondern auch Fischmost!

Kennste Most? Das macht man mit unseren Äpfeln zum Beispiel. Mit dem Obst macht man es wie beim modernen Fußball: Pressing! Pressing macht man so dolle, bis unten etwas Flüssiges raus kommt. Saft und das wird dann irgendwie zu Most. Dann kannste Apfel ohne Zähne essen. Da freut sich Oma Herta auch immer.

Endlich war alles bereitet, wir konnten in Ruhe sitzen. Es war gemütlich. Tante Hannelore erzählte mir nun, sie hätte einen alten Freund getroffen. Fritz hieß der. Mit diesem Fritz spielte ihr Heini damals in Blankenhausen Fußball. Aber jetzt nicht mehr. Es ist schon lange her. Vielleicht würden sie später oben im Himmel wieder zusammen spielen. Heini war bereits längere Zeit dort oben angekommen. Der schaute bestimmt gerade von oben zu und freute sich schon auf Fußball mit Fritz.

Damals spielte der Opa Walter noch in Heimberg Fußball. Oma Herta saß im Kartenhäuschen und zerriss Eintrittskarten. Oma fuhr sogar zu Auswärtsspielen mit. Immer mit dem Fahrrad. Das machte man damals vor der Wende so. Opa war ein bekannter Fußballer. Nicht nur in Heimberg. Auch in anderen Dörfern. Er war als knallharter Spieler bekannt. Kapitän war der auch. Nur ein Tor hatte er nie geschossen. Da merkste schon, dass ich Einiges von ihm geerbt haben müsste. Bestimmt!

Damals hatten Fußballer noch nicht viele Euromarks. Wenn ein Spieler eine Mark Fuffzig hatte, war das schon was! Das zog natürlich Spielerfrauen-Models an. Mit einer Mark Fuffzig warste schon geil und gutaussehend. Dann tauchte so ein Model bei Opa auf und schon war er mit ihr weg. Sogar sein Fahrrad ließ er in der Eile stehen. Das musste wirklich dringend gewesen sein.

Das Fahrrad besitze ich ja jetzt. Bisschen hoch ist es leider. Wegen meiner Höhenangst muss ich mich jedes Mal überwinden. Aber sonst ist das Rad ganz modern. Ohne Gangschaltung. Die Automatik merkste gar nicht beim Schalten. Geht ganz leicht. So, als ob da gar keine wäre. Echt geil! Musste mal schauen. Vatta lächelte und meinte, die Schaltung hätten die in die Reifen eingebaut. Was der alles wusste!

Als Opa Walter verschwunden war, blieb Oma Herta allein in Heimberg bis Mutta bei ihr auftauchte. Tante Hannelore hatte von Fritz erfahren, dass der Opa Walter nicht wusste, dass es Mutta gab. Deshalb hatte er auch keine Ahnung von Kevin-Hendrick. Also von mir. Das erklärte natürlich, dass er mich nicht erkannte damals.

Als Opa Walter in Gerhardsberge landete, besaß er kein Fahrrad mehr und kam dort nie wieder raus. Seine Spielerfrau wollte dann auch lieber auf roten Teppichen rumlaufen und war bald wieder verschwunden. Man hörte, dass sie später Spielerfrauen-Beraterin wurde. Bei ihr konnten Spieler für ein paar Stunden eine Spielerfrau gegen Geld ausleihen. So hatten die Spieler die Frau nicht die ganze Zeit am Hacken und konnten sich ganz auf Fußball und Kumpels konzentrieren. Unter dem Strich soll das auch viel preiswerter sein. Muss ich mir mal merken.

Nach Fußball wurde Opa Walter dann auch so was wie Manager. Der hatte ganz viele Schafe unter sich und zog mit denen durch die Gegend. Da musste er sich natürlich kümmern. Das lag ihm wohl richtig gut. Er musste nicht viel reden und denken. Weil er viel allein war und wenig mit Leuten zu tun hatte, wurde er zauselig. Als der Fritz ihn letztens besuchte und von mir erzählte, redete Opa viel mehr als sonst. „Ach!", soll er gesagt haben. Und ob ich ihn besuchen dürfe? „Ma gucken!", antwortete Opa.

Tante Hannelore hatte mir damit sehr viel weiter geholfen. Ich wusste wieder etwas mehr über Opa Walter. Schön! Dann könnte ich bald beginnen, meine nächste Expedition vorzubereiten. Immerhin wären zwanzig Meter zu bewältigen. Hans-Rudolf meinte, es wären Kilometer. Weißte, diese komischen Meter. Er hatte das auch im Gymnasium drinne gelernt.

Bei so einer langen Wegstrecke sollte man an alle überlebenswichtigen Dinge denken. So eine Expedition bedarf einer optimalen Vorbereitung. Da kannte ich mich schon gut aus. Da machste mir nichts vor!

Es war schon abends und ich ging nach Hause. Das Flaschengeld legte ich noch ordentlich in mein Konto unter dem Bett. Total kaputt vom Taschentragen und voll mit vegetarischem Kuchen schlief ich zufrieden ein.

Fenster

Alter, bei Farben-Paule ging es immer weiter aufwärts! Ich lernte immer etwas Neues. Oma Herta sagte auch immer: „Aus Fehlern lernt man, Gotti!" Manchmal sagte sie noch „Gotti" zu mir. Das kam von „Fußballgott". Oma hatte Recht mit den Fehlern! Die wusste eben Bescheid!

Weißte, der Chef von Farben-Paule kennt den Präsidenten von Dereberg sehr gut. Immer wenn der Dorfchef etwas zum Malern hatte, war Farben-Paule schon da. Als Dank für den Auftrag gab der Farben-

Paule bisschen Geld für etwas Besonderes. Wir von der Germania bekamen auch immer mal etwas davon ab.

Zuletzt schenkte er uns Laibchen. Die waren in Pink, weil der Fabian von Farben-Paule die ausgesucht hatte. Pink fand er eben besonders schön. Seit dem wir die Dinger bei der Germania im Training tragen, kommt Fabian oft zum Zuschauen. Da freue ich mich drüber. Denn bald könnte ich ihn für ein Projekt gut brauchen. Der Fabian hat nämlich auch seine Talente.

Kennste Laibchen? Die zieht man gern beim Training an. Dann erkennt man an den Farben seine Mitspieler besser. So musste nicht immer lange suchen, bis du einen gefunden hast. Pink ist tatsächlich sehr praktisch, denn man findet seine Mitspieler sofort. Die Laibchen leuchten förmlich. Anders als in Wolfsburg. Die spielten immer noch in grün und fanden sich nicht. Der Rasen ist nämlich auch grün und die wunderten sich in Wolfsburg immer noch, dass es nicht so gut lief.

Der Kindergarten „Gänseblümchen" in Dereberg bekam auch immer mal was Nettes geschenkt vom Farben-Paule. Die Kleinen waren immerhin die Zukunft vom Dorf. Deren Eltern und Großeltern sind die Wähler des Dorfpräsidenten. Alle freuten sich, wenn es im Kindergarten gut lief. Vatta meinte, der Dorfchef würde das nur machen, damit er weiterhin in seinem Rathaus wohnen bleiben dürfe und von dort aus seine Untertanen dirigieren könnte. Euromarks würde der auch dafür bekommen. Dazu einen Dienstwagen. Das hörte sich super an, es war aber auch nur ein Auto. Ich hatte geschaut. Aber eins, das er sich nicht selbst kaufen musste. Das spart natürlich Euromarks.

Später als Manager oder Star-Maler mache ich mir auch einen Dienstwagen. Aber dann einen Porsche mit Fahrer. Zu dem Fahrer sagt man auch ein fremdes Wort. Das kenne ich aber nicht. Wenn man zu den Schönen und Reichen zum Malern kommt, muss man schon standesgemäß vorfahren. Da staunste wieder! Ich weiß, wie das geht!

Der Kindergarten bekam Musikinstrumente geschenkt, auf denen die Kinder wie wild drauf rumhauen konnten. Das machte ordentlich Lärm. Die Kinder hatten schon bei unserem Pokalspiel gegen Fortuna Bernberge so toll unsere Vereinshymne gesungen. Du, die kannten sogar alle Strophen. Ich selbst übe ja immer fleißig. Bald kann ich auch alle Strophen. Wirste sehen. Unser Pokalspiel wurde ein ganz tolles Dorffest. Echt gelungen. Der Bürgerchef wusste schon, was er an uns von der Germania hatte. Geld war bei uns gut investiert.

Der Chef vom Dorf hatte nun einen neuen Auftrag für Farben-Paule. Mitten im Wald bei Elbingehausen besaß er eine Waldhütte. Die Fenster der Hütte sahen aber nicht mehr so gut aus und sollten wieder frische Farbe bekommen. Dafür waren wir ja auch da. Wir waren Maler. So was konnten wir bei Farben-Paule gut. Der Meister kam zu mir und sagte, ich sollte alles mal schön grün machen. Ein Auftrag für mich!

Alter, geil, mit grün hatte ich noch nie gemalert. Ich freute mich total krass. Für diese Arbeit brauchte ich nicht einmal eine Leiter. Die Fenster lagen so schön flach vor mir auf der Werkbank. Wenn die flach liegen, gibt es nämlich keine Nasen. Das sind so kleine Knuddel, die passieren, wenn Farbe nach unten läuft. Wegen der Schwerkraft, erklärte der Meister einmal. Obwohl, so schwer fand ich die Fenster gar nicht. Das ging schon. Ich gab mir auch ganz große Mühe. Der Präsident sollte stolz sein und vielleicht ein paar Euromarks mehr locker machen für den Verein.

Dann gab's großen Ärger! Oh Mann! Der Meister hätte eigentlich vorher mal was sagen können. Die Glasscheiben sollten gar nicht mit gemalert werden. Wie sollte ich das denn ahnen können? Der Meister sagte doch: „Alles grün machen!" Wie?! Nun doch nicht? Er sagte wirklich: „Alles!"

Irgendwie konnte der Meister den Schaden noch beheben. Aber ich hatte mal wieder etwas gelernt. Diesmal aus Fehlern! Da siehste mal wieder, was Oma alles weiß!

Rouladen

Querschläger

Eh, kennste „Tor des Monats"? Wenn man ein Tor schießt, macht das immer krass Spaß. Dann gibt es voll den Jubel. Manchmal schießt man besondere Tore. Schöne Tore. Traumtore! Außer ich, aber das weißte ja sicher noch. Ich habe leider immer noch kein Tor geschossen. Kommt sicher noch! Sich über schöne Tore freuen, macht trotzdem Spaß.

Traumtore sind solche, die ganz besonders gut gemacht wurden. Die passieren nicht jeden Tag. Diese Tore zeigen sie dann im Fernseher drinne und man kann wählen, welches das geilste war. Solltest du jetzt mal schnell ein geiles Tor schießen, sieht man das leider nicht. Das geht nämlich nur, wenn eine Kamera dabei war. Sonst siehste gar nichts.

Wenn wir mit unserer Germania Dereberg spielen, kommen die Leute vom Fernseher leider auch nicht. Kannste dann abends im Fernseher drinne nicht sehen. Das kapierste sicher! Mir fällt da aber gerade ein, dass wir von der Germania nochmal versuchen wollten, eine Videoanalyse zu machen. Wie diese Experten, die ganz schlau immer alles wissen. Mit Fabian müsste ich reden. Erinnere mich mal daran! Der kann so was.

Der würde uns filmen, auch wenn meine Leute von der Germania keinen Dokumentarfilm haben wollten mit Interviews und Szenen aus der Dusche. Der Fabian kommt jetzt oft zum Training und schaut zu. Ein bisschen verbunden fühlt er sich schon mit der Germania. Wenigstens mit unseren Laibchen.

Leider war an diesem besonderen Tag keine Kamera dabei. Es wäre ansonsten etwas für die Ewigkeit geworden. So ist das Leben manchmal. Wichtige Dinge passieren, aber niemand hatte es gesehen und bewahrt. Dann helfen nur noch Erinnerungen oder Erzählungen.

Der Sebastian von unserer Germania schoss so ein „Tor des Monats". Ich muss das mal erzählen, dann kannste es dir wenigstens im Kopf drinne vorstellen. Ein Ball kam an unsere Strafraumgrenze geflogen. So schön halbhoch. Ideal! Ob Zufall oder geplant, weiß natürlich niemand mehr. Der Ball war wahrscheinlich abgerutscht und schon gab es einen Querschläger.

Kennste Querschläger? Passe auf! Wenn ein Spieler einen Ball schießen will, der aber ganz woanders hinfliegt, als er sollte, nennt man das Querschläger. Plötzlich wissen die Spieler nicht, was los ist. Die suchen den Ball und jeder hofft, dass nach so einem Querschläger nichts passiert. Macht ein Verteidiger so einen Querschläger, könnte plötzlich der gegnerische Stürmer den Ball aus Versehen auf den Fuß bekommen und ein Tor schießen. Schuss und versenkt! Dann haste den Salat!

Vatta meinte, ich sei auch ein Querschläger. Da war auch etwas abgerutscht und danach war es passiert! Ich war auch nicht gewollt. Schuss und versenkt!

Wie bei einem Tor, das dann für den Gegner zählte, war auch ich gültig. So, wie ein Schiri seine Entscheidung nicht mehr rückgängig macht, war ich auch nicht mehr rückgängig zu machen. Mutta ging trotzdem noch zu einem anderen Schiri. Aber der meinte, ich zähle. Es stand 0:1 für mich.

Daran erkennste, das Leben und der Fußball liegen näher zusammen, als man denkt!

Der Ball flog also schön halbhoch am Strafraum entlang. Plötzlich kam auch der Sebastian angeflogen. Der lag waagerecht in der Luft. Das allein sah schon super aus. Sebastian erwischte den Ball volles Ding mit der Stirn. Daraufhin flog der Ball wie eine Rakete Richtung Tor. Wie ein Strich ging die Nille genau in den Winkel zwischen Pfosten und Latte. Es schepperte gewaltig. Alle konnten das hören. Einige Spieler schauten zur Straße hoch, ob es dort gekracht hatte. Sebastian traf leider unser eigenes Tor. Das nennt man dann auch Eigentor und es zählt für die Anderen. Unser Torwart Eike hatte keine Chance, das Geschoss zu halten. Der hatte nicht einmal gezuckt.

Es war trotzdem ein geiles Tor! Eh, ich freute mich so dolle. Wenn das kein „Tor des Monats" sein würde, was denn sonst! So ein Ding macht noch nicht einmal der Weltmeister von Europa. Dieser Ronald. Na gut, ich war wohl der Einzige von Germania Dereberg, der sich freute.

Egal, schön war es trotzdem!

Rouladen

Alder, kennste Kevin-Melvin noch? Der spielt auch Fußball bei unserer Germania. Sein Vatta ist Uhrologe und guckt, ob die Uhren im Krankenhaus alle richtig gehen. Es darf dort nämlich niemand zu spät kommen, wenn die an jemandem rumschnippeln wollen. Mutta ist ja auch Medizinerin im Krankenhaus und passt auf die kleinen Keime auf. Die dürfen nirgends rein. Deshalb macht sie die überall sauber.

Der Vater von Kevin-Melvin arbeitet unter Mutta. In der 2. Etage. Mutta macht in der 3. Etage sauber. Manchmal treffen die sich sogar und reden ein bisschen Fachliches. Die Mutta von Kevin-Melvin ist immer zu Hause. Sie macht sich schön und kümmert sich um Biologie im Garten. Bei denen gibt es nur Blumen und Blätter zum Essen. Dort im Garten wächst kein Fleisch. Fisch auch nicht.

Irgendwann bekam ich ernsthaft Angst, dass es Kevin-Melvin nicht mehr über den Winter schaffen würde. Der sah immer so blass aus. Dann hatte ich einen guten Gedanken. Ich nahm ihn mit zu Oma Herta. Sie hatte es bisher immer geschafft, ihre Leute aufzupäppeln, wenn es für jemanden eng wurde.

Seit Oma immer mal für Kevin-Melvin mit kochte, sah er schon viel besser aus. Das gute Stück Butter, das Oma Herta immer an das Essen machte, schien Wunder zu bewirken. Das gute Fleisch, das er jetzt regelmäßig aß, schien ihn ebenfalls gesund werden zu lassen.

Fleisch muss man einfach mal essen. Musste mal nachdenken! Wir Menschen bestehen schließlich auch alle aus Fleisch. Wo soll es denn sonst her kommen? Nach ein paar Wochen gutem Essen meinte Oma, Kevin-Melvin könnte gerade nochmal von der Schippe gesprungen sein. Für den Rest des Winter wäre er gerüstet. Omas Küche hatte schon viele Leute gerettet. Damals, als es nichts gab, bekam sie auch immer alle satt. Da hatte sie Erfahrungen. Schwere Zeiten machen erfinderisch.

Kevin-Melvins Mutta konnte Tierchen sehr gut leiden. Deshalb wollte sie keine Viecher essen. Die Leute aus ihrer Familie durften das dann aber auch nicht. Also gab es immer grünes Zeugs aus dem Garten. Es wurde leider immer schwerer für Kevin-Melvin, Kraft für Fußball aus einem Salatblatt herauszuziehen. Wenn es etwas windig wurde, mussten wir ihn festhalten, damit er nicht wegflog. Die Stürmer brauchten nur pusten, schon fiel er um. Das ging so nicht weiter!

Die Mutta Kevin-Melvins wusste das mit Oma Herta und dem leckeren Essen nicht. Das durfte ihr niemand stecken. Sie dachte, sie hätte die ultimative Salatsorte gefunden. Gesund, nahrhaft und energiespendend. Das gäbe eine Revolution auf dem Gebiet der vegetarischen Ernährung. Sogar ein Buch wollte sie darüber schreiben. „Das Salatblatt- Ein Sieg gegen den Hunger der Welt", sollte es heißen. Tja, das ging eine Weile lang gut. Niemand erfuhr von Omas Lebensrettung. Bis sich Kevin-Melvins Vater und Mutta sich im Krankenhaus so rein zufällig so nebenbei übers Essen unterhielten.

Mutta sagte, wie gesund Kevin-Melvin wieder aussehen würde. Seitdem er bei Oma Herta essen würde, sehe man deutliche Fortschritte. Mutta platzte es so heraus. Danach konnte sie das Gesagte nicht mehr rückgängig machen. Das schlug jedenfalls ein, wie eine Bombe!

Aber erst später. Noch nicht sofort.

Oma kochte Rinderroulade. Kennste Roulade? Das ist das Zeugs, das manche Leute vor den Fenstern haben. Haben wir auch. Da wo die Straße ist und die Leute immer rein gucken. Weißte, die wollen immer wissen, was wir so machen und was es zu essen gibt. Oder ob wir vielleicht gerade Besuch haben. Die Oma Frieda aus der Straße geht immer extra vorbei. Ein paar Mal geht sie hoch und runter. Es ist schließlich nicht leicht, alles auf einmal zu erkennen beim Vorbeilaufen. Stehen bleiben wollte sie auch nicht. Das wäre ihr zu auffällig gewesen.

Am Sonntag, wenn sich die ganzen alten Leutchen in der Kirche treffen, werden alle Neuigkeiten ausgetauscht. Dann wissen alle, dass es Donnerstag Abend nur Schnitte mit Brot gab und dass ich meine Schwammkopf-Hose an hatte. Dann steht der Vereinsvorsitzende da oben auf seiner Kanzlei und hält eine Rede. Der sagt noch die zehn Verbote auf und zu Oma Frieda sagt er nochmal extra, sie solle nicht so neugierig sein.

Sie nickt dann und am nächsten Sonntag wussten wieder alle Leute aus dem Dorf, was wir so alles gemacht hatten. Oma Frieda soll aber leider eine komische Krankheit haben. Dadurch merkt sie sich nicht mehr alles. Hildesheimer oder so ähnlich soll das heißen. Das glaubte ich aber nicht, denn was wir zu Hause in der Woche gemacht hatten, wusste sie noch sehr gut. Die Krankheit brach wohl nur Sonntag aus. Sie merkte sich nämlich nur nicht, was der Chef von der Kirche ihr sonntags sagte.

Warum heißen die Dinger am Fenster bei uns eigentlich so, wie das leckere Essen von Oma Herta? Komisch, oder?

Altar, bei Oma roch es wieder ganz toll. Oma kochte mein Lieblingsessen. Ich hätte mich in Rinderroulade rein setzen können. Sie nimmt Fleisch vom Rind. Dann wickelt sie Senf, Speck und Gurke ins Fleisch rein. Der Speck ist schön fettig. Wegen dem Geschmack und wegen dem Winter. Hans-Rudolf sagte gerade: „Genitiv!" Den kenne ich nicht. Egal!

Heute sollte auch wieder der Kevin-Melvin zum Aufpäppeln kommen. Es klingelte. Oh Mann, das war er nicht! Ich bekam einen riesengroßen Schreck. Fast machte ich mir in die Hose. Als ich die Tür öffnete, stand nicht nur Kevin-Melvin davor, sondern auch noch deren Vatta. Weißte? Dieser Uhrologe.

So, das war aber nun Genitiv! Hans-Rudolf schüttelte den Kopf und sagte nichts mehr.

Naja, erst bekam ich einen riesengroßen Schreck! Aber dann fragte der Vatta tatsächlich, ob er nicht auch einen kleinen Bissen bekommen könnte. Ihm ginge es auch nicht gut. Das war eine Überraschung! Irgendwie eine glückliche Fügung. Für Oma Herta war es natürlich selbstverständlich. Es war schließlich ihre Berufung. Wir wurden alle satt und waren zufrieden. Oma lächelte, denn es bedeutet ihr sehr viel. Sie fühlte sich nützlich. Bei Kevin-Melvins Vater kehrte langsam etwas Farbe ins Gesicht zurück.

Das ging dann längere Zeit so weiter. Die Beiden kamen jetzt fast täglich zum Essen. Oma freute sich und machte Pläne, wie sie die Welt retten könnte. Sie sah schon vor sich, wie sie hilflose Vegetarier über den Winter brachte und für notleidende Politiker kochen würde, die zusätzlich unter den zunehmenden Diäten leiden mussten. Man sah ihr an, wie sie zufrieden Ideen sammelte.

Oma wird einen Sponsor brauchen und einen Manager, überlegte ich. Man sollte mal zu Most-Inge gehen oder mal bei dem Verein mit den Türmen und Glocken nachfragen. Irgendwas ginge bestimmt. Man muss nur nett fragen und das Anliegen gut vorbringen. Dann hat man schon halb gewonnen.

Altaaa, dann kam der Tag! Halte dich fest! Es gab bei Oma Eisbein. Das ist schön mageres Fleisch mit viel Fett dran. Dazu gab es Sauerkraut. Kevin-Melvin, sein Vater und ich saßen gerade so schön beim Essen, als es an der Tür klingelte. Manche Leute sagen auch „Schellen" dazu, was am Ende auf das Selbe hinausläuft. Aber Schelle kenne ich persönlich eher als Backpfeife. Naja! Ist eben Dialekt.

Dieses Klingeln kam aber einer Backpfeife sehr nahe. Oma ging zur Tür, weil sie dachte, dass Tante Lotte mal wieder zu früh zum Kaffee kam. Oder sie roch das leckere Essen. Dafür hatte Tante Lotte einen sechsten Sinn. Oma Herta kochte ja sowieso immer ein paar Portionen mehr für solche Überraschungen. Oma öffnete also die Tür und schon pfiff eine schmale, blonde Person an ihr vorbei. Diese Person war so schmal und schnell, dass Oma erst dachte, da wäre niemand an der Tür gewesen. Nur einen Windzug bemerkte sie. Es war aber doch jemand gekommen!

Kevin-Melvin und sein Vater riefen erschrocken im Chor, also gleichzeitig: „Mutter! Es ist nicht so, wie es aussieht!" Das sagt man immer dann, wenn es tatsächlich genau so ist, wie es aussieht. Vatta erklärte mir das mal. Es muss bei ihm wohl auch mal so ähnlich gewesen sein. Vatta sagte dann zu Mutta, er hätte sowieso noch etwas gut bei ihr, worauf Mutta still geworden war. Um Eisbein ging es da nicht. Eher um kalte Füße. Wie auch immer.

Die Mutter von den Beiden hatte erstaunlich viel Kraft. Sie machte ein riesengroßes Theater und prügelte Vater und Sohn aus Omas Wohnung heraus. Die Idee mit dem Salat-Buch und der vegetarischen Revolution gab sie tief enttäuscht erst einmal auf. Ihr Salat könnte wohl doch nicht zaubern. Aber sie würde weiter nach dem ultimativen Salatkopf suchen. Das sah sie als Lebenswerk an. Salat für die Welt.

Kevin-Melvins Mutter inspirierte lange hinten in ihrem Garten. So mit Schneidersitz und „Ommm". Irgendwann ging es auch wieder mit ihr. Ihr fiel beim Inspirieren im Garten ein, dass ihr Mann mit seiner Uhrologie das Geld für ihre Salat-Experimente nach

Hause schleppte. Ihre Familie aß nun wieder fleißig Grünfutter und die Mutter meinte, sie konnten wieder auf ein langes fleischloses Leben hoffen. Bis zum Schluss. Im hohen Alter gesund sterben, war echt ein Ziel, für das man leben konnte.

Oma Herta aktivierte in der Zwischenzeit den Hintereingang. Der war über den Garten zu erreichen. Da kommste so ganz heimlich zu Oma rein. Ihr Nachbar, der olle Karl-Hans, merkte sowieso nicht, wenn hinter dem Haus Leute rumliefen. Der schaute nämlich immer vorne raus, weil dort viel mehr passierte. Oma meinte, er pfiff immer den jungen Dingern hinterher, obwohl er ohne Zähne eigentlich nicht mehr pfeifen konnte. Ich wusste nicht, was Oma meinte, aber ich nickte vorsichtshalber wissend.

An die Gartentür kam eine Klingel, die aber sehr leise klingelte. Dafür machte die Glocke Lichtblitze. Wenn man nicht mehr gut hörte, aber noch etwas gucken könnte, wäre das auch für später sehr praktisch. In die Tür kam noch ein Spion eingebaut. Kennste Spion? Da kannste durch gucken und siehst, wer zu Besuch kommt. Der Spion ist aus Glas. Das ist wichtig, damit der Gast nicht mal schnell den Kugelschreiber durch den Spion steckt, wenn du gerade durchguckst.

Passe auf! Wenn heimlicher Besuch kommt, muss der dreimal Blitzen. Zusätzlich muss er noch ein Code-Wort sagen. Hans-Rudolf erklärte es mir. Ein Code-Wort ist ein heimliches Wort. Das kannten nur die Leute, die Bescheid wussten. Das Wort hatte ich mir dann ausgedacht: „Roulade". Das passte doch gut, oder?

Kevin-Melvin und sein Vater kamen jetzt immer durch den Garten zu Oma. Sie tarnten sich immer etwas mit Mützen, Kapuzen und Regenschirmen. Wenn sie gingen, waren sie satt und zufrieden. Die Mutter glaubte weiter an das Gute im Menschen und an Salat. Am Ende waren alle glücklich. Was will man mehr?

Schwachstelle

Alda, endlich ging auch bei uns die Meisterschaft auf dem Rasen weiter. Das erste Spiel nach der Pause war nicht mehr fern. Alle Spieler von Germania Dereberg fieberten schon dem Start entgegen. Es war aber noch nicht warm draußen und der Platz sah noch nicht schön grün aus. Aber das ist normal für nach dem Winter. Training machten wir noch nicht auf dem Platz. Also von der Halle aus ging es direkt zum Punktspiel auf den Rasen. Da musste im Kopf plötzlich ganz anders denken.

Unser Platzwart Holger musste auch noch nicht den Rasen mähen. Weißte, unseren Rasenmähertrecker gab es nicht mehr. Holger hatte den kaputt gefahren. Ja gut, Er stürzte in meine Abseitsfalle. Die baute ich mal aus taktischen Gründen in den Rasen. Aber ein bisschen besser hätte er aufpassen können! Vielleicht sollte ich mal etwas unternehmen, um ein neues eigenes Treckerteil zu bekommen. Dann müssen wir uns nicht mehr den Trecker von Bauer Giesecke ausleihen. Irgend etwas sollte mir da schon einfallen. Bin ja schon fast Manager und Top-Organisator.

Sarah-Herta müsste mir mal ausrechnen, wie viel Euromarks so ein Teil kostet. Die Zahl würde ich dann auswendig lernen. Irgendwie bekäme ich sicher die Euromarks zusammen.

Wenn der Frost, also das ganze Kalte, aus dem Boden raus ist, muss der Platz noch gewalzt werden. Da gibt es ein schweres Ding aus Eisen und das kann rollen. Walze sagt man auch dazu. Das Teil ist echt schwer. Musste mal über deinen Fuß rollern lassen. Tut fast so dolle weh, als Würde der Uwe von unserer Germania auf deinen Fuß treten. Siehste, jetzt kannste dir das gut vorstellen!

Der Holger hatte ganz dolle geschimpft. Früher hängte er diese Walze an seinen Trecker und zog sie hinterher. Das machte er so lange, bis alles platt war. Einen Tag brauchte er dafür höchstens. Jetzt musste er das Dingens aus Eisen mit seinen Händen selbst über den Platz ziehen. Montag bis Donnerstag benötigte er dafür. Freitag kam er nicht mehr aus dem Bett heraus. Sein Muskel hatte zugemacht und er bekam einen Ganzkörperkrampf.

Das haben Profifußballer auch ganz oft. Meistens dann, wenn sie etwas mehr spielen mussten, als ein Spiel normalerweise dauerte. Verlängerung zum Beispiel. Der Jens meinte, die hätten dann einfach zu wenig getrunken meistens. Oder sie waren von der Ernährung her nicht so gut vorbereitet gewesen. Er meinte auch, sie hätten vielleicht zu wenig Kohlen gegessen. Die brauchen sie zum Verbrennen.

So wie bei einer Dampflok stellte ich es mir vor. Da machste auch Kohlen rein und dann kommt stinkender Dampf raus. Dampfloks gibt es hier in der Nähe von Blankenhausen auch noch. Musste mal gucken kommen. Wenn du dort keine Kohlen mehr reinsteckst, bleibt die Lok irgendwann stehen. Schon klar! Das versteht man leicht!

Ich finde aber, es macht was her, wenn man sagt: „Mein Muskel hat zu gemacht!" Das hört sich wichtiger an, als wenn man sagt: „Ich hatte zu wenig getrunken und keine Kohlen gegessen!"

Zum Glück stand der Holger am Samstag wieder auf dem Platz und malte die Linien an, die wir zum Spielen brauchten. Die sind nämlich ganz wichtig. Man muss schließlich wissen, wo das Eine zu Ende ist und das Andere anfängt auf dem Platz.

Endlich! Es ging los! Du, die Schantall fand irgendwo Schlafsäcke. Die brachte sie zur Wechselbank. Es sollte nämlich keiner frieren. Sie achtete eben immer gut auf ihre Männer. Ich saß dann leider nur allein auf der Wechselbank, aber es war schön kuschelig warm. Von dort hatte ich natürlich einen guten Überblick und ich konnte wieder ein paar Schwachstellen in unserem Spiel erkennen. Ein Fan rief: „Unsere Schwachstelle ist die Bank!" Was wollte der denn jetzt?! Dieser Amateur! Ich müsste mal mit dem Trainer über unsere Schwächen reden. Und die Bank müsste der Holger auch mal untersuchen. Von wegen schwach! Die war sehr stabil gebaut.

Ich wurde später als Jockey eingewechselt. Kennste doch, der aus dem Kartenspiel. Wenn der kommt, darf der fast alles machen. Das Spiel stand lange 0:0. Es gab noch keinen Grund zum Jubeln. Leider! Ich wollte aber unbedingt mal wieder so schön auf meinen Knien rutschen, nachdem das in der Halle ein wenig schief gegangen war.

Es kribbelte so sehr, dass ich das auch ohne Torerfolg machen musste. Einfach so! Ich wollte unbedingt rutschen! Da musste dann aber etwas nicht ganz gepasst haben. Der Trainer sagte zu solchen Dingen immer „Timing". Auf Deutsch: Zeiting. Egal! Ich dachte mir nichts dabei. Nur, dass ich jetzt wollte. Das war echt geil. Weit rutschte ich, Alter. Das lief! Ich riss die Arme hoch und jubelte. So eine Freude! Genau in diesem Augenblick pfiff der Schiri Freistoß für Germania Elbingehausen.

Dann zeigte mir doch dieser Schiedsrichter auch noch die gelbe Karte! Warum?! Nur, weil ich mich freute, dass wir endlich wieder draußen spielen durften? Echt unfair! Er redete von Unsportlichkeit. Freude ist also unsportlich!

Schutz

Alder, weißte die Lena rief wieder an. Eigentlich wollte ich diesmal zuerst anrufen, aber die Zeit war immer so knapp und die Ausreden auch. Ich war mir so unsicher. Eigentlich war es ja total schön mit ihr, aber ich wusste nicht, warum das so war. Diese Backpfeifen im Kino waren schon etwas Besonderes. Ich wusste echt nicht, was ich sonst mit ihr machen sollte. Pferdeküsse vielleicht. Gut. Pferdeküsse gingen. Aber nicht zu viele davon. Blaue Flecken sollte es nicht zu viele geben. Sah auch nicht gut aus.

Meiner Mutta sagte ich, dass ich Lena gern wieder treffen würde. Vielleicht jedenfalls. Sie freute sich total. Wusste gar nicht warum, denn ich wollte Lena treffen und nicht sie. Aber sie gab mir einen Tipp. Der war wirklich mal ganz schlau. Mutta meinte, ich sollte mal über Schutz nachdenken. Man müsse sich gut schützen, damit nichts passiert. Da hatte sie Recht!

So ein Pferdekuss konnte ganz schön weh tun oder auch ein Schlag irgendwo anders hin. Ein Tritt gegen das Schienbein ist auch heftig. Das sollte man nicht unterschätzen. Plötzlich sah ich die Lösung direkt vor mir! Sarah-Herta fuhr gerade mit ihren Inliner-Rollschuhen auf unseren Hof.

Kennste Inliner? Das sind Rollschuhe mit vier Rädern dran. An jedem Schuh vier Stück. Die Inliner haben die in der Fabrik aber falsch gebaut. Mutta hatte solche Dinger früher auch. Da wurden die Räder an die vier Ecken gebaut. Kannste dir vorstellen? Auf Rollschuhen kannste gut drauf stehen, ohne sofort wieder umzufallen. Manche Leute fuhren damit sogar in der Gegend rum. Mutter konnte das ganz gut damals. Nur ich nicht. Ich war mit den Dingern immer umgefallen, wenn ich laufen wollte. Einfach nur

Rumstehen, machte dann irgendwann auch keinen Spaß mehr. Ich lies das Rollschuhfahren dann einfach sein.

Sarah-Herta besaß ähnliche Schuhe zum Rollen. Diese Inliner. Da hatten die Leute aber was falsch gebaut. Diese vier Räder machten die nämlich nicht an die Ecken, sondern hintereinander an den Schuh dran. So in einer Reihe. Stelle du dich mal da drauf, da fällste sofort um! Echt schwer.

Deshalb zieht sich Sarah-Herta Schutz an. Projektoren nennt man diese Teile und sind aus Plastik. Die macht man sich an alle möglichen wichtigen Körperteile dran. An alle, die weh tun könnten. Auf dem Kopf trägt sie zusätzlich einen Helm. Helm sollte ich beim Fahrrad auch tragen. Falls man auf den Kopf fällt. Aber da passiert bei mir nicht viel. Das kann ich ab. Der Trainer sagte ja auch, dass bei mir da nichts kaputt gehen kann. Schon klar, oder?

Meine Schwester trägt den aber, damit im Kopf nichts durcheinander kommt. Sie ist etwas übervorsichtig. Nur ihre Frisur würde mit Helm nicht mehr so schön liegen, meinte sie. Das ist bei Frauen oft ein Problem. Sie meinen mit Helm sehen sie hinterher aus wie Hulle. Das sehen aber nur sie so. Tatsächlich sehen sie aus wie immer. Männer würden sowieso woanders hinschauen, meinte Vatta. Der meinte damit wahrscheinlich die Augen.

Man soll nämlich seinem Gesprächspartner in die Augen schauen. Manche Leute können das aber nicht. Weil sie schüchtern sind vielleicht. Mal einen Trick von mir: Schaue ein bisschen höher auf die Augenbrauen. Das fällt kaum auf und macht dich sympathisch beim

Erzählen. Diese Projektoren sind jedenfalls voll geil. Toller Schutz. Da tut dann nichts weh, wenn die Lena mich schlägt. Die wird sich wundern. Geile Idee von Mutta! Schutz ist gut!

Ich zog mir das Ganze dann mal an, ging zu Mutta und zeigte ihr mal, wie gut ich geschützt war. Sie guckte aber ganz merkwürdig. Vielleicht erkannte sie mich auch nicht gleich und dachte ich käme vom Mars. Von diesem kleinen Punkt am Himmel. Naja, das mit dem Mars und den Außerirdischen ist sowieso Quatsch. Auf so einen kleinen Punkt am Himmel passt niemand drauf. Logisch! Und tagsüber sind die Punkte weg. Also! Das kann mir niemand erzählen. Ich bin doch nicht vom Mond!

„Ich bin's, Kevin-Hendrick, und ich bin gut geschützt!", rief ich. Dann erkannte Mutta mich und musste lachen.

Ich musste dran denken, dass Mutta auch Rollschuh gefahren war früher und fragte sie, ob sie sich damals auch schützte. Sie guckte bisschen traurig und meinte: „Ja, aber nur einmal nicht. Das war Silvester damals. Dann passierte dieser kleine Unfall." Ich sah sie an, aber sie hatte keine sichtbaren Schäden davon getragen. Es war also nochmal gut ausgegangen.

Abends kam Mutta zu mir ins Zimmer. Sie sagte, sie hätte das mit dem Schutz eigentlich anders gemeint und ich sähe auch etwas albern aus mit den Projektoren. Naja, etwas Recht hatte sie schon. Die Projektoren waren unbequem, auch weil Sarah-Herta kleiner war als ich. Gemeckert hatte meine kleine Schwester auch noch, weil es schließlich ihr Zeugs war und sie sich schützen musste, wenn sie rumrollerte.

Mutta brachte Bananen und ein paar Luftballons mit in mein Zimmer. Wahrscheinlich hatte sie sich nicht merken können, dass wir Bananenflanken doch nicht mit Bananen machten, sondern doch mit einem Ball. Das hieße nur so, erklärte ich ihr, weil der Ball krumm wie eine Banane fliegen würde. Von Fußball hatte sie echt keine Ahnung. Luftballons kann man aber immer mal gebrauchen. Damit gehen Wasserbomben gut.

Mutta sagte, das wären keine Luftballons, sondern Schutzhüllen. Sie sagte zwar ein anderes Wort, aber merken konnte ich es mir nicht. Ich sollte mal mit den Bananen üben. Der Luftballon wäre dann der Schutz.

Das war nicht ganz so einfach. Am Ende schaffte ich es, alle Schutzhüllen auf die Bananen zu fummeln. Aber echt, die Hüllen taugten nicht viel! Nach ein paar Tagen waren die Bananen doch braun und matschig geworden. Solche Ballons braucht Mutta nicht wieder kaufen! Jetzt weißt auch du Bescheid. Die Mühe und das Geld kannste dir sparen. Iss besser die Bananen gleich auf.

Mutta schüttelte den Kopf, als sie das Ergebnis sah. Sie war traurig wegen der raus geschmissenen Euromarks. Auch sie muss manchmal noch lernen. Bein Rausgehen sagte sie noch was von: „Hopfen und Malz verloren." Was hatte sie verloren? Ich kapierte nichts.

Gelbe Wand

Alta, haste gewusst, dass die bei Borussia Dortmund eine schwarz-gelbe Wand haben? Der Onkel mit dem Mikrofon im Fernseher drinne erzählte es so. Das war mir gar nicht aufgefallen. Es soll sogar die größte Wand von Europa sein. Weißte, Europa ist ganz groß. Fast wie Deutschland.

Der Typ sagte, dass die immer gegen die Wand spielen und die Gegner wunderten sich, dass sie nicht gewinnen. Die müssen wohl die Wand nicht gesehen haben. Wir bei der Germania bräuchten auch so eine Wand. Da käme dann keiner mehr durch. Aber die würden wir in gelb und grün streichen. Die Farben von unserem Verein eben. Mal sehen, was geht. Ich rede mal mit dem Dorfpräsidenten.

Vatta meinte, diese Wand wäre gar keine richtige Wand. Oder Mauer, wie ich dachte. Man würde das nur so nennen. Da stehen nämlich in der Kurve so viele Leute rum, dass es aussieht, als wäre das eine Wand. So viele Menschen, wie in einer großen Stadt wohnen. Menschen, Frauen und Kinder zusammengerechnet sogar! Heftig!

Die Wand war plötzlich weg. Einfach nicht da. Vielleicht hatte die Stadt an dem Tag keinen Ausgang bekommen. Stubenarrest oder so. Wie ich früher manchmal. Immer dann, wenn ich irgendwas angestellt hatte, musste ich in meinem Kinderzimmer bleiben. Dass ich nicht mit Freunden spielen durfte, war nicht schlimm. Ich hatte keine Freunde. Eigentlich störte mich das nicht so dolle, da ich sowieso lieber drinne war. Aber allein der Gedanke, nicht raus zu dürfen, war ärgerlich. Man liebt immer das, was man nicht hat.

Vatta sagte, die Wand bekam Strafe und musste zu Hause bleiben. Stubenarrest. Da hatten Fans Sachen im Stadion gemacht, die man nicht machen darf. Vatta fand das auch nicht gut. Auch wenn man jemanden nicht leiden kann, wie unseren Nachbarn Herrn Meyer zum Beispiel, muss man sich benehmen können. Er sagte da was von Kultur und Zivilisation, was auch immer das ist. So was habe ich nicht. Glaube ich jedenfalls.

Aber Herr Meyer im Stadion? Was hatte ich denn da verpasst? Hatte der Eintrittskarten? Feuerwerk sollen die wohl auch gemacht haben im Stadion. Vatta erklärte mir, das wäre verboten. Echt? Wusste ich gar nicht. Sollte das etwa überall verboten sein? Man sieht das doch ganz oft. Was sollte ich denn tun, wenn ich mein Restfeuerwerk von Silvester nicht mit nach Madeberg nehmen durfte? Ich müsste mal fragen, warum denn doch immer wieder Knaller im Stadion waren. Sondererlaubnis für besonders schönes Feuerwerk vielleicht? Kann schon sein.

Vor Stadien soll es manchmal heftig zugehen. Oft treffen sich Hooligans irgendwo und machen Kloppe-Wettkampf. Das ist wie ein eigenes Spiel und hat mit dem eigentlichen Fußballspiel nichts zu tun. Vatta schimpfte aber und meinte, man könne nicht alles mit Kindheit erklären. Nun hatten viele tausende Leute Stubenarrest, obwohl nur einige Schuld hatten. Das verstand ich allerdings wieder. Ich bekam auch Stubenarrest, wenn Sarah-Herta eigentlich Schuld hatte. Vatta wollte sich nun gar nicht wieder beruhigen und rannte schnell in den Keller.

Dortmund konnte aber auch ohne Wand gegen Wolfsburg gewinnen. Vielleicht hatten die nicht bemerkt, dass da keine Wand war an dem Tag.

Warum der Uli von den Bayern mich immer noch nicht anrief, verstand ich nicht. Vielleicht, weil der tolle Sieg gegen die Engländer mit der Kanone in ihrem Logo alle benebelt hatte. Die dachten vielleicht, es ginge nun alles wie von allein. Du, meine Leute von Germania Dereberg muss ich auch immer in die Gänge bringen. Sonst sind die auch mit dem Erreichten zufrieden und sie werden nachlässig. Notfalls muss es mal eins aufs Maul geben. Verstehste? Das ist in der Kreisklasse nun mal so.

Wenn man immer bis in die Nachspielzeit mit Siegen wartet, kann es auch mal in die Hose gehen. Verstehe schon, dass sie dem Gegner das Gefühl geben wollen, er hätte eine Chance, aber irgendwann ist das Glück alle und dann kommt das Pech ins Spiel. Plötzlich geht die Saison zu Ende und du hast kein Blechteil in den Händen. Dann stehste da und sagst: „Warum habe ich nicht den Kevin-Hendrick angerufen?"

Rasenbrause Leipzig gewann nämlich wieder. Das könnte noch eng werden, wenn man nicht mehr unbedingt gewinnen will. Die Leipziger dosieren scheinbar ihre Flugbrause wieder richtig. Ich glaube Mannschaften von oben und unten in der Tabelle werden sich noch einige wundern im Sommer.

Am Besten, ich schreibe dem Uli von den Bayern nochmal eine Mail. Ich wäre sofort bereit für die

Bayern. Mein Trainer würde mich sofort persönlich in den Zug setzen. Das hatte der gesagt!

Dirigentin

Eh, der Hans-Rudolf hatte mir aus der Zeitung drinne was erzählt. Da hatte er etwas Interessantes gelesen. Für mich interessant wegen dem Kevin-Melvin und dem Fabian. Weißte doch, der Kevin-Melvin ist zu Hause unfreiwillig und der Fabian freiwillig Vegetarier. Die essen nur Grünzeugs aus dem Garten wie Blumen und Fisch. In Hans-Rudolfs Zeitung drinne stand eine Frau, die uns dirigiert. Von da oben aus. Die meinte, Leute, die zu Besuch kämen, bekämen jetzt nur noch vegetarisches Essen. Ohne Fleisch. Das wäre wegen Klimaschutz. Fleisch sei irgendwie schlecht für das Klima. Das macht Gas, welches dann wiederum unser Wetter zu warm macht.

Ich hatte da einmal was im Fernseher drinne gesehen. Einen Dokumentarfilm. Kühe auf der Wiese müssen immer ganz dolle pupsen. Die pupsen Gas. Diese Pupse sind nicht gut für die Luft. Das kannste sogar zu Hause selbst testen. Dann merkste sofort, was ich meine. Es riecht nicht wirklich gut. Das Gas kann brennen und man bekommt damit die Bude warm. So ähnlich jedenfalls. Den Kühen machten sie rote Ballons an den Hintern und sammelten die Pupse ein. Wenn sie ganz viele Pupse verbrennen, kannste mit Fernwärme ganze Dörfer warm bekommen.

Auf Fleisch könnte ich auch manchmal verzichten. Ich esse auch gern einmal Würstchen, Fisch oder Geflügel. Geht auch ab und zu mal. Wegen der Fitness nehme ich sowieso kein fettes Fleisch zu mir.

Die Dirigentin sagte auch, man soll viel Regionales essen, damit man das Zeugs nicht von überall her ran karren muss. Hans-Rudolf erklärte mir „regional" bedeutet so was wie: „von zu Hause". Die LKW sparten dann eine Menge Sprit, was dann auch wieder gut für die Luft wäre. Aber nicht gut für die Spediteure und für die Fahrer. Die müssten zu Hause bleiben, verdienten kein Geld mehr. Der Staat mit seinen übrig gebliebenen Steuerzahlern müsste diese dann aber weiter versorgen. Noch eine Geldlücke, die entsteht. Viele Leute müssten nun laufen, da sie sich Autos nicht mehr leisten könnten. Die tankten dann nicht mehr. Höchstens vor Frust in der Kneipe.

Vatta schimpfte mal wieder. Und ich verstand das wieder nur halb. Vatta meinte, wenn weniger Sprit verbraucht würde, dann verdiente das Deutschland weniger Euromarks an Steuern. Denn Benzin und Diesel kosten eigentlich gar nicht so viel, wie sie kosten. Das meiste von dem Geld sammelt das Deutschland ein. Weniger tanken bedeutet dann aber auch, es gibt weniger Einnahmen. Es fehlten viele Euromarks in der Kasse und andere Steuern würden steigen müssen.

Man erfindet dann neue Steuern. Schuhsohlen-Abnutzungs-Steuer könnte man erfinden. Die Oberen würden sich irgendwann wundern, wo denn die vielen Euromarks blieben, die sie eigentlich schon ausgegeben hatten. Wenn es dann richtig schlecht liefe, müssten sie wieder Diäten erhöhen. Noch mehr hungern also.

Ich ging dann einfach mal raus in den Garten und schaute nach, welches Regionale wir gerade wachsen hatten. Alter, da war gar nichts! Kein Grünzeugs zum Essen. Nicht einmal Muttas Blumen, die nur schön aussehen sollten, waren da. Äpfel hingen auch noch keine am Baum. Verstand das nicht. Sollten wir etwa auf Essen verzichten? Wir werden regional verhungern! Ich bekam etwas Angst.

Mir kam aber eine Geschäftsidee. Du weißt sicher, dass manches Gemüse, welches Oma so lecker kocht, Blähungen macht. Bohnen, Erbsen und so. Ich würde einfach viel von dem Zeugs essen und könnte dann herrlich pupsen. Ich müsste mal einen Streichholztest machen, ob das wirklich brennt. Einfach mal ein Streichholz dran halten

Dann würde ich mir einen Ballon an den Hintern basteln. Mutta hat sicher noch ein paar von diesen Luftballons da. Klappt das, müsste anfangs die ganze Familie mitmachen. Abends zünden wir die Ballons im Haus an. Damit sparten wir viel Heizung.

Na? Super Idee, oder? Ich bin dran. Das wird dann eine überregionale Geschäftsidee.

Vatta meinte nur, jetzt würden alle spinnen. Auf solche Ideen kämen nur Leute, die nichts Wichtiges zu tun hätten. Die haben vielleicht einen Garten zu Hause mit Gärtner. Dieser fährt jeden Tag einhundert

Kilometer mit dem Auto zur Arbeit. Hat dabei viel Sprit verfahren. Dann macht der bei denen vegetarisches Zeugs in den Garten und pflegt das regelmäßig.

Wenigstens beruhigt dann das Grünzeug im Garten das Gewissen.

„Pippi Langstrumpf", rief Vatta. „Ich male mir die Welt, wie sie mir gefällt!"

An dem Tag beruhigte sich Vatta nicht mehr. Er ging in den Keller und desinfizierte sich vorsorglich randvoll. Ich holte mir ein paar Würstchen aus dem Kühlschrank. „Würstchen gehen auch!", dachte ich.

Bälleverteiler

Aldar, der Trainer hatte mal wieder eine seiner tollen Ideen. Weißte noch? Ich trage die „10" auf dem Rücken. Da war leider einmal die „1" abgegangen. Das passierte sicher mal in einem wichtigen Zweikampf. Die „10" ist sehr wichtig. Viele geniale Fußballer trugen die „10" auf dem Trikot. Zum Beispiel auch dieser Matthias oder so ähnlich. Der war auch Kapitän wie ich und spielte ganz oft Nationalspieler für Deutschland. Der wurde auch Weltmeister von überall her und konnte super Fußballspielen. Heute sieht man ihn oft als Experten im Fernseher drinne. Da kannste mal zuhören, der weiß Bescheid!

In der Mitte vom Feld spielt meistens der Bestimmer. Der sagt, wo es lang geht und was seine Leute machen sollen. Und wehe, es hört einer mal nicht richtig hin! Also mit der „10" auf dem Rücken und als Kapitän muss man auch einmal ungemütlich werden. Da kann es auch mal aufs Maul geben! Das weißte ja schon! Du, ich kenne mich aus!

Vor unserem Spiel gegen Preußen Cattendorf nahm mich der Trainer zur Seite und redete über Taktik mit mir. Das macht man immer heimlich. Sonst wüssten alle, dass wir eine Taktik hatten. Sonst wäre es gleich besser, ganz ohne Taktik zu spielen. Das kapierten die Anderen erst Recht nicht.

Ich als Mittelfeldspieler in der Mitte und als Kapitän sollte heute Bälle verteilen. Schon klar, ich wusste natürlich, was der Trainer von mir erwartete. Ich sah es schon vor meinem inneren Auge. Ich verteile viele Bälle, die Cattendorfer sind voll irritiert. Wir schießen Tore, während die noch dastehen und überlegen, was sie tun sollen. Ein Fuchs, der Trainer!

Dann ging das Spiel los. An den richtigen Spielball malte ich ein Kreuz drauf und gab ihn dem Schiri. Der Spielball ist der Ball, mit dem man spielt. Der Richtige also. Das Kreuz war wichtig, denn so konnte man ihn gut wiederfinden, wenn man ihn suchte.

Die Bälle ohne Kreuz legte ich heimlich hinter unser Tor. Schön im Fußballsack drinne. So waren die Bälle getarnt und niemand würde Verdacht schöpfen. Der Schiedsrichter pfiff an, ich rannte zu unserem Tor und begann sofort die ganzen Bälle zu verteilen. Das klappte super. Die Cattendorfer waren völlig durcheinander und schimpften. Mann, die Verwirrung war echt groß.

Ich wusste natürlich noch, an welchem Ball das Kreuz war und spielte diesen Kreuzball zu Uwe. Der machte noch drei Tunnel und schoss den Ball ins Tor. Den Jubel kannste dir kaum vorstellen. Die Taktik war aufgegangen. Genial!

Der Schiri war aber nicht einverstanden mit unserer Taktik. Der blätterte schnell im Regelwerk und da stand, nur ein Ball dürfe auf dem Platz sein. Wir durften danach nur noch mit einem Ball weiterspielen. Von diesem Schreck erholte sich Preußen Cattendorf aber nicht mehr. Sie schimpften das ganze Spiel über und beruhigten sich nicht mehr. Dabei vergaßen sie das Fußballspielen. Zwei Dinge zur selben Zeit machen, funktioniert nämlich nie gut. Wir gewannen 5:0.

Geile Taktik! Da griff unser Trainer mal wieder ganz tief in seine Trickkiste. Aber verrate mal nichts, sonst machen alle Anderen das auch so. Solltest du mal einen Ballsack hinter dem Tor entdecken, weißte jetzt Bescheid!

Lena

Alta, Onkel Herbert hatte eine tolle Überraschung für mich. Eigentlich waren es sogar zwei. Er kam nur selten zu Besuch nach Heimberg. Meistens dann, wenn der Weihnachtsmann kam. An dem Abend stand er plötzlich da. Ich saß in meinem Kinderzimmer und schaute zusammen mit meinen Teddys eine Wiederholung von einem Spiel meiner Bayern in der Pilz-Liga. Die mit den Champignons. Du weißt schon.

Da stand er also plötzlich vor mir und legte eine Eintrittskarte auf meinen Tisch. Die war nicht zerrissen. Noch ganz heile. Echt Altar, das war eine richtige Karte für das nächste Heimspiel von Blau-Weiß Madeberg. Er hätte sogar noch eine Karte, sagte er grinsend. Mein Mund stand vor Freude offen. Danke sagen konnte ich erst gar nicht.

Super, dachte ich. Mit Onkel Herbert schaute ich gern mal Fußball. Der hatte Ahnung. Oft fuhr er zum Fußball und schaute sich auch Spiele in Timmenberge mit den Langhaarigen an. Das konnte Onkel Herbert einfach so machen, denn er hatte keine Olle zu Hause auf dem Sofa sitzen. Eine Frau besaß er auch nicht, die immer meckern würde, wenn er auf Fußballplätzen unterwegs war.

Weißte, am selben Abend noch rief mich die Lena an. Sie freute sich ganz dolle, denn die bekam von Onkel Herbert auch eine Karte geschenkt. Das brachte mich total durcheinander. Da im Kopf drinne schwirrten Fragen umher. Ich mit Lena? Sämtliche Alarmglocken gingen an. Was mir alles passieren könnte! Wahrscheinlich könnte ich das Spiel nicht genießen, da ich immer auf meinen Kopf aufpassen müsste.

Aber zum Glück, Onkel Herbert war dabei und der würde ganz sicher auf mich aufpassen. Der hatte Erfahrung. Immerhin konnte er sehr gut aufpassen, denn Kinder hatte er nicht. Ich wusste noch, wie er mir erzählte, dass man Kinder nicht brauchte und wie schlimm die sein könnten. Der lebte viel ruhiger und zufriedener. Dieser Gedanke beruhigte mich so sehr, dass ich mich auf Fußball im großen Stadion und sogar auf Lena freuen konnte.

Als die Lena mich anrief, war ich total aufgeregt. Ich überlegte, wo ich am Besten mein schönes Feuerwerk verstecken könnte und was man sonst noch alles brauchen würde. Ich sagte ihr, ich hätte leider nur noch einen Baseballschläger. Das ganze Zeugs einschließlich der Skimaske hatte immer noch der Staatsanwalt zu Hause. Aber mir würde schon noch was einfallen, um Spaß zu haben.

Du, die Lena machte mich am Telefon so richtig fertig! Kannste das denn glauben? Wir wären richtige Fans, sagte sie. Die Wahren! Wir feuern unsere Mannschaft an, singen und feiern. Krach machen und Jubeln. Und das richtig! Sollten wir verlieren, dürften wir weinen aber niemals dem Verein schaden!

Holla! Die hatte ja Temperament! Ich war sprachlos! Konnte erst nichts antworten für einige Minuten. Als sie fragte, ob alles in Ordnung sei, fand ich meine Sprache wieder. „Jawohl, habe verstanden!", antwortete ich noch ganz leise. Wenigstens durfte ich meine blau-weißen Klamotten anziehen. Na ein Glück!

Dann kam der Tag. Onkel Herbert holte mich mit seinem Auto ab. Das war so ein ganz großes mit vielen Pferden drinne. Voll geil! Er meinte, er könnte sich das leisten. Er hätte keine Frau, die ständig neue Schuhe benötigte oder andere Klamotten, die nach einmal tragen im Schrank verrotten würden. Onkel Herbert müsste auch nicht ständig Blumen kaufen, um sich hinterher beschimpfen zu lassen.

Eine Frau freut sich nämlich nicht einfach über Blumen. Sondern sie fragt misstrauisch: „Was hast du angestellt?" oder „Hast du ein schlechtes Gewissen, gibt es etwa eine Andere?" Wenn man dann antwortet, man hätte Blumen einfach nur aus Spaß und Freude mitgebracht, oder sogar aus Liebe, würde sie das natürlich nicht glauben. Bringste aber keine Blumen mit nach Hause, ist das auch nicht richtig. „Du liebst mich wohl gar nicht mehr?! Nie bringst du mir Blumen mit!", heult sie dann. Aus diesem Kreislauf kommste nie heraus. Wie du es machst, wird es immer falsch sein. Das ist eine Gesetzmäßigkeit!

Bringste aber einen teuren Ring mit, so mit Diamanten, wäre es ganz was anderes. Selbst wenn du den kauftest, weil du ein schlechtes Gewissen hattest. Wahrscheinlich wurden Frauen durch das Glitzern so sehr abgelenkt, dass sie jede kritische Frage vergessen würden. Komisch, oder?

Vielleicht haben die Frauen Angst, du würdest ihn wieder weg nehmen. Dann besser nichts sagen. Blumen verwelken sowieso bald. Da lohnt sich Meckern schon. Weißte, immer Ringe kaufen, wäre auf Dauer viel zu teuer. Das schafft ein normaler Mann nicht, zu bezahlen. Taschengeld besitzt er lange nicht mehr. Nur noch das, was er sich vom Munde abgespart hatte.

Onkel Herbert sagte, er lebe viel ruhiger und könnte sich dieses schöne Auto leisten. Du verstehst jetzt schon, weshalb er gut auf mich aufpassen würde. Der kennt sich aus.

Wir fuhren los. Es war eine schöne Fahrt. Wir freuten uns schon ganz dolle auf das Spiel. Das Wetter spielte auch mit, obwohl es noch nicht warm war draußen. Bei den Leuten von der Security kamen wir auch gut durch und gingen auf unsere Plätze. Eh Aldar, das waren Sitzplätze! So was gab es auch? Aber die klappten zum Glück nicht hoch, wenn man aufstand. So wie im Kino drinne die Sessel. Na ein Glück, die anderen Fans hätten alle gelacht über mich, wenn ich ständig auf dem Hintern gelandet wäre.

Die Stimmung im Stadion war wieder geil! Die Lena erklärte mir dann, dass es viel schöner wäre so zusammen zu sitzen, als sich draußen zu kloppen. Und Feuerwerk im Stadion sei total gefährlich, weil die Leute sich schwer verletzen könnten. Ich glaube, ich bekam einen roten Kopf, denn ich fühlte mich etwas erwischt. Und dann sagte das ausgerechnet noch eine Langhaarige zu mir. Eine von den anderen Menschen.

Außerdem dachte ich nach dem Kinoabend, sie würde etwas auf Kloppen stehen. Das war doch im Kino so schön mit ihr. Da müsste ich zu Hause nochmal in Ruhe nachdenken. Jetzt war mein Kopf gerade überlastet.

Das erste Tor fiel früh. Eh, ich voll gejubelt und gefeiert. Die Lena sprang mir in die Arme! Damit konnte ich so schnell nicht rechnen. Das ging zu schnell für mich. Plötzlich gab sie mir einen Kuss auf die Backe. Im Gesicht. Das machte Mutta früher bei mir. Ich wischte mir dann den Kuss wieder ab, weil ich das nicht mochte. Aber heimlich, wenn sie nicht schaute. Sonst hätte sie mir nämlich einen neuen Kuss gegeben.

Das war immer so feucht und glibberig an der Backe und irgendwie auch peinlich.

Warum war das bei der Lena so anders? Mir wurde wieder komisch und ganz warm überall. Ich schaute hilfesuchend zu Onkel Herbert. Der lächelte nur. Das beruhigte mich, es konnte also nichts dramatisch Schlimmes passiert sein. Also war alles in Ordnung. Er hätte mich gerettet! Ganz sicher!

Die Madeberger spielten richtig gut. Vatta hätte sich bestimmt auch sehr gefreut. Er würde diesmal nichts zum Meckern haben. Es fielen sogar noch zwei Tore, wir jubelten und es gab noch zwei Küsse auf die Backe. So langsam machte mir das Spaß. Noch mehr Tore fielen dann leider nicht mehr. Es blieb beim 3:0.

Abends lag ich mit meinen Teddys im Bett und schaute mir das Spiel nochmal an. Ich hatte es nämlich aufgenommen. Schlafen konnte ich nicht. Es war alles so aufregend.

Ob Onkel Herbert nochmal Karten hätte für uns? Wäre schön! Hoffentlich würden die Madeberger weiter Fußball spielen und nicht träumen, dass der Aufstieg schon perfekt wäre. Dann kann man das Gewinnen vergessen und es geht in die Hose. Vatta meinte, das wäre schon öfter passiert. Mal sehen, ob sie dazugelernt haben. Wir werden das sehen. Ich sage dir dann Bescheid.

Schoppen

Wasserhahn

Alda, Oma Herta rief an. Gerade wollte ich ein bisschen Pause machen. Das Lernen bei Farben-Paule war heute ganz schön anstrengend gewesen. Ich durfte etwas Neues lernen. Was ich machen sollte, kannte ich vorher gar nicht.

Manchmal sind in einer Wand nämlich Löcher drinne. Einige sind einfach so da und keiner weiß mehr warum. Andere Löcher sind in der Wand, weil jemand ein Loch da rein baute, um etwas aufzuhängen. Vielleicht war dort ein Strick dran für die Sicherheit oder einfach nur ein Bild.

Wenn man ordentlich malern will, muss man vorher diese Löcher zu machen. Das sieht sonst nämlich nicht so schön aus, wenn man da einfach nur drüber malern würde. Es sollte ordentlich aussehen. Das war dem Chef sehr wichtig. Der Meister gab mir ein weißes Pulver, das so aussah wie das Zeugs mit dem unser Platzwart Holger die Linien so schön neu macht auf dem Platz. Nämlich Kreide.

Ich lag nur knapp daneben. Der Meister sagte, das Pulver wäre Gips. Das Pulver kommt ins Wasser gerührt. Aber schnell, denn es würde nach kurzer Zeit hart werden. Ich probierte das gleich mal aus und machte auch schnell, aber es war hart geworden. Ich sollte noch schneller machen, so richtig ganz schnell. Das Zeugs sollte in das Loch geschmiert werden, so lange es nicht fest geworden war. Den Gips machte man mit einem breiten Messer schön glatt. Spachtel sagte der Meister zu dem Teil.

Glaube mir, es war echt schwer. Immer wenn ich den Gips verschmieren wollte, war er schon hart. Aber irgendwann gelang es mir doch. Aber nicht so richtig glatt. Dazu braucht man wahrscheinlich viel Übung. Aber dafür lernt man es ja. Oh Mann, ich musste anschließend alles glatt schleifen. Anstrengend, sage ich dir. Mir tat der Arm heftig weh. Der Meister erklärte mir nur, das würde lernen. Wenn man erst sauber arbeitet, spart es hinterher viel Mühe. Aber immerhin, ein Loch gelang mir an dem Tag schon. Leute, ich komme!

Als ich also so schön kaputt zu Hause auf meinem Bett lag, kam Omas Anruf. Sie brauchte dringend einen Handwerker. Dafür war ich ja da. Ich wollte ihr natürlich helfen. Logisch, als Handwerker-Talent und als Mann macht man das sofort! Das war eine Frage der Ehre.

Oma Herta sagte, ihr Wasserhahn sei kaputt. Der von ihrer Spüle in der Küche. Ich sollte ihn austauschen. Sie hatte sogar schon einen neuen Hahn. Den gab es mal vor Jahren als Angebot im Supermarkt in der ganz großen Stadt. Den nahm sie damals vorsichtshalber mit. Wenn man nämlich einen brauchte, gab es keinen.

So war das früher immer. Man lernte, alles Zeugs zu bunkern für schlechte Zeiten. Den Wasserhahn versteckte sie natürlich als Wertanlage im Schrank mit den anderen wertvollen Dingen. Abschließen, Schlüssel um den Hals und schon war alles so sicher, wie auf der Bank, wo das Geld in den Kontos rumliegt.

Ich beruhigte Oma natürlich: „Kein Problem, in 10 Minuten bin ich wieder raus!" Zum Training wollte ich auch noch. Vatta war einmal ganz schlau und ließ einen Werkzeugkasten mit Werkzeug bei Oma Herta, damit man das Werkzeug nicht immer durch die Gegend karren müsste. Da war echt alles dabei, was man so brauchte. Einige Werkzeuge kannte ich sogar schon.

Zuerst schaute ich mal nach, wo der Wasserhahn mit dem Wasser festgemacht war. Direkt an der Wand war das. Fand ich ziemlich schnell. Das sollte ganz leicht gehen. Den alten Hahn abschrauben und dann den neuen wieder dran. Fertig! Ganz schlau war ich aber auch. Weil Wasser immer nach unten fließt, stellte ich einen Eimer drunter. Nur für den Fall, dass ein paar Tropfen daneben gingen.

Altaaa, Wasser fließt gar nicht immer einfach so nach unten! Weißte, wie viel Wasser in so einer kleinen Leitung ist? Viel, sage ich dir. Richtig viel Wasser. Das hörte gar nicht auf! Das spritzte ganz dolle in alle Richtungen. Nicht nur nach unten, sondern auch nach oben und zur Seite. Ich war sofort klitschnass. Oma rief „Hilfe!" ins Telefon rein.

Vatta war auf der anderen Seite vom Telefon dran. Sein Schimpfen hörte man bis unter die Spüle. Ich sollte an den Rädchen an der Wand drehen. Dann würde das Wasser aufhören zu laufen. Das wären die Ventile. Eckventile. Obwohl die gar nicht in der Ecke aus der

Wand raus kamen, hießen die so. Tatsächlich, es klappte. Woher wusste Vatta das? Mutta meinte ja immer, er könnte ganz viel, aber nichts richtig.

Oma Herta und ich wischten schnell noch ein paar Eimer Wasser aus der Küche raus, bevor die Nachbarn eine feuchte Wohnung bekämen. Es war echt spät geworden. Pause machen konnte ich nun vergessen. Ich musste sofort zum Training nach Dereberg starten. Es war saukalt auf meinem Fahrrad, denn ich war immer noch ganz nass.

Meinen Leuten von der Germania erklärte ich dann, es hätte stark geregnet unterwegs. Die guckten zwar komisch, weil an dem Tag weit und breit keine Wolken am Himmel waren, aber das war mir egal. Ich hatte keine Lust, über meine Panne zu reden. Lachen sollten die nämlich nicht.

Ganz viel gelernt hatte ich an diesem Tag. Löcher mit Gips zuschmieren und an Rädchen mit Wasser drehen. Ventile habe ich sogar an meinem Fahrrad. Nur dass ich in den Reifen kein Wasser habe. Wusste das jemand vorher? Siehste!

Mauer

Alter, wir bei der Germania Dereberg spielen immer mit Mauer. Das hatte sich gut bewährt. Eine tolle Taktik, die sich der Trainer einmal überlegt hatte. Das machen die jetzt überall so. Genial, sage ich dir. Wenn die Anderen Freistoß haben, stellen wir uns mit ein paar Leuten in den Weg und die können nicht einfach geradeaus auf das Tor schießen.

Wenn man so in einer Mauer rum steht, muss man immer aufpassen, dass ein Ball dich nicht an Stellen erwischt, wo du es nicht so gern hast. Ein Tipp von mir: Immer die Hände nach vorn vor wichtige Stellen halten. Nicht nach hinten! Den Fehler musste ich selbst einmal schmerzhaft erfahren.

Die Leute in der Mauer stehen immer ganz dicht zusammen. Da soll kein Ball durch fliegen können. In letzter Zeit ging allerdings immer mal etwas schief. Die Bälle flogen einfach durch die Mauer durch. Wir standen aber ganz dicht beieinander. Wirklich! Alle waren ratlos.

Unser Trainer-Fuchs fand nach langer Analyse endlich die Ursache. Ab sofort durfte Hennes nicht mehr in der Mauer stehen. Der hat nämlich O-Beine! Auch wenn der die Füße ganz eng zusammen presste, passte der Ball genau zwischen die Beine durch. Ein Tunnel in der Mauer sozusagen.

Siehste, als Trainer muss man immer an alles denken. Manchmal sollte man einfach mal genau hinschauen. Dann findet man auch Lösungen. Unsere Mauer funktionierte von da an wieder.

Köln

Aldar, Vatta kam mit einem Trikot nach Hause. Das war ein echtes Fußballtrikot von der Bundesliga! Bis zu diesem Tag hatte ich gar keine Ahnung, ob er überhaupt Fan von einer Mannschaft war. Aber sein Trikot hatte ich sogar schon mal gesehen. Da war eine Ziege drauf. Das ist nämlich das Maskottchen vom 1.FC Köln. Hans-Rudolf erklärte mir, was ein Maskottchen ist. Der weiß immer ganz schön viel. Den kannste alles fragen, was er weiß. Kennste Maskottchen? So was haben ganz viele Fußball-Mannschaften. Das gibt es aber nicht nur im Fußball.

Ein Maskottchen ist ein Glücksbringer und meistens ein Tier. Oder irgendeine andere Figur. Die ist aber nicht wirklich echt. Aus Stoff oder so und da steckt ein Mensch drinne. Aber du denkst oft, es sei ein echtes Tier, wie manchmal im Fernseher drinne. Donald Duck zum Beispiel. Wusste ich vorher auch nicht. In Köln ist das aber wirklich eine Ziege, weil da nämlich kein Mensch rein passen würde. Höchstens ein kleines Kind vielleicht.

Mir wurde jetzt auch klar, warum Vatta so gern Ziegenkäse aß. Er meinte, eigentlich war er schon früher Fan der Kölner gewesen. Die hatten damals ganz tolle Spieler. Auch in der Nationalmannschaft für Deutschland. Früher konnte man nur nicht so viel Fußball schauen im Fernseher drinne, wie heute. Nur Samstagabend sah man ein paar Zusammenfassungen.

Das konnte ich gar nicht glauben. Kaum Fußball im Fernseher drinne? Was machten denn die Leute, wenn sie nicht Fußball schauen konnten? Die mussten sich wahrscheinlich unterhalten. Der Alte ging öfter in die Kneipe, um Unterhaltungen mit seiner Ollen aus dem Weg zu gehen.

Es war aber eine große Überraschung, ein gut gehütetes Geheimnis, das Vatta jetzt lüftete. Vatta war Fan! Ich konnte es kaum glauben!

Am nächsten Tag bei Farben-Paule musste ich unbedingt diese Neuigkeit los werden. Als ersten traf ich Fabian. Ich musste es ihm unbedingt erzählen. Sonst wäre ich vielleicht innerlich geplatzt. Das musste unbedingt raus. Jemand musste mir zuhören. Es ist immer schwer, Neuigkeiten für sich zu behalten. Kennste das?

Onkel Herbert wusste das auch. Er meinte, Frauen hätten mit Neuigkeiten und Geheimnissen große Probleme. Wenn sie etwas Heimliches erfahren würden, könnten sie krank werden und vielleicht sogar platzen. Das war sehr gefährlich.

Eine Frau hatte immer eine beste Freundin. Wenn diese Freundin aber nicht da ist, ist automatisch eine andere Frau ihre beste Freundin. Das geht bei Frauen gut. Mit dieser Freundin teilt sie dann das Geheimnis. Dann wusste diese Bescheid und man könnte sich darüber unterhalten. So käme das Innerliche raus und die Gefahr zu platzen wäre erst einmal gebannt.

Weil diese Freundin nun auch platzen könnte, hat sie auch eine beste Freundin. Ihr muss sie das dann auch erzählen, sonst müsste sie nämlich jetzt platzen. Aber immer mit dem Hinweis, es wäre geheim und das darf niemand erfahren. Niemand! Damit wird die Wichtigkeit des Geheimnisses nochmal unterstrichen, was dann allerdings die Platzgefahr nochmals erhöht.

So geht das dann weiter und spätestens am Abend kennt das ganze Dorf das Geheimnis. Wenn man also möchte, dass alle Leute über etwas in kürzester Zeit informiert werden, muss man es nur einer Frau erzählen. Ihr aber sagen, es dürfte niemand erfahren. Sofort kommt das System ins Rollen. Das Geheimnis ist eher zu Hause, als du laufen kannst. Das funktioniert so viel schneller, als würde man das in eine Zeitung rein schreiben oder an die Tür vom Dorfpräsidenten anschlagen.

Na gut, es war ja nun nicht heimlich und auch nicht schlimm, dass Vatta nun Fan von Köln war. Aber reden wollte ich gern darüber. Fabian kannte sogar Köln. Er meinte, die Stadt Köln findet er toll. Total modern. Multikulti sagte er dazu. Man dürfe dort sein, wie man ist. Das würde niemanden stören. Er selbst würde da sehr gern wohnen wollen. Er wäre nämlich anders.

Was bei Fabian anders war, wusste ich nicht. Manchmal war er etwas komisch, aber keine Ahnung, warum das so war. Er zog ja gern pinke Sachen an, aber das machte meine Schwester auch und manche Mannschaften hatte auch solche Auswärtstrikots. Nicht meine Farben, aber schon ganz gut. Fabian war immer sehr nett zu mir und half immer gern. Wenn ich zum Beispiel beim Malern wieder Höhenangst bekam, half er mir von der Leiter runter. Daran konnte es nicht liegen.

Fabian erklärte mir, in seinem Dorf könnte er nicht sein, wie er gern möchte. Dort könnte er nicht die Klamotten anziehen, die er mag. Das Dorf wäre noch ganz unmodern und hätte sogar gerade erst Internet bekommen. Die Leute wüssten noch nicht einmal, dass die Erde eine Kugel ist. Darüber hatte ich zwar noch nicht nachgedacht, aber das war mir auch neu.

Seine Dörfler schrieben sogar noch Briefe und Postkarten. E-Mails und Schmartfons waren völlig unbekannt. Die besuchten sich sogar noch richtig, so zu Fuß, weil die Webcams nicht kannten. Das sind so Kameras, mit denen man sich beim Telefonieren sehen kann. Fabian wunderte sich auch, dass es dort tatsächlich keine Hexenverbrennungen mehr gab. Der Fabian regte sich so richtig auf und er wirkte etwas traurig. Vielleicht würde ich noch herausbekommen, was bei ihm anders war.

Von Köln wusste ich eigentlich nur, dass ich nie dort war. Ich kannte nur die Heinzelmännchen zu Köln. Die Stadt musste auch sehr weit weg sein von Heimberg. Ich stellte mir das wie in dem Dokumentarfilm „Schneewittchen" vor: „Hinter den sieben Bergen!" Ich wusste aber auch, die Kölner Fußballer spielten in diesem Jahr ganz gut in der Bundesliga. Nicht so gut, wie meine Bayern, aber die könnten sogar diese Euroliga schaffen.

Fabian überlegte, ob er lieber Fan vom 1.FC Köln werden sollte. Sollten Hamburg und Berlin nicht mehr in pinken Auswärtstrikots spielen, würde er es sich echt mal überlegen. Würde Sinn machen, sollte er sowieso irgendwann dort wohnen dürfen.

Schoppen

Alter, einmal im Monat fuhr ich mit Vatta, Mutta und Sarah-Herta in die ganz ganz große Stadt. Wann die Zeit mal wieder ran war, merkte ich immer daran, dass Vatta morgens ganz nervös rumlief und Mutta ganz ewig das Bad blockierte. Weißte, da wo wir uns manchmal sauber machen. Vatta, Mutta und Sarah-Herta machten sich sogar auch dann sauber, wenn man gar keinen Dreck sehen konnte. Die übertrieben immer mal.

Mutta malerte sich an diesem Tag immer die Falten aus dem Gesicht. Auch sah sie anders aus, als ich sie sonst kannte. Die Lippen waren lackiert und die Haare hatten plötzlich Locken. Keine Ahnung, wo die plötzlich her kamen. Ungefähr zwei Stunden blieb sie im Bad verschollen und kam verpuppt wieder raus. Sarah-Herta wurde ebenfalls in ihre Sonntagsklamotten gesteckt. Am liebsten zog sie pink an. So wie der Fabian.

Vatta wurde immer nervöser. Es dauerte ihm viel zu lange, bis es endlich losgehen konnte. Als Mann ist man spätestens nach zehn Minuten fertig. Gekämmt und angezogen. Das geht schnell. Wenn es heißt, um 9 Uhr ist Abfahrt, wird pünktlich um 9 Uhr der Motor des Autos gestartet. Dass es dann allerdings mindestens eine Stunde später wird, müsste Vatta allerdings in den vielen Jahren endlich kapiert haben. Ich war da viel entspannter. Das mit der Uhr interessierte mich nicht so sehr. Wenn es hieß, es geht los, war ich da. Sofort!

Kurz nach 9 Uhr machte Vatta das Auto dann wieder aus. Sein Gesicht war dann knallrot. Er schaute nochmal nach, ob Wasser, Öl und Sprit wirklich ausreichend im Auto drinne waren. Es hatte sich aber seit gestern Abend und seit heute früh 8 Uhr nichts verändert. Vorsichtshalber saugte Vatta nochmal das Auto aus und stellte die Spiegel richtig ein. Eigentlich passten die immer, da nur er selbst mit dem Auto fuhr.

Auf der Motorhaube entdeckte Vatta doch noch ein Staubkorn. Keine Ahnung, wie es dort hin kommen konnte. Er holte Eimer, Wasser und seinen geliebten Autoschwamm und wusch zur Sicherheit das ganze Auto nochmal nach. Man sollte ihm nichts nachsagen können. Man wusste ja, wie die Leute so waren. Man kam ganz schnell ins Gerede. Das war im Dorf immer so. Wenn man Pech hatte, war am nächsten Tag sogar ein Zettel an der Rathaustür: „Schmittlein, die Sau!"

Endlich konnte es losgehen. Immer wenn alle im Auto saßen, fiel Mutta noch was Dringendes ein. Sie musste zurück ins Haus. Motor also wieder aus. Vatta atmete noch schwerer. Nach fünfzehn Minuten kam sie endlich wieder. Sie musste sich nämlich nochmal unter den Armen waschen, weil sie vor Aufregung schwitzig war. Parfüm wurde nachgelegt und die Lippen nach lackiert.

Mutta saß nun auf dem Beifahrersitz und rekelte sich zurecht. Aber vorsichtig, so dass an ihr nichts durcheinander geriet. Fertig und Motor an! Aber jetzt musste Sarah-Herta nochmal aufs Klo. Motor aus! Danach ging es aber wirklich los. Es war nun fast Mittag und ich bekam Hunger. Ich sagte aber nichts, denn ich machte mir Sorgen um Vatta. Sein Kopf war immer noch knallrot, er atmete immer noch schwer. Ich hoffte nur, dass er nicht platzte und in die Luft flog.

Vatta machte natürlich seinen Job als Wagenlenker sehr gut. Das können eben nur Männer richtig gut. Wir kamen sicher in der ganz ganz großen Stadt an und nach zehn Runden im Parkhaus fanden wir sogar einen

Parkplatz. Draußen sollte das Auto nämlich nicht stehen, denn dort war Wetter. Es könnte dem Auto schwer schaden. Ein Regentropfen und schon müssteste das ganze Auto wieder waschen. Oder Staub wäre auf dem Auto. Das Ergebnis war dasselbe: Waschen!

Sarah-Herta musste gleich wieder aufs Klo. Als sie zurück kam, fiel Mutta ein, sie könnte eigentlich auch nochmal gehen. Sie müsste zwar noch nicht, aber vorsichtshalber. Endlich kamen wir dann im großen Haus an, in dem ich damals den Transfermarkt gesucht hatte. Dort gefiel es mir. Man konnte so ganz viel schauen.

Der erste Laden, an dem wir vorbei kamen, war immer der Schuhladen. Da gab es Schuhe. Der Laden musste unendlich groß sein. Das sah man von der Tür aus gar nicht so richtig. Mutta und Sarah-Herta blieben dort mindestens eine Stunde lang drinne verschollen. So groß war der! Früher warteten Vatta und ich vor der Tür. Beim Warten wird aus einer Stunde eine Ewigkeit! Kennste das? Vatta sah dann mit zunehmender Dauer immer schlechter aus. Ich langweile mich aber da selten. Ich schaute mir Leute an. Das war immer interessant. Es gibt so viele hässliche Menschen, fand ich! Nur ich sehe gut aus! Klar?

Für Vatta war die Warterei eine Qual. Er meinte, ein Mann betritt einen Laden und schon von der Tür aus sähe er, ob es in dem Laden etwas Passendes geben könnte. Der Mann betritt das Geschäft nur mit den Augen. Das reicht aus. Das Schuhgeschäft zum Beispiel: Rein, passt, raus! Das geht in unter fünf

Minuten. Wenn ein Mann eine neue Jacke benötigt, sieht er die schon von der Tür aus. Da geht der Mann direkt hin und schon ist das Teil gekauft. Warum sollte man auch noch nach Hosen und Hemden gucken, wenn man eine Jacke brauchte? Oder?

Frauen wären da anders, sagte Vatta. Wenn sie eine Jacke haben wollen, schauen sie erst mal bei Röcken, Hosen und Blusen vorbei. Hier und da gibt es immer was zu schauen. Sie kreisen sozusagen die Jacken ein. Am Ende finden sie zwar keine Jacke, aber zwei Blusen, ein Kleid und was für untendrunter haben sie gekauft. War im Angebot, deshalb hätten sie ganz viel gespart.

Vatta meinte, wenn sie da gar nicht erst reingegangen wären, hätten sie noch viel mehr gespart. Man spart nicht, wenn man etwas kauft, das man vorher nicht brauchte. Auch wenn es billiger war als normalerweise. Das ist ganz schwer zu verstehen. Das überforderte mich sowieso etwas. Ich guckte Leute, das sparte auch Geld.

Wir hatten irgendwann ein Abkommen getroffen. Wegen der Gesundheit von Vatta. Wir machten uns nun immer eine Uhrzeit und einen Treffpunkt aus. Na gut, ich bekam einen Anruf auf meinem Schmartfon. Die Uhr übte ich ja noch. Vatta ging dann in einen Markt mit Technik. Da gibt es Fernseher, Radios, Computer und so Zeugs. Da kann er dann stundenlang entspannen und seine Gesichtsfarbe wird wieder normal. Manchmal kauft er dann eine Scheibe Musik für sein Autoradio.

Ich gehe lieber in einen Laden für Sport und Fußball. Da kann ich auch ganz viel schauen. Da gibt es auch ganz viele tolle Sachen. Nur Schuhe für zwei linke Füße gab es da wirklich nicht. Da waren die noch weit hinter dem Mond. Naja, die kaufe ich dann in Russland, wenn ich Weltmeister spiele mit Jogi. Diese Spezialschuhe gibt es nur dort. Das sagte der Schuhverkäufer in der ganz großen Stadt jedenfalls.

Aber eine Tasse kaufte ich mir. Mit Bayern München drauf. Mehr brauchte ich nicht. Damit war ich auch zufrieden. Manchmal ging ich noch in den Spielzeugladen. Da fand ich auch nette Sachen. Ich sparte meine Euromarks nun aber mehr, als früher. Wer weiß, wie teuer meine Ausflüge mit Lena noch werden sollten.

Wir trafen uns Stunden später am Treffpunkt. Vatta und ich schleppten zuerst die Taschen und Beutel von Mutta und Sarah-Herta zum Auto. Meistens mussten wir zweimal laufen, um alle Sachen weg zu bekommen. Abends zu Hause waren wieder alle zufrieden. Vatta ruhte sich im Keller aus und desinfizierte sich, falls in der ganz ganz großen Stadt irgendwelche Keime waren. Ich machte mir einen Tee für meine Kaffeetasse und schaute mir Fußball an. Mutta und Sarah-Herta zogen sich sämtliche Klamotten an, die sie gekauft hatten. Das dauerte und niemand vermisste Vatta und mich.

Zum Glück machen wir das Schoppen nicht zu oft. Das strengt echt an. Kennste das auch?

Leo

Aldar weißte, wir hatten Punktspiel gegen Grün-Weiß Brennecke. Da sagte doch unser Torwart Eike von der Germania wieder einmal „Leo" zu mir! Eh, ich hatte ihm schon öfter gesagt, ich heiße Kevin-Hendrick! Er könne es sich langsam einmal merken! Er rief „Leo" und schon im selben Moment schoss seine Faust knapp an mir vorbei und boxte den Ball weg, den ich gerade aus unserem Strafraum heraus köpfen wollte. Dabei rammelte er mich volles Ding über den Haufen. Ich war stinkesauer! Kannste dir sicher denken. Ich wollte ihm aufs Maul hauen! So ganz spontan, weil schnelle Antworten am besten im Gedächtnis bleiben. Man macht so was nicht mit seinem Kapitän!

Meine Leute von der Germania hielten mich aber fest, bis ich mich ein wenig beruhigt hatte. Wenn ich nämlich sauer bin, bin ich sauer! Da sehe und höre ich niemanden mehr. Als erstes vernahm ich die Stimme des Trainers, als der Kopf wieder anfing zu arbeiten. Der nahm mich beiseite und meinte, er müsse mir mal eine ganz wichtige Taktik erklären. Gut, da hatte der Eike gerade nochmal Glück gehabt. Der Trainer brauchte mich. Ich war schließlich wichtig!

Für Taktik war der Trainer zuständig. Der Kapitän ist der verlängerte Arm des Trainers. Ich muss dann meinen Leuten erklären, was der Trainer von uns will. Das kann eben nur ich! Der Trainer war auch der Einzige, der in der Lage war, mir solche schweren Sachen zu erklären. Die Anderen hätten das sicher sonst nie kapiert.

Verstehste garantiert! Oder frag mich später einfach nochmal, wenn etwas unklar ist.

Der Trainer erklärte mir, dass wir jetzt immer „Leo" sagen werden. Und es wäre kein richtiger Name. Wir tun nur so. Kennste Leo? Wenn ein Torwart oder Spieler den Ball weg spielen will und er sich ganz sicher ist, die Kugel zu erwischen, ruft er „Leo!". Dann gehste besser schnell weg oder ziehst den Kopf ein, damit du hinterher keine Schmerzen hast.

Als Spieler darfste nämlich nicht sagen: „Den Ball habe ich!" oder „Weg da, den Ball haue ich weg!" Das ist Schummeln, weil der Gegenspieler vielleicht denkt, sein eigener Mitspieler ruft. Dann zieht der den Kopf ein. Schon haste selbst den Ball. Aber „Leo" darfste rufen. Der Schiri kann nämlich nicht verbieten, zu mir „Leo" zu sagen.

Tolle Taktik! Der Eike ruft und ich laufe ganz schnell weg. Dann hoffe ich mal, dass der Eike sich das gut merkt. Notfalls müssen wir es noch üben. Besser ich erkläre ihm und den anderen das in Ruhe. Bei Eike weiß man nie.

Aber du weißt nun auch Bescheid. Wenn ich rufe: „Leo!", musste Kopf einziehen und schnell weg laufen!

Denken

Alta, die Sarah-Herta machte mir immer größere Sorgen. Da lief es nicht so, wie es eigentlich sollte. Die machte immer noch Schule in der 4. Klasse. Dort hatte nach der Winterpause ebenfalls die Rückrunde begonnen. Nicht mehr lange und spätestens nach der 4. Klasse sollte sie endlich einen Vertrag in der Tasche haben. Sie war wirklich nicht mit meinen hervorragenden Qualitäten ausgestattet. Das war klar. Eine Führungspersönlichkeit wie ich war sie nun mal nicht. Wenn sie nicht ständig vor Schulbüchern hocken würde, könnte ich ihr beibringen, wie man Fäuste gewinnbringend einsetzt. Da kannte ich mich aus!

Ich hörte, die Peter-Hotti-Schule hätte bisher noch kein Vertragsangebot für sie abgegeben. Hans-Rudolf musste mich natürlich wieder verbessern. „Pestalozzi-Schule" hieße das. Naja, sollte er doch die Schule so nennen. Aber ich musste es wissen, denn ich stand dort ein paar Jahre unter Vertrag.

Dieser Schlauschnacker manchmal! Natürlich wollte ich es mir mit ihm nicht verscherzen, denn ich brauchte ihn noch. Er musste die Wörter, die ich ihm diktierte, aufmalen. Noch waren wir nicht fertig.

Das Zeugnis von Sarah-Herta war angeblich nicht gut genug für Peter-Hotti. Leider sah es so aus, dass sie notfalls einen Vertrag für das Gymnasium annehmen müsste. Wäre ich jetzt schon Manager, würde ich das in meine Hände nehmen. Das würde ich schon geregelt bekommen! Notfalls müsste sie leider mit Gymnasium leben. Hans-Rudolf bekam das auch ganz gut in Griff.

Weißte, ich war immer noch nicht hinter das Geheimnis gekommen, warum meine Schwester so viele Tore bei Germania schoss und ich nicht. Mir kam aber eine wahrscheinliche Idee. Vielleicht hatte sie den Kopf nicht so voll mit den Problemen, die ich als Kapitän täglich hatte. Um alles musste ich mich kümmern, ich musste den ganzen Haufen in Gange halten. Da konnte ich mit dem Ball vor dem Tor einfach nicht abschalten.

Ich denke zu viel!

Da hat es Sarah-Herta einfacher. Sie denkt nicht! Nur das konnte es sein. Sie macht sich keine Gedanken, in welche Ecke sie den Ball schießen sollte, wie sie den Torwart ausspielen würde, oder welchen Fuß sie nimmt, um den Ball zu versenken. Nein, sie macht die Dinger einfach rein. Wenn sie es sich nicht zu einfach macht damit?!

Dass sie nicht denkt, merkste auch daran, dass sie vielleicht ans Gymnasium muss. Es müsste echt ein Wunder geschehen.

Ich fragte unseren Trainer von der Germania, ob es für mich nicht besser wäre, auch nicht mehr zu denken. „Das geht doch gar nicht!“, sagte er. Stimmte wahrscheinlich. Da hatte er wieder einmal Recht. „Was nicht an ist, kann man nicht ausschalten“, meinte er noch. Logisch, eigentlich wusste ich es selbst.

Camping

Alter, im Sommer besuchten wir von der Germania Dereberg gern unsere Freunde. Die aus Freistadt. Im

Sommer spielten wir dort aber nicht in der Halle, sondern auf richtigem Rasen. Natürlich machten wir dort Freundschaftsspiele. Wir sind Freunde und deshalb heißt das auch so.

Weil wir immer so ewig lange unterwegs waren bis Freistadt, fragte ich Vatta, ob Freistadt vielleicht ein anderer Kontinent sei. So was sah ich nämlich im Fernseher drinne. Die Leute hatten sich früher Kontinente ausgedacht und die sind ganz weit weg. Vatta lachte und meinte, Freistadt wäre noch Europa und sogar Deutschland. Aber ein anderes Bundesland. Siehste, ahnte ich doch irgendwie!

Da im Fernseher drinne erzählten die nämlich, für ferne Länder müsse man sich vorsichtshalber eine Schutzimpfung holen. Da gäbe es Tiere, die wir hier nicht kennen und deshalb machen die uns krank. Viren und Bakterien heißen die Tiere. Die gibt es hier nicht und deshalb sind wir nicht an sie gewöhnt. Man sollte sich vorher vom Doktor Spritzen abholen.

Die kleinen Tierchen hatten wohl Angst vor Spritzen und machten sich aus dem Staub. Das konnte ich sehr gut verstehen, denn ich kannte auch die Angst vor Spritzen. Am liebsten würde ich ganz schnell abhauen und mich unter einem Tisch verstecken. Da findet mich dann niemand. Nicht einmal Mutta.

Aber nichts verraten. Wenn meine Leute von der Germania das erfahren, lachen die und ich müsste einem von ihnen wieder vorsorglich aufs Maul hauen. Wenn die Lena dann erfahren würde, dass ich jemandem mal wieder drauf gehauen hätte, wäre sie sauer.

Oh, warum war ich denn so komisch plötzlich, wenn ich an die Lena dachte? War ich schon viel kranker, als ich dachte? Vielleicht müsste ich das Wasser mit der Birne mal wieder trinken. Dieses Wasser hat Vatta immer auf Lager. Ausreichend!

Wenn ich vor dem Zahnarzt oder einer Spritze Angst hatte, versprach mir Mutta immer eine Tafel Schokolade. Dann riss ich mich zusammen, so gut es ging. Dann hielt ich diese großen Schmerzen aus. Für Schokolade machte ich fast alles.

Ich verstand Mutta schon ein wenig. Als ich einmal beim Zahnarzt zur Kontrolle sollte, waren die Schmerzen so groß, dass ich laut schreien musste. Unglaubliche Schmerzen waren das. Leute von der Straße riefen die Polizei, weil sie dachten, dort würde etwas ganz Schlimmes passieren. Das war dann nicht nur Mutta, sondern auch mir peinlich. Dem Zahnarzt erst Recht. Er hatte nämlich noch nicht einmal angefangen, in meinem Mund rumzugucken.

Mutta meinte, sie würde überall erzählen, wie ich mich benehmen würde, sollte ich mich nicht zusammenreißen. Welche Angst war eigentlich größer? Die Schmerzen, oder es würde jemand erfahren.

Vielleicht war meine Angst vor diesen kleinen Tierchen noch größer, als die vor der Spritze. Ich wollte unbedingt in das andere Land fahren. Deshalb nahm ich allen Mut zusammen und fuhr zu dem Doktor in die ganz große Stadt. Zu diesem Arzt ging ich nämlich früher immer mit Mutta, wenn ich einen Urlaubsschein brauchte. Weißte, wenn Mutta und Vatta Urlaub hatten, aber ich noch keine Ferien. Mutta meinte, in der Schule würde ich sowieso nichts verpassen. Ich wüsste schon alles. Dann ging es an die Ostsee. Dahin wo Deutschland und die Welt zu Ende ist. Dann kommt nur noch Wasser.

Weißte, die Tante bei der man sich melden muss, bevor zum Doktor vorgelassen wird meinte, der wäre Kinderarzt und ich müsste woanders hingehen. Echt? Der war gar kein richtiger Arzt? Da hatte ich wohl bisher immer Glück gehabt, dass mit meinen Krankheiten immer alles gut gegangen war! Das müsste ich sofort Mutta erzählen. Da darf sie mit Sarah-Herta nicht mehr hingehen! Zu gefährlich!

Da in dem Haus drinne, das sie Ärztehaus nannten, gab es sogar richtige Doktoren. Bin sogar ohne langes Warten dran gekommen. Ob das ein gutes Zeichen war oder nicht überlegte ich noch. Bei guten Ärzten müsste man sicher lange warten. Das war mir aber jetzt egal. Ich wollte nur meine Spritze abholen. Krank war ich ja noch nicht. Der Doktor würde nicht viel falsch machen können. Ich müsste danach wahrscheinlich nicht mit einem Behandlungsfehler elendig zugrunde gehen.

Die Frau am Tresen wollte meine Plastik-Karte haben. Wie bitte?! Mein Konto wollte ich ihr eigentlich nicht geben. Die sollte sich doch selbst eins holen! Da wurde ich etwas sauer. Die Tante hinter der Theke wollte aber eine andere Karte. Eine Krankenkarte. Die hatte ich sogar dabei. Hinterher schaute ich mal nach, ob ich mit dieser Karte auch Euromarks aus der

Gelddruckmaschine rausbekommen würde. Ich wollte nämlich nicht ausgetrickst werden. In diesem Konto war aber nichts drinne. Das funktionierte gar nicht erst.

Der Doktor fragte mich, was ich denn wolle von ihm. Ich erzählte ihm meine Geschichte. Er meinte, für Sachsen brauchte ich keine Spritze. Na dem hatte ich aber was erzählt! Ich musste wirklich mal auf den Tisch hauen! Wenn ich schon mal hier wäre, wollte ich auch eine Spritze bekommen! Der Doktor bekam dann wohl Angst und meinte, er könnte mir eine Grippeschutzimpfung anbieten. Siehste, geht doch! Manchmal muss man laut werden!

Der Doktor hätte sein blaues Wunder erleben können, wenn ich krank oder tot zurück gekommen wäre. Da kannte ich nämlich keine Freunde! Aber ich fühlte mich nun gut geschützt. Sollten sie doch kommen, diese kleinen Grippetierchen! Ich war bereit!

Es war soweit! Endlich ging es Richtung Freistadt! Das Wetter war gut und die Stimmung war toll. In Freistadt wohnten wir auf einem Zeltplatz. Manche Leute sagen dazu auch ein fremdes Wort: Campingplatz. Wahrscheinlich kannten die Leute dort keine richtigen Häuser aus Stein zum Wohnen. Deshalb nahmen wir Zelte mit.

Ich bekam das Zelt von Vatta. Das kaufte er damals, als Mutta sagte, er könne im Garten wohnen, wenn ihm irgendwas nicht passen würde. Keine Ahnung was da los war, aber vorsichtshalber kaufte Vatta so ein bewegliches Haus.

Du, in dieses Zelt dürfen nur Männer rein. Stand so draufgeschrieben: Zwei-Mann-Zelt. Es war auch noch ein Bild auf der Gebrauchsanweisung, damit man weiß, wie man liegen muss. Ich musste aber allein in dem Zelt schlafen. Meine Leute meinten, das wäre richtig so. Als Kapitän stünde mir das zu. Warum sich dann drei unserer Leute in ein Zwei-Mann-Zelt quetschten, verstand ich dann doch nicht. Aber ehrlich, man kann sogar allein gut in einem Zelt für Zwei liegen. Das ging!

Kennste Zelt? Das ist so ein Teil aus Stoff und ein paar Stangen. Wenn man alles richtig gebaut hat, kann man sich dort reinlegen. Ein Zelt sieht wie ein kleines Haus aus. Da kannste aber nicht drinne stehen. In dem von Vatta jedenfalls nicht. Die Dinger gibt es aber auch im Stehen. Als Kind hatte ich mal so ein Teil aus Pappe und zum Bemalen in meinem Kinderzimmer. Da passe ich aber heute nicht mehr rein. Sonst hätte ich nämlich dieses Zelt mitgenommen.

Leider schaffte ich es nicht, mein Zelt allein aufzubauen. Bei mir lief gar nichts. Da gab es ungefähr fünf Teile, die zusammenpassen mussten. So viele! Fast so viele Teile, wie mein Puzzle zu Hause. Meine Leute von der Germania halfen mir aber. Ich war schließlich der Kapitän. Als endlich alles fertig war, kam Wind und mein Zelt flog weg. Ganz hinten am Zaun fand ich es aber wieder.

Meine Leute meinten, ich sollte das Zelt mit Fischen fest machen. Gleich um die Ecke war ein Freibad, aber Fische gab es dort nicht. Nur Bismarckhering mit Brötchen. Das funktionierte aber nicht. Die Fußballfreunde zeigten mir dann Fische aus Eisen. Damit ging es dann.

Abends machten wir unser erstes Freundschaftsspiel. Unsere Spiele fanden immer unter erschwerten Bedingungen statt. Vorher tranken wir immer ein paar Biere. Das erhöhte den Schwierigkeitsgrad. Der Schiri musste auch mittrinken, damit die Bedingungen für alle gleich waren. Nach ein paar Bier pfiff der noch komischer, als er es sowieso immer tat. Nach dem Spiel wurde gegrillt und natürlich weiter Bier getrunken. Schnäpse sollten später den Absturz beschleunigen.

Zwei der Leute, die mit uns tranken, waren Fan von verschiedenen Mannschaften aus der Bundesliga. Die sangen um die Wette. Eigentlich schrien sie mehr, als sie sangen. Es war wie ein Bundesligaspiel auf anderem Niveau. Verstehen konnte man aber nichts richtig. Alkohol verändert die Sprache. Plötzlich war es ruhig geworden. Man hörte nur noch Uwe, wie er einen Witz nach dem anderen erzählte. Einer von den Fans hatte wahrscheinlich genug und war schlafen gegangen.

Nach einer ganzen Weile, sang dieser Ultra-Fan doch wieder. Der war nämlich gar nicht ins Zelt gegangen. Er war einfach nur nach hinten von der Bank gestürzt und eingeschlafen. An diesem Abend trank er so viel, dass er den ganzen nächsten Tag nichts mehr von dem Zeugs sehen konnte.

Mein Zelt hätte ich gar nicht gebraucht. Ich konnte es nämlich nicht finden im Dunkeln. Es sahen alle Zelte gleich aus. Bin dann einfach dort eingeschlafen, wo ich gesessen hatte.

Morgens wachte ich auf. Es war kalt geworden und alles war feucht. Es dämmerte schon, aber nun machte es auch keinen Sinn mehr, mein Zelt zu suchen. Wie gut man alles hören konnte, war schon komisch. Aus den Zelten heraus hörte man das Schnarchen der Männer. Als wenn die sich abgesprochen hätten, hörte man einen richtigen Rhythmus heraus. Wenn ich singen könnte, hätte ich gern gesungen zu dem Takt.

Am nächsten Tag machten wir noch drei Freundschaftsspiele. Wir erhöhten regelmäßig den Schwierigkeitsgrad unter Hinzufügen von Bier. Abends fand ich sogar mein Zelt. Ich war nämlich ganz schlau und baute eine Lampe an mein Zelt. Da lag komischerweise schon jemand drinne. Es war Oliver-Jan, der sein Zelt nicht gefunden hatte und dann einfach irgendwo rein gekrabbelt war. Aber es war ja ein Zwei-Mann-Zelt. Das ging schon.

Es war ein Hammer-Wochenende! Wenn man so was erlebt, weiß man, warum Freunde Freunde sind! Meine Leute von der Germania, die eine Frau zu Hause auf der Couch sitzen hatten, waren plötzlich wie befreit. So locker und lustig erlebte man sie sonst nie. Bis hierher konnte die Olle nämlich nicht kontrollieren. Zuhause schworen sie zwar noch, ganz lieb zu sein, aber hinter dem Rücken machten sie den Blitzableiter. Damit wurde der Schwur aufgehoben. Hier durften sie für kurze Zeit „Mann" sein! Gibt es was Geileres? Ich selbst kenne das Problem zwar noch nicht, aber die anderen Männer sagten: „Nein!" und „Prost!"

Flügelstürmer

Kennste Flügelstürmer? Kannte ich aber auch nicht. Aber es gab noch so viele Sachen, die ich vorher nicht kannte. Ich lernte immer dazu.

Da sagte der Mann mit dem Mikrofon im Fernseher drinne, die würden einen Flügelstürmer einwechseln. Er meinte, dass echte Flügelstürmer aussterben würden. Die vermehrten sich wohl nicht mehr. Oder wie die Dinosaurier vor ein paar Jahren. Heute würden die Positionen immer öfter Außenverteidiger übernehmen. Stellte mir das so vor, Spieler, die Außenverteidiger gelernt hatten in der Schule, mussten umschulen, obwohl sie keine Flügel hatten.

Gesehen hatte ich einen Flügelstürmer in echt aber noch nie. Mit Flügeln hatte man sicher viele Vorteile. Damit wäre man viel schneller, als so ein Abwehrspieler. Mein Fahrrad durfte ich damals nicht auf den Platz mitnehmen, aber Flügel könnte niemand verbieten. Die kannste ja nicht abmachen, weil die festgewachsen sind. Verstehe mal!

Wenn man Schwalbe spielt, hat man weitere Vorteile. Das wirkt dann wie ein natürlicher Bewegungsablauf. Beim Kopfball würde so ein Spieler mit Flügeln auch viel höher kommen. Toller Gedanke! Schade, dass ich keine Flügel habe.

Du, der Trainer erklärte mir aber, ein Flügelstürmer hätte gar keine Flügel! Man sagt das nur so, weil dieser Stürmer immer außen an der Linie stürmt. Also an der

Linie, wo dahinter „Aus" ist und man nicht weiterspielen darf. Bisher wusste ich nur, dass manche Spieler an der Linie spielten, damit sie sich nicht verlaufen. Die Seiten an den Linien nennt man auch „Flügel". Daher kommt das nämlich! Ach so! Jetzt haben wir beide was gelernt. Immer schön aufpassen!

Wenn so ein Außenstürmer ganz schnell rennen kann, nennt man ihn auch „Flügelflitzer". Der kann nämlich ganz schnell flitzen. Wie ein Flitzebogen nämlich. Einen Flitzebogen baute ich mir früher auch mal. Das war aber wieder was Anderes. Das gab Ärger! Aber das erzähle ich nicht.

Jetzt wird es kompliziert. Konzentriere dich! Da musste gut aufpassen. Wenn es zu schwer für dich wird, sag es. Es gibt nämlich auch noch andere „Flitzer"! Ein Flitzer hat nicht direkt mit Fußball zu tun. Der spielt nicht mit. Das ist jemand, der nur aus Spaß über den Platz flitzt. So ganz schnell. Damit ihn niemand erkennt, zieht er vorher seine Klamotten aus und rennt nackig über den Platz.

Die Ordner von der Security mögen das nicht so. Die rennen dann hinterher und versuchen den Flitzer zu erlegen. Vielleicht sind die auch nur neidisch. Keine Ahnung.

Nun weißte auch das noch! Falls dich mal jemand fragt.

Germany

Alter, es gibt Tage, an denen du keinen Geburtstag hast und auch nicht Weihnachten ist. Trotzdem kommt es vor, dass du Geschenke geschenkt bekommst. Einfach mal so. Das nur, weil dir jemand eine Freude machen will, oder er hinterher fragt, ob du mal helfen kannst. Dauert dann auch nur ganz kurz. Nicht lange.

Du freust dich und sagst: „Ja klar, mache ich gern"! Bisschen benebelt noch von der Freude über das Geschenk. Schon findest du dich als Helfer bei einem Umzug wieder. Du schleppst Schränke und Kisten. Freitag Nachmittag geht's los und es dauert auch nur bis Sonntag Mittag.

Wenn Geschenke ganz unerwartet kommen, ist es doppelt schön. Eine Überraschung eben. Zum Geburtstag oder zu Weihnachten erwartest du Geschenke. Du wärst sogar traurig bis sauer, wenn es keine gäbe. Eine Überraschung aber ist es dann, wenn man vorher keine Ahnung davon hatte. Das macht Sinn! Denke mal drüber nach! Wenn du es vorher schon wusstest, käme es dann überraschend? Siehste! Man muss manchmal nur nachdenken!

Der Bundes-Jogi hatte mich leider noch nicht angerufen. Das war auch eine Überraschung, aber keine gute. Aber ich verstand schon, dass die zweite Reihe mal ran musste. Die brauchten Spielpraxis. Der Jogi musste diese Leute schließlich testen. Sollte sich ein Stammspieler verletzen, müsste er schon wissen, wen er notfalls einsetzen könnte. Mich konnte er jederzeit bringen. Das wusste der Bundes-Jogi natürlich. Da ginge er auch keinerlei Risiko ein. Ich war auch nicht sauer.

Jogi tat mir auch etwas leid. Schweini war nicht mehr da und auch der Lahm von den Bayern wollte auch nicht mehr. Da musste erst einmal Ersatz finden. Und der Özil, kann bestimmt die Hymne immer noch nicht. Der singt noch immer nicht mit. Vielleicht sollte er einfach mal nur die Lippen bewegen. Dann sieht es aus, als ob.

Da gab es also noch so einige Baustellen. Ich kann jetzt schon fast die erste Strophe auswendig. Es geht voran. Bis zur Weltmeisterschaft von der ganzen Welt in Russland schaffe ich das aber noch. Da muss sich Jogi keine Sorgen machen. Versprochen!

Ich bekam also eine tolle Überraschung. Mutta schenkte mir ein Deutschlandtrikot von der Nationalmannschaft! Geil!

Sie sagte, es wäre ein echtes Hemd vom Markt in der ganz großen Stadt. Die Vietnamesen von der Bude hatte einen heißen Draht zu unserem Bundes-Jogi. Der hatte denen ein Trikot für mich mitgegeben. Ich verstand das. Der hatte ja immer so wenig Zeit. Er schaffte nicht, mir das Trikot persönlich zu überreichen.

Aber Altar! Eh! Das Trikot war gar nicht von Deutschland! Hatte ich genau gesehen. Das mussten die heimlich ausgetauscht haben. Sauerei! Die dachten wohl, ich merke so was nicht! Ich hatte nämlich ganz genau hingeguckt. Da stand „Germany" drauf! Ich habe das mal für dich abgemalt.

Sarah-Herta las mir das auch vor. Hatte ich also Recht! Ich schaute gleich mal in meinem Schulatlas, wo dieses Germany liegt. Das gab es aber gar nicht. Oder liegt es auf der anderen Seite der Erde? Na denen sage ich noch Bescheid! Die können was erleben. Einfach Deutschland fälschen. Nee, das macht man nicht!

Vatta meinte China. Das Trikot wäre aus China und eine Fälschung. Siehste, Germany liegt in China! Mich trickst man nicht so schnell aus!

Psychotest

Alter, der Trainer hatte mal wieder eine Idee! Der hatte ein Buch gelesen. Muss wieder mal etwas Schlaues gewesen sein. Etwas das nur er und ich verstanden. Da ging es um die Köpfe von Leuten. Also um das Zeugs, was dort drinne ist bei den meisten Leuten. Steckt im Kopf und ist so komisch verschlungen. Sieht aus wie Dünndarm. Gehirn nennt man das auch.

Mit dem Gehirn soll man denken können und macht sogar Sachen ohne eigenen Willen. Luftholen und Herzschlagen zum Beispiel. In so ein Gehirn kann Psychologe sogar etwas rein tun oder raus holen. Ich hatte mal den Hans-Rudolf gefragt, wie diese Leute heißen. Der wusste das. Die können dir Gedanken in den Kopf machen oder holen Dinge dort raus, ohne dass du selbst wusstest, dass es dort drinne war.

Lehrer machen auch Dinge in den Kopf rein. Leider ist ein Kopf undicht. Wegen der vielen Öffnungen. Da versickert Vieles von dem, was die Lehrer dir gelernt hatten.

Trainer können so was aber auch machen. Wenn sie in Büchern gelesen hatten oder in einer Schule für Trainer waren, können die das. Dann bekommen die einen Trainerschein und damit können sie auch in Köpfen rummorkeln. Weißte, sollte der Trainer aus dem Kopf vom Spieler rausholen, dass der gerade Stress mit seiner Ollen zu Hause hat, weiß der Trainer, warum der Stürmer das Tor nicht trifft. Oder ein anderer Spieler läuft wie doof auf dem Platz rum und passt nicht auf die

Taktik auf. Auch wegen der Ollen zu Hause auf dem Sofa.

Das sieht der alles im Kopf drinne.

Der Trainer weiß dann also Bescheid. Dann hilft es oft, einfach mal mit seinen Kumpels saufen zu gehen. Mal so richtig laufen lassen und an nichts denken. Das kann einen Schalter im Gehirn wieder an machen. Danach tut der Kopf vielleicht etwas weh, aber das Problem mit der Ollen ist kleiner geworden. Erstmal jedenfalls. Dann fühlt der Spieler sich wieder als Mann und traut sich auch mal „Nee!" zu sagen. Vielleicht!

Onkel Herbert hatte diese Sorgen nicht. Aber das weißte ja schon. Aber der spielte auch kein Fußball. Der schaute nur zu. Das kann er aber sehr gut. Ein Experte. Vielleicht sollte er im Fernseher drinne auch mal was Schlaues sagen. Gute Idee!

Wir von der Germania Dereberg bekamen jetzt vor jedem Training einen Zettel vom Trainer. Da standen ganz viele Fragen drauf. Wir sollten antworten, wie wir uns fühlten und ob wir glaubten, genug Kraft zu haben. Auch ob wir konzentriert wären. Das stand auch, ob wir vielleicht Probleme hatten. Die Fragen sollten wir beantworten, indem wir Kreuze machten. Da konnteste wählen von „1" bis „5". Aber anders als in der Schule war die „1" schlecht und die „5" war sehr gut. Wäre das in meiner Schule auch so gewesen, hätte ich vielleicht auch auf das Gymnasium gehen müssen. Das aber nur mal so nebenbei.

Verstehe mal, wenn der Stürmer bei „konzentriert" die „1" angekreuzt hatte und im Spiel das Tor nicht traf, wusste der Trainer sofort Bescheid. Da stimmte der Kopf nicht. Er war unkonzentriert. Dann redete er mit diesem Spieler oder ging mit ihm einfach saufen.

Das mit dem Saufen wurde unserem Trainer dann allerdings zu viel. Er wurde nie mehr richtig nüchtern. Daraufhin machten wir einen Saufplan. Umschichtig musste jeder Spieler mit den Problemen in die Kneipe gehen. Als Kapitän hatte ich immer Reservedienst. Das macht man so für das Wohl der Mannschaft! Irgendwann waren wir alle nur noch lustig.

Manchmal funktionierten diese Kopf-Tests nicht richtig. Weißte, der Uwe von der Germania und der Roland kreuzten beide bei „konzentriert" die „5" an. Also volle Pulle gut drauf!

Kennste Roland? Der spielt jetzt auch bei unserer Germania Dereberg. Den hatten wir aber nicht gekauft. Der kam einfach so zu uns. Als Fast-Manager hatte ich schon überlegt, ob ich ihn nicht gleich gewinnbringend weiterverkaufen könnte. Maximaler Gewinn! Mir fiel aber noch ein, dass Uwe nicht verkauft werden wollte, weil der keinen Platz für Kamele zu Hause hatte. Er wollte nicht in die Wüste geschickt werden und dort Kamele verdienen.

Na ich überlegte mir das mit Roland nochmal. Fragen wollte ich ihn schon vorher. Das hatte ich schließlich gelernt. Als Manager darf man keine Fehler machen. Sonst müsste man Trainer oder Präsident werden zum Beispiel.

Der Roland spielte bei uns Libero in der Viererkette. Also erst machte er Viererkette und wenn die anderen

Verteidiger mal wieder nichts kapierten oder unkonzentriert waren, machte er den Libero. Ein Libero ist ein Verteidiger, der hinter der Abwehr spielt. Bauen die vor ihm Mist, kann er noch bügeln. Also Ausbügeln. Ein Libero spielt aber noch vor dem Torwart. Man sagt auch „letzter Mann" zu ihm, obwohl er in Wirklichkeit der Vorletzte ist. Aber das wird jetzt zu kompliziert für dich!

Aber jetzt passe auf! Uwe und Roland waren volles Ding konzentriert. Klar? Volle fünf Punkte auf dem Zettel. Uwe zog sich vor unserem Spiel die Fußballschuhe an. Normal! Die Stiefel waren ihm zu klein. Die drückten an den Zehen. Er wunderte sich etwas, aber manchmal hat man einfach dickere Füße.

Zur selben Zeit starrte Roland in seine Sporttasche und suchte seine Fußballschuhe. Die waren einfach nicht da. Er konnte nichts sagen. Ihm schoss nur durch den Kopf, dass er nochmal ganz schnell nach Hause müsse. Wie konnte das nur passieren, denn er packte seine Sporttasche ganz konzentriert ein. Sogar eine Flasche von seinem Spezialbier hatte er dabei. Roland machte sich   zusätzlich Sorgen, weil er falsch angekreuzt hatte. Wenn man die Schuhe vergisst, ist man einfach nicht konzentriert. Warum konnte er sich nicht erinnern?

Uwe überlegte schon, ob er vorn an den Schuhen ein Loch rein schneiden sollte, um den Zehen Raum zu geben. Da bemerkte Uwe, dass er zwei Paar Schuhe dabei hatte, obwohl er nur ein Paar besaß.

Weißte, die Lösung des Problems war ganz einfach. Uwe hatte aus Versehen Rolands Fußballschuhe angezogen. Alle lachten darüber und krümmten sich vor Schmerzen. Das macht man sehr gern, wenn Anderen so was passiert.

Aber verstehe mal gut! Der Test ging voll in die Hose! Beide, Uwe und Roland, kreuzten die „5" an, aber nur einer von ihnen war konzentriert. Die Wissenschaft kann auch nicht immer alles erklären. Was in so einem Gehirn passiert, weiß niemand ganz genau. Zum Glück!

Immerhin haben wir Dank der Wissenschaft einen guten Grund zum Saufen. Saufen macht frei! Das ist doch auch was!

Nachspielzeit

Haste gesehen Bundesliga? Du, meine Bayern spielten etwas besser jetzt. Auch wenn sie es gern spannend machen wollten und mit den Toren bis in die Nachspielzeit warteten. Das war schon sehr spannend. Wahrscheinlich hatten sich aber einige Opas beschwert. Wenn man nämlich etwas älter ist, hat man es gern mal mit dem Herz.

Eigentlich möchte man gern, dass das Herz noch etwas weiter tickt. Aufregung mag ein Herz nämlich manchmal nicht. Das sagt dann, es wäre ihm zu stressig und stellt die Arbeit ein. Leider hängen noch andere Körperteile hinten dran. Die können dann nicht weitermachen, obwohl sie es vielleicht gern noch tun würden. Das hängt alles zusammen.

Weißte, das ist doch so wie bei Farben-Paule. Wenn die Farbe alle ist, kann ich nicht weiter malern. Erst regt sich der Meister auf und dann ist auch noch der Chef sauer. Zum Schluss bekommt der Kunde vielleicht auch noch Herzprobleme, weil er das alles bezahlen muss. Das Geld ist alle und die Bank sagt, im Konto liegt auch kein Geld mehr drinne. Ein Herz ist also wie Farbe. So etwa kann man sich das vorstellen.

Weil diese Opas also Angst hatten wegen ihrem Herz und der anderen Körperteile, schossen die Bayern die Tore jetzt etwas eher. Viel gesünder. Außer der Müller. Der traf immer noch nicht so richtig. Mit dem könnte ich ja mal diesen Kopf-Test machen vom Trainer. Vatta meinte aber, das wird auch so wieder gut. Irgendwann trifft er wieder. Spätestens in der Nationalmannschaft.

Die Rasensportler mussten nun doch ein paar Punkte dem Gegner geben. Vielleicht glaubten sie auch, es würde ausreichen, Brause zu trinken.

Aber ich weiß ja nun Bescheid. Der Jens erklärte gern immer wieder, wie wichtig gesunde Ernährung ist. Statt Fleisch einfach auch mal Wurst essen! Brause allein ist nicht gesund. Oder einmal Saufen gehen. Wegen der Lockerheit. Vielleicht fingen die Leipziger plötzlich an zu denken und zu träumen. Man weiß ja nie, was im Kopf so los ist.

Wenn man sagt, man denkt nicht an Pilz-Liga oder an einen Aufstieg, ist es eigentlich schon zu spät. In diesem Moment denkt man schon. Unterbewusstsein sagt man dazu. So ein Gehirn ist ein komisches Ding. Manchmal hilft es, wenn man nicht zu viel davon hat.

Manchmal staunt man, was manche Mannschaften so machen. Plötzlich gewinnen sie einfach zu wenig und müssen im Keller spielen und dann gewinnen sie wieder. Andersrum ist das aber auch so. Erst gewinnste und dann verlierste die Spiele. Das ist auch alles Kopf. Oder verlernt man das Fußballspielen plötzlich? Weil der Kopf undicht ist?

Da wachste auf und hast alles vergessen. Dann brauchste einen Trainer, der dir mit einem Zettel in den Kopf rein gucken kann. So wie unser Trainer von der Germania.

Einfach mal bei unserem Trainer anrufen, dann musste dich nicht im Tabellenkeller verstecken.

Rothaarig

Alder, welcher Typ hatte Schuld daran, dass ich zu Hause wohne? Ich wusste es immer noch nicht. Dass Mutta auch wirklich meine Mutter ist, wäre sicher, meinte sie. Mütter wüssten das immer ganz genau. Angeblich wären Mütter immer dabei, wenn so ein Baby zu Hause ankommt. Warum auch immer das so war. Väter wüssten das nicht immer ganz genau.

Väter kämen nach Hause und plötzlich ist ein Kind da, von dem sie nichts wussten. Die Mutter hatte das

Baby heimlich woanders bestellt. Den Lieferanten gewechselt. Meistens merkt so ein Vater nichts. Männer merken sich diese komplizierten Dinge wie Lieferzeiten nicht. Sie haben meistens ganz andere Dinge um die Ohren.

Wahrscheinlich können sie sich auch nicht erinnern, dachte ich mir. „Wo kommt denn das Kind plötzlich her?", fragt der Mann dann. Mutter antwortet, sie hätten es schon vor Monaten gemeinsam bestellt. Die Wahrscheinlichkeit, dass er das längst vergessen hatte, war natürlich groß. Bei einer Bestellung ging meistens sein Gehirn im Kopf aus. Nur das Zweithirn arbeitete fleißig. Aber dieses nahm keine Rücksicht auf den Rest des Mannes und schaltete sein Bewusstsein aus.

Manchmal wird ein schwarzes Kind geliefert, statt einem erwarteten weißen Baby. Da wird der Vater schneller stutzig. Aber Frau erklärt dann was von Genen und dass irgendetwas Generationen überspringen kann. Das leuchtet dann ein. Dem Vater. Mir aber nicht, das gebe ich zu. Keine Ahnung.

Aber immerhin wusste Vatta, dass er nicht mein Vater sei. Aber das weißte ja schon. Der war Silvester woanders und lacht sich wahrscheinlich eins ins Fäustchen, dass er an mir nicht schuldig war.

Für mich war es aber doch wichtig zu wissen, wer denn mein Vater war. Diesen Typen von Silvester wollte ich unbedingt mal treffen. Von dem hatte ich wahrscheinlich die roten Haare und mein Fußballtalent. Vielleicht arbeitete er auch als Manager. Es war aber schwierig, ihn zu finden, da Mutta damals an Silvester den Überblick verloren hatte. Nach dem Namen fragte sie auch nicht. Jetzt weiß sie nicht, wie er heißt. Oder sie vergaß den einfach. Auch möglich!

Mutta redete immer etwas von „Erzeuger". Aber den Zeugen kannte sie auch nicht. Sonst hätte ich den einmal gefragt, vielleicht kannte der ja meinen Vater.

Vatta versuchte mir zu erklären, wie man etwas von Anderen geerbt bekommt. Das funktioniert irgendwie mit Bausteinen in verschiedenen Farben in unserem Körper. Je nachdem, wie die Teile zusammengebaut werden, bekommste rote oder schwarze Haare zum Beispiel. Machste einen Fehler beim Zusammenbauen, haste rote Haare wie ich.

Ich baute das mal mit meinen Bausteinen im Kinderzimmer nach. Mal schauen, ob das wirklich so schwer war. Aber echt, da kann man schnell mal Fehler machen! Man braucht sich nicht wundern, wenn es nicht richtig klappt. Sollte man zusätzlich noch unkonzentriert sein, macht man noch mehr Fehler. Mädchen statt Junge zum Beispiel ist ein häufiger Fehler. Musste das Beste draus machen dann.

Schuld an diesem ganzen Durcheinander ist ein Herr Darwin. Der hatte das Ganze irgendwann einmal erfunden. Wahrscheinlich machte er auch noch eine „App" dazu und liegt jetzt steinreich irgendwo in der Sonne mit einem Cocktail in der Hand.

Wenn ich den mal treffe, müsste ich mal ein ernstes Wort mit ihm reden. Das hätte man sicher auch einfacher konstruieren können. Benutzerfreundlicher. Aber immerhin waren meine Haare ein guter

Anhaltspunkt, meinen Lieferanten zu finden. Im ganzen Durcheinander damals bekam ich die roten Haare rein geerbt. Man wird es auch nicht mehr los, wenn es einmal im Körper drinne ist. Also müsste mein Vater auch rote Haare haben. Logisch!

Immer wenn ich unterwegs war, schaute ich nach rothaarigen Typen. Ich hoffte nur, dass mein Vater keine Glatze hatte. Dann könnte ich das nicht mehr so gut sehen. Der zweite Hinweis war, dass er auch so gut Fußball spielen müsste. Wie ich! Fußball wird garantiert auch vererbt.

Als ich wieder einmal in der ganz großen Stadt war, um leere Flaschen zu sammeln, entdeckte ich so einen Mann mit roten Haaren. Den hatte ich gleich mal direkt angesprochen, ob ihm vor etwa zwanzig Jahren an Silvester sein Gehirn ausgegangen war. Dann wäre er mein Vater. Der guckte mich echt etwas komisch an. So wie er mich anschaute, war mir klar, dass er sich vielleicht nicht erinnern konnte. Logisch, wie auch, wenn der Kopf vom Netz war.

Die Olle von dem Typen neben ihm musste krank gewesen sein. Die bekam plötzlich einen knallroten Kopf und atmete immer schwerer. Der Schweiß stand ihr auf der Stirn. Sie guckte den Typen jetzt ganz böse an. Wahrscheinlich wollte sie ganz schnell los ins Krankenhaus, weil ihr Körper immer mehr zitterte. Dieser Rothaarige riet mir noch: „Hau ab du Vogel, sonst gibt's aufs Maul!" Dann verschwand er mit der Ollen, die ihm den Regenschirm um die Ohren haute, weil sie es wirklich eilig hatte.

Na gut, er war wohl doch nicht mein Vater, denn er hätte meinen Namen kennen müssen. „Vogel" hieß ich nicht. Jedenfalls hatte Mutta nie erwähnt, dass ich noch einen weiteren Namen hätte. Ein komisches Gefühl überkam mich aber trotzdem. Es war schon komisch. Viel zu wissen schien der Typ aber nicht und ob er gut Fußball spielte, konnte ich leider nicht mehr fragen. Der musste ja dann ganz schnell los.

Ich würde weiter die Augen offen halten. Außerdem kam ich jetzt wieder öfter in die ganz große Stadt. Jetzt, wo es wieder wärmer war, fand ich viel mehr leere Flaschen in den Papierkörben. Auch auf dem Schulhof von Sarah-Hertas Schule lagen wieder mehr Flaschen rum. Das lohnte sich wieder richtig.

Die vielen Euromarks würde ich wieder für Silvester sammeln. Für ein geiles Feuerwerk. Das ganze Flaschengeld sammelte ich aber weiter in meinem Konto unter dem Bett. Das war mir einfach sicherer. Da wusste ich, was ich hatte und wo es lag.

In der ganz großen Stadt war es außerdem viel wahrscheinlicher, meinen Vater zu treffen. Dort liefen viel mehr Leute rum, als bei uns im Dorf. Ich blieb dran! Sollte ich den Typen nochmal treffen, frage ich ihn, ob er Fußball spielen kann.

Schuppen

Alder, weißte was Schuppen sind? Ich hatte auch keine Ahnung davon. Jedenfalls nicht richtig. Auf unserem Grundstück zu Hause wo wir wohnen steht ein Stall. Da wohnten einmal Schweine drinne. Man sieht das heute noch, denn da ist es ganz schön schmutzig dort. Aber egal, ich fand dort immer Sachen, die ich gut brauchen konnte. Diesen Stall nennen Mutta und Vatta auch Schuppen. Also ist ein Schuppen so ein Teil, in das man alles Mögliche rein stellen kann.

Jetzt hatte ich im Fernseher drinne gesehen, dass ein Torwart Schuppen sogar auf der Schulter trägt. Das konnte man im Fernseher drinne aber nicht gut erkennen. Weißte, wie schwer so ein Schuppen ist? Und den trägt der auf den Schultern? Hammer! Das muss doch echt unbequem sein. Zum Glück kann man das wegwaschen, sagten die.

Ich sagte Mutta sofort, dass ich so ein Zeugs auch dringend brauchte. Für alle Fälle. Schließlich wollte ich nicht riskieren, plötzlich einen Schuppen auf den Schultern rumschleppen zu müssen.

Glaubste das? Mutta lachte und meinte, diese Schuppen wären anderes Zeugs. Das ist weißes Zeugs wie Mehl, ganz klein und liegt auf den Schultern rum. Das merkt man gar nicht, wenn es da ist. Es wären Teile der Haut. Alte Haut. Abgestorben. Die Dinger gehen ab und landen einfach auf den Schultern. Waschen würde da ganz gut helfen.

Der Gedanke, dass Haut vom Kopf abgeht, war mir sehr unangenehm. Dann könnte man irgendwann das Gehirn im Kopf sehen und man beobachten, was darin so alles passiert. Das wollte ich aber besser nicht. Was wäre, wenn man im Kopf bei mir nichts sehen könnte? Diese Hautteile würde ich auf jeden Fall wieder ankleben. Mit Sekundenkleber. Der hält ewig. Mutter lachte schon wieder. Sie meinte, ich brauchte keine Angst zu haben. Die Haut würde ganz allein nachwachsen. Das wäre Natur. Es sähe nur nicht so schön aus.

Egal, ich nahm mir ein paar Euromarks aus meinem Strumpf und rannte in den Dorfladen. Wenn dieser Fußballer sich dieses Zeugs auf den Kopf machte, musste es ganz wichtig sein. Das war doch logisch! Ich also hin und fragte nach Stallseife. Die Verkäuferin guckte ganz komisch. So als wenn sie noch nie etwas von solchem Zeugs gehört hätte. Das war eben Dorf. Dorf bedeutet auch: Hinter dem Mond. Jedenfalls bei uns.

Dann fiel es mir aber selbst auf. Schuppen hieß es, nicht Stall! Schuppenseife wollte ich. Kann ja mal passieren, dass man was verwechselt.

Zu Hause machte ich mir das ganze Zeugs sofort auf den Kopf drauf. Bis die Flasche leer war. Es sollte ja schließlich helfen. Jetzt aber mal bitte nicht lachen. Ich musste dringend pinkeln. Weil wir immer noch Wasser sparten zu Hause, musste ich zum Apfelbaum nach draußen gehen. Es regnete aber wie Sau. Plötzlich war überall Schaum. Ganz viel. Ich konnte nichts mehr sehen. Schaum in den Augen und auch sonst überall. Es wurde immer mehr. Ich rutschte aus, fiel zu Boden. Kurz danach war nichts mehr von mir zu sehen. Ich war verschüttet. Eine weiße Wolke war um mich herum.

In meiner Verzweiflung rief ich nach Mutta. Sie kam auch sofort angerannt und machte den Schaum weg. Das dauerte eine halbe Ewigkeit. In der Zwischenzeit konnte ich es nicht mehr halten und es ging in die Hose. Lache nicht! Irgendwann sind die Schmerzen so groß, dass man es nicht mehr halten kann. Du weißt schon was.

Mutta lachte heftig. Ich wusste gar nicht, was so lustig war. Ich war in höchster Not. Darf man dann lachen?

Naja, immerhin waren hinterher nirgends Schuppen zu sehen. Ein Glück, dass ich das im Fernseher drinne gesehen hatte. Wer weiß, was sonst noch alles passiert wäre. Schuppen darf man niemals tragen. Das hatte die im Fernseher drinne jedenfalls gesagt. Dann muss es stimmen!

Rotieren

Alder, haste mal gehört, was viele Mannschaften machen? Rotieren! Ich hatte erst keine Ahnung, was das ist. Denn das hatte etwas mit Taktik oder Strategie zu tun. Das dachte sich wieder ein schlauer Trainer aus.

Vatta wusste das sogar. Ich fragte ihn einfach mal. Da staunte ich, denn so richtig Ahnung von Fußball hatte er nicht, dachte ich immer. Vatta erzählte auch nie, für welche Mannschaft er Fan war. Vielleicht war es ihm peinlich und er wollte nicht, dass man über ihn lacht. Möglich!

Manche Mannschaften wollten auch mal andere Spieler ran lassen, die sonst nicht so oft spielen würden.

Die waren Wechselspieler. Klar, die wollten schließlich auch mal im großen Stadion spielen, wo ganz viele Leute zuschauen und singen.

Ein Fußballer muss oft ganz viele Spiele machen. Das kostet viel Kraft. Gerade dann, wenn man viele „Englische Wochen" hat. Irgendwann ist der Spieler platt und möchte nur noch irgendwo rumliegen. Vielleicht tun ihm auch die Schmerzen weh. Der rotiert dann raus und ein anderer Spieler rotiert rein. Rotieren bedeutet „Drehen". Stelle dir das wie ein Karussell vor, wo Leute ein und aussteigen.

Kennste „Englische Wochen"? Das erklärte mir der Hans-Rudolf. Der wusste das. Das ist, wenn man nicht nur am Wochenende spielt, sondern auch mitten in der Woche. Dienstag oder Mittwoch zum Beispiel. Pilz-Liga oder auch DFB-Pokal finden oft in der Woche statt. Das hatten die in England zuerst erfunden. Die spielen ihre Meisterschaft auch in der Woche. Vielleicht ist in England ein Jahr kürzer als bei uns. Dann müssen die das so machen. Kann ja sein.

Das mit dem Rotieren fand ich gut. Tolle Idee, weil ich so gern Karussell fahre. Am Liebsten in der Feuerwehr. Bin leider zu groß geworden und darf nicht mehr. Ich erzählte dem Trainer von dieser Taktik. Er meinte, ich spinne. Wir hätten keine Leute zum Rotieren. Wir waren einfach zu wenige Spieler. Wir wären schon froh, wenn wir überhaupt elf Leute zusammen bekämen. Wer sollte denn rotieren, wenn niemand sonst da war?

Zu Hause dachte ich darüber nach und Sarah-Herta rechnete mir die Zahl „Elf" mal aus. Der Trainer hatte wahrscheinlich Recht. Na gut, dann eben nicht. „Englische Wochen" haben wir ja sowieso nie. Schon gut! Alles gut! Besser so, als hätte der Trainer später einmal gesagt: „Warum hattest du denn nie von dieser Taktik erzählt?"

Schafe

Aldar, ich war total aufgeregt. Mein Körper zitterte krass vor Aufregung. Endlich würde ich mich wieder auf den Weg zu Opa Walter machen. Ich würde meinen zweiten Versuch unternehmen, ihn zu besuchen. Das Wetter passte auch gut. Es war wirklich schön geworden. Nicht zu kalt und auch nicht zu warm. Optimal für eine Expedition.

Ich packte mir ausreichend Verpflegung und Klamotten für alle Witterungsbedingungen in meine Taschen. Das alles verschnürte ich sicher an meinem Fahrrad. Dann richtete ich meine Rückspiegel nochmal genau aus. Vatta machte das auch immer, bevor er mit dem Auto startete. Sicher ist eben sicher. Die kleine Fahne hinten am Sattel kontrollierte ich auch nochmal. Sollte ich verschollen sein, würden mich die Rettungstruppen leichter finden können.

Den Schulatlas mit der Zeichnung vom Weg band ich wieder auf dem Lenker fest. Den Weg nach Gerhardsberge malte mir der Hans-Rudolf damals auf. Ich war also bestens vorbereitet.

Meinen Schutzanzug aus dem 1. Weltkrieg ließ ich diesmal zu Hause. Hans-Rudolf meinte, ich müsse mir wegen der Strahlen von den Radios keine Sorgen machen. Ich glaubte es ihm einfach mal. Genug Wasservorräte packte ich ebenfalls in die Satteltasche und Verpflegung, um notfalls ein paar Wochen gut versorgt zu sein.

Als es gerade hell wurde draußen und die Vögel so schön zwitscherten, fuhr ich los. Einmal noch schaute ich zurück, denn ich wusste nicht, wann ich wieder zurück sein würde. Ich wollte alles so in der Erinnerung behalten. Was Opa Walter wohl sagen würde, wenn ich bei ihm auftauchte? Immerhin wusste er nun, wer ich war. Die Spannung war riesengroß!

Ich kam gut voran und machte unterwegs nur eine kleine Pause, um etwas zu trinken und ein bisschen Kraft zu tanken. Das letzte Stück des Weges ging steil bergauf und würde Kraft kosten. Außerdem wurde ich immer aufgeregter, je näher ich Gerhardsberge kam.

Diese Gegend kam mir sehr bekannt vor. Hier war ich schon einmal. Von weitem sah ich schon das Ortsschild von Gerhardsberge. Ich verglich das Schild mit der Zeichnung von Hans-Rudolf. Alle Buchstaben schienen da zu sein und standen auch am richtigen Platz. Ja, als ich in den Ort kam, erkannte ich alles wieder. Ich musste noch nicht einmal auf die Zeichnung von Hans-Rudolf schauen.

Gleich hinter dem Schild sah ich wieder die Oma, die im Vorgarten nach Essbarem suchte. Diesmal lief sie aber nicht davon und schrie um Hilfe. Na gut, ich hatte diesmal meinen Schutzanzug nicht an und sie erkannte mich deshalb sofort. Den Weg zu Opa Walter kannte ich auch noch. Das ging wie von selbst. Es war, als ob mich irgendeine geheimnisvolle Kraft leitete.

Schade, Opa war nicht zu Hause. Das warf meinen Plan durcheinander. Damit hatte ich eigentlich nicht gerechnet. Wie kam ich eigentlich darauf, dass er immer zu Hause sein müsste. Das war in meinem Plan nicht vorgesehen. Nächstes Mal sollte ich unbedingt Alternativen einplanen.

Gegenüber schaute eine Oma aus dem Fenster heraus. Sie war wie alle Omas, die scheinbar in dem Fenster wohnen. Die sind immer dort und wissen alles, was so auf der Straße passiert. Die rief sofort zu mir rüber, der alte Zausel wäre mit seinen Schafen unterwegs. Sie wüsste aber nicht, wann er zurück käme. Opa blieb oft mehrere Tage mit seinen Schafen draußen. Der schlief dann auch dort. Konnte mir das nicht vorstellen. Sollte es regnen, würden die ganzen Schafe nass werden und vielleicht Schnupfen bekommen. Opa Walter aber auch. Aber er wusste sicher, was er tat.

Die Fenster-Oma zeigte mir noch, in welcher Richtung ich Opa Walter finden könnte. Der wäre aber bestimmt ganz weit weg. Ich bedankte mich und radelte einfach drauflos. Immer geradeaus in die Richtung, in der Opa verschwunden war. Die einzige Hilfe, die ich nun hatte, war mein Schulatlas. Ich war mir nicht ganz sicher, ob er mir wirklich helfen könnte. Es wäre allerdings auch kein Abenteuer, wenn man vorher alles planen könnte. Also mutig drauf los! Ich war schließlich ein Kämpfer!

Ich war lange unterwegs. So gut es ging, wollte ich meine Vorräte aufsparen. Noch wusste ich nicht, was mich alles erwarten würde. Zwischendurch fragte ich mich, ob ich an eine Weggabelung falsch abgebogen war und bald auf der anderen Seite der Welt sein würde. Dann müsste ich meinen Schulatlas umblättern.

Doch da entdeckte ich etwas! Ganz hinten auf einer Wiese sah ich Schafe! Das musste es sein! Schafe kannte ich aus meinen Bilderbüchern. Dort hinten konnte nur Opa Walter mit seinen Schafen sein. Andere Schafe kannte ich sowieso nicht.

Opa Walter war kaum zu erkennen. Einen langen Mantel trug er und auf dem Kopf saß ein ganz großer Hut. Mit großer Krempe. Das war wohl sein Regenschirm. Ganz schön schlau, denn so bekam er beide Hände frei und konnte sich gut auf dem Stock abstützen. Opa schaute in meine Richtung. Aber er bewegte sich nicht. War er eingeschlafen? Ob er mich gesehen hatte? Oder vielleicht erkannte er mich nicht, denn wir sahen uns vorher erst ein Mal.

Zu meiner Freude war die Begrüßung sehr herzlich. „Moin!", sagte er. Ich antwortete auch: „Moin!" Dass Opa Walter nicht sehr viel redete, wusste ich. Wir standen dann einfach nur so da und schauten Schafe. Ganz lange. Irgendwann fragte ich ihn, was Schafe denn gerne fressen. „Gras", antwortete Opa.

Da ganz viel Zeit war, konnte ich mir eine Idee überlegen. Dann hatte ich es! Manager müssen Ideen haben! Da siehste es mal wieder! Es war eine großartige Idee!

Ich fragte Opa, ob Schafe auch bis Dereberg laufen könnten. Er meinte: „Jo!" Danach redeten wir nur noch wenig, aber wir verstanden uns trotzdem sehr gut. Es war spät geworden und ich musste wieder los. Außerdem ließ mir meine Idee keine Ruhe. Opa Walter strich mit der Hand über das Fahrrad und ich sah ein Lächeln in seinem Gesicht. Nur ganz wenig. Wie ein Zucken und doch war es für mich erkennbar. Zum Abschied nickten wir uns zu. Das reichte vollkommen.

Zu Hause kam ich gut an. Es war sogar noch hell draußen. Zufrieden schlief ich ein. Es war ein schöner Tag!

Ein paar Tage später war ich mit dem Fahrrad unterwegs nach Dereberg. Ich wollte zum Training. Da stand er! Das konnte ich kaum glauben. Opa Walter stand mit seinen Schafen kurz vor Dereberg. Geil! Dass meine Idee so plötzlich in die Tat umgesetzt werden könnte, kam ganz überraschend. Eigentlich befand ich mich noch in der Planungsphase, aber ein Zufall könnte die Sache jetzt erheblich beschleunigen.

„Planungsphase" kannte ich von unserem Dorf. Es muss alles seine Ordnung haben. Und das dauert eben. Da müssen ganz viele Gesetze beachtet werden. Schon klar. Du, ein Kneiper aus Dereberg wollte ein Schild anbringen. Er wollte gern, dass Gäste zu ihm finden würden. Wegweiser sagt man auch.

Dann wurde geplant. Das Ganze dauerte allerdings ein paar Jahre. Alles musste gut überlegt sein. Das Schild musste in Größe und Form genau EU-

Vorschriften entsprechen. Auch die Buchstaben durften Minderheiten nicht beleidigen. „Grüne Tanne" hieß die Kneipe. Man untersuchte nun, ob man „grün" einfach so sagen durfte, oder es vielleicht ein geschützter Begriff sei. „Tanne" war noch schwieriger. Kiefern und Buchen oder Eichen, könnten sich nach dem Gleichstellungsgesetz benachteiligt fühlen. Die Chefs von Europa machten dann einen Vorschlag. „Wald" durfte die Kneipe heißen. Der Kneiper musste daraufhin alles ändern. Zettel, Werbung, sein großes Schild am Haus auch. Das kostete eine große Summe Euromarks.

Ein Jahr später durfte das Schild aufgestellt werden. In der Zwischenzeit war der Kneiper allerdings schon pleite. Niemand kam in seine Kneipe, weil kein Wegweiser den Weg zeigte. Die Leute fanden ihn einfach nicht. Das Einzige, was dem Kneiper blieb, war die Gebühr für die Genehmigung. Heute wohnt er in einer Einrichtung, die zugeschlossen ist. Ihm war etwas im Kopf kaputt gegangen.

Immerhin steht das Schild jetzt strategisch günstig. Wanderer, die den Wald suchen, folgen dem Schild. Immer wieder muss nun die Bergrettung ausrücken, um irregeleitete Wanderer zu retten. Naja!

Mir half ja nun ein schöner Zufall.

„Tach", sagte ich und Opa nickte. Ich erklärte ihm sofort meine geniale Idee. Nachdem unser Rasenmähertrecker damals in die Abseitsfalle gestürzt war, mussten wir uns einen Trecker von Bauer Giesecke ausleihen. Aber wenn Schafe Gras fressen würden, könnten sie genauso gut das Gras vom Sportplatz fressen. Platzwart Holger würde sich freuen.

Das Gras vom Sportplatz hatte den Schafen scheinbar sehr gut geschmeckt. Die leisteten jedenfalls sehr gute Arbeit. Irgendwann tauchte Holger auf. Der freute sich aber nicht so sehr. Ja gut, ein Problem war da schon. Wenn bei den Schafen vorne was rein kommt, muss hinten immer mal was raus kommen. Alda, meine Leute von der Germania schimpften auch, anstatt sich über meine Idee zu freuen.

Meine Leute meinten, es stinkt und überall läge Schafkacke rum. Man würde drauf treten und wenn man eine Grätsche macht, saut man sich überall ein. Der Sebastian sagte, er hätte keine Lust, die Klamotten zu waschen, wenn die so stinken würden. Seine Frau, die Marion, würde ihn auch ganz sicher rausschmeißen.

Vielleicht hatten die Leute von der Germania Recht. Ich fand den Gestank auch nicht besonders schön. Aber manchmal muss man auch Opfer bringen. Wir würden nämlich den Trecker von Bauer Giesecke einsparen. Meine Idee, ein paar Mietschafe hinzustellen, wurde einstimmig abgelehnt. Nur eine Stimme bekam ich: meine. Es war eigentlich vorher klar, denn meine Leute taten sich oft etwas schwer mit dem Fortschritt. Dorf eben!

Opa Walter zog dann mit seinen Schafen weiter. Zum Abschied winkte er mir sogar noch einmal zu. Geil!

Viel Neues von Opa Walter hatte ich zwar nicht erfahren, aber das war irgendwie egal. Es war einfach nur schön, bei ihm zu sein. Nun hatte ich einen Opa.

Das zählte! Das war schön. Wir verstanden uns gut, auch ohne Worte. Unter Männern ist das völlig normal. Bestimmt würde ich ihn bald wieder besuchen. Dann könnte ich ihn fragen, ob er früher rote Haare hatte. Aber auch das war eigentlich egal geworden.

Auch wenn das mit den Schafen bei meinen Leuten von der Germania nicht so gut ankam, war es ein schöner Tag. Zu Hause machte ich noch die Schafskugeln aus den Fußballschuhen heraus. Viel schlimmer als in meinem Kinderzimmer rochen die Dinger eigentlich auch nicht. Was die nur alle hatten?

Geschäftsessen

Pokalvorbereitungen

Aldar, die Spannung stieg! Bald sollte es losgehen! Pokal! In der Bundesliga bereiteten sich auch schon alle auf das geile Spiel zwischen Bayern München und Borussia Dortmund vor. Wie es aussah, durfte hinterher nur noch eine dieser Mannschaften weitermachen im Pokal. So sieht das aus! Hart, aber eine Mannschaft hat beim Finale Freizeit.

Eh, ich hörte da etwas im Fernseher drinne. Die Fans wollten alle nach Berlin fahren. „Berlin, Berlin- Wir fahren nach Berlin!"! Das riefen die immerzu, ohne Pause. Jeder sollte es hören. Das riefen aber alle Fans. Die Einen und die Anderen auch. Wahrscheinlich wollten die sich gegenseitig ärgern. Warum die alle nach Berlin fahren wollten, sagten sie nicht. Eigentlich ging so eine Fahrt doch ganz einfach. Das könnte jeder schaffen. Jedenfalls fast. Da musste nur zum Bahnhof gehen, dem Automaten sagen, wo du hin willst und wenn der Zug da ist, kannste einsteigen. Ist der Zug dann in Berlin angekommen, steigste einfach aus. Fertig!

Du, der Hans-Rudolf erklärte mir später, warum die alle nach Berlin fahren wollten. Dort spielen die nämlich immer das Endspiel. Also Endspiel und Finale sind dasselbe, falls du das Wort „Finale" nicht verstehst, kannste auch „Endspiel" sagen. Das Finale ist immer in

Berlin. Das war wohl schon damals so, als noch fast Krieg war. Mich gab es damals noch nicht. So lange ist das her!

Sarah-Herta war schon die ganze Zeit so richtig dolle aufgeregt. Wegen ihren Dortmundern. Jeden Abend küsste sie die Fahne von Borussia Dortmund. Ihre pinken Sachen tauschte sie plötzlich gegen schwarz-gelbe Klamotten aus. Glaube, die hatte einen echten Knall. Das würde ihren Jungs helfen, meinte sie. Es war mir sowieso unheimlich, wie sie Fan von Borussia Dortmund werden konnte. Was hatte ich nur falsch gemacht?

Als sie noch ganz klein war, bereitete ich sie schon auf die Bayern vor. Jeden Abend übte ich mit ihr: „Bayern München, Bayern München...". Bayern war dann auch das erste Wort, das sie sprechen konnte. Noch vor „Mama" oder „Papa". Nein, ich brauchte mir deshalb keine Vorwürfe machen. Das musste jemand anderes versaut haben. Vatta konnte es nicht gewesen sein, denn der war Fan vom 1.FC Köln, wie ich nun wusste.

Mutta?! Die sagte noch gar nichts zu diesem Thema. Vielleicht war sie es? Es konnte nur Mutta gewesen sein. Keine Ahnung haben vom Fußball, aber die Leute mit irgendwelchen Dingen versauen! Nur so aus Jux! Das kann ich vielleicht leiden! Da steigt sofort mein Blutdruck! Ich rede schließlich auch nicht dazwischen, wenn sie sauber macht oder Essen kocht! Siehste!

Sarah-Herta fummelte sogar das Autogramm-Foto von Marco Reus in einen Bilderrahmen. So ein

Bilderrahmen, der aussieht wie ein Herz. Dieser Rahmen steht jetzt auf ihrem Nachtschrank. Das Bild streichelte sie nun jeden Tag, wenn sie Zeit hatte. Es würde helfen, sagte sie, da ihr Marco wieder eine Verletzung hatte. Davon würde er gesund werden und dann meinen Bayern welche reinhauen.

Als großer Bruder sagte ich dazu aber nichts. Ich hoffte aber, dass sie hinterher nicht zu dolle weinen würde, wenn Bayern München nach Berlin fahren müssten.

Sollten die Bayern das Pokalfinale gewinnen, mache ich eine Polonaise durchs Dorf. Dann gründe ich einen Fan-Club. Fan-Club „Heimberg liebt Bayern". Gute Idee! Wenn ich dann selbst bei den Bayern spiele, haben die Leute von Heimberg gleich eine Heimstätte, wo sie mich feiern können.

Ich sollte einmal mit dem Chef von Heimberg reden. Das Schützenhaus sollte dringend in „Kevin-Hendrick-Schmittlein-Tempel" umbenannt werden. Das müsste man am besten sofort machen. Wegen der Planungsphase. Wenn mich nämlich der Uli von den Bayern plötzlich anriefe, um mich zu holen, könnte es fast zu spät sein! Dann hätteste den Salat!

Weißte, jetzt wo der Kapitän von den Bayern und auch dieser Spanier aus Spanien aufhören, gehen dem Uli von den Bayern die Spieler aus. Dann wird er richtig froh sein, dass er auf mich zurückgreifen kann.

Eigentlich wollte ich etwas Anderes erzählen. Es ging eben ein wenig mit mir durch.

Pokal! Wir von der Germania Dereberg waren eine Runde weiter. Sogar so ganz ohne Fußball spielen zu müssen. So was gibt es auch! Da beim Landkreis vom Fußball haben die einen Tisch. Der ist grün, da sitzen Leute dran und reden ein bisschen rum. Am Ende bestimmten die etwas Neues. Es wird also am grünen Tisch entschieden. So heißt das dann.

Weißte, wir sollten eigentlich gegen Sportfreunde Neinhausen spielen. Die kamen aber nicht zum Spiel. Irgendwie hatten die Neinhäuser es nicht geschafft, die Leute voll zu bekommen. Das wunderte mich nicht, denn die galten als gute Trinker, die schon so einige Biere und Schnäpse vertragen konnten. Aber warum Fußball deshalb nicht gehen sollte, verstand ich nicht.

Die Bestimmer saßen also an diesem grünen Tisch und meinten, wir tun einfach so, als ob die Germania Dereberg gewonnen hätte.

Die nächste Runde wurde dann auch gleich verlost. Wir bekamen eine richtigen Kracher! VfB Blankenhausen! Wir durften sogar in Dereberg bei der Germania spielen. Also zu Hause! Geil! Der Präsident vom Dorf kam sofort aus seinem Haus heraus und zu uns auf den Sportplatz gerannt. Er hielt eine Ansprache in unserer Kabine. Das war aber nach dem Training, was auch Sinn machte. Die meisten Spieler von uns waren nach ein paar Bierchen viel freundlicher.

Der Dorfchef meinte, wir sollten die weg hauen. Er malte aus, wie schön es wäre, den Pokal durch das Dorf zu tragen. Am Besten sollten wir wieder ein schönes Dorffest veranstalten. Mit „wir" meinte er natürlich uns. Das würde sehr gut passen, da auch bald die Auslosung für den neuen Bürgermeister wäre. Es wäre doch super, wenn dann der alte wieder der neue Bürgermeister würde. Man brauchte sich keinen neuen Namen merken und er selbst brauchte nicht aus seinem Palast ausziehen, was in seinem Alter auch nicht mehr so unproblematisch sei. Und sieben Mal umgezogen, sei wie einmal abgebrannt, redete er weiter. Das möchten wir doch bitte bedenken.

Der Präsident tat mir leid. Er hatte Recht, auch wenn ich mir seinen Namen immer noch nicht gemerkt hatte. Das sagte ich ihm aber nicht. Verrate auch du es bitte nicht!

Als angehender Manager schossen mir natürlich sofort wieder ganz viele Ideen durch den Kopf. Ich war wie ein Tiger im Käfig. Man müsste mich nur frei lassen und schon würde die Erde wackeln. Oder beben. Egal.

Ich machte auch gleich einen Plan im Kopf und Hans-Rudolf malte es auf. Dann könnte es bald losgehen mit den Vorbereitungen. Geil, ich stellte mir vor, wie sie ein Denkmal für mich errichten würden. Überlebensgroß vor dem Rathaus. Der Sportplatz würde umbenannt werden in „Kevin-Hendrick-Schmittlein-Stadion". Oder besser „Arena", so wie bei den Bayern. Ich mache mich unsterblich! Wirste sehen!

Visitenkarte

Alter, so langsam musste ich mir Gedanken machen! Ich brauchte dringend solche Karten, wo draufsteht, wie ich heiße und wer ich bin. Visitenkarte sagt man dazu, erklärte Hans-Rudolf. Noch kennen mich nicht alle Leute. Deshalb ist so eine Karte sehr praktisch. Wenn du lesen kannst, kannste lesen, was ich so alles mache: Manager, Star-Maler, Fußballprofi. Die Nummer von meinem Schmartfon steht dann da auch. Aber nur anrufen, wenn es wirklich dringend ist! Mit Popelkram kann ich mich dann nicht beschäftigen.

Ich habe jetzt einen Vogel. Auf dem Schmartfon. Das machte mir der Hans-Rudolf drauf. Da kann man sich Dinge schreiben. Könnte. Er und Sarah-Herta werden mir aber helfen, meinten sie. Na mal schauen.

Den Hans-Rudolf schlug ich gerade erst feierlich zum Assistenten. Ein Assistent ist ein Helfer. So kann man das auch sagen. Weißte, das machte ich wie die Ritter in ihren Blechklamotten damals. Dafür baute ich meine Ritter aus der Ritterburg im Kreis auf. Man braucht nämlich Zeugen. Das sind Leute, die dabei waren und dann sagen können, dass es stimmt.

Hans-Rudolf kniete sich in meinem Bayern-Trikot in den Ritterkreis und dann schlug ich ihn. Leider besaß ich kein richtiges Schwert. Hans-Rudolf meinte, das wäre gut so, denn er würde sehr gern mit Kopf nach Hause gehen. Dieser Angsthase! Naja, ich schlug ihn dann mit meinem Strahlenschwert. Das ging auch.

Du, bei diesem Vogel im Internet kannste gucken, was mein Assistent so manchmal schreibt. Hans-Rudolf sagte, ich muss noch ein Foto dafür haben. Ich sollte ein Selfie machen. Dann könnte man mich am Gesicht erkennen, wenn man mich sieht.

Ich rannte sofort zu meiner Schwester und fragte sie, ob sie mal ein Selfie von mir machen könnte. Eh, Sarah-Herta lachte so komisch! Am liebsten hätte ich ihr eins aufs Maul gegeben. Aber die Lena sagte mir, das macht man nicht. Echt, die Lena hat mich total versaut. Ich wurde immer weicher.

Meine Schwester meinte dann aber, sie könnte ein Foto von mir machen. Von hinten. Sie sähe mich nämlich am Liebsten von hinten. Na gut. Diese Idee war ganz gut. Ich sehe sowieso von allen Seiten gleich gut aus. Hans-Rudolf meinte dann aber auch, es würde sehr gut zu mir passen. Alter, es läuft!

Ich würde jetzt bestimmt ganz viel Post bekommen. Aus aller Welt. Vielleicht sogar aus ganz Deutschland. Ich muss dringend einen größeren Postkasten am Haus anbringen. Erinnere mich mal daran!

Amerika

Aldar, die Schantall war ganz dolle traurig. Weißte, wir hatten ein Punktspiel gegen Einheit Böhnswalde. Normalerweise machte sie es uns auf der Auswechselbank immer ganz nett und gemütlich. Aber an diesem Tag passierte nichts! Gar nichts! Sie war gar nicht da! Erst nachdem das Spiel bereits begonnen hatte, kam sie ganz langsam zur Bank geschlendert. Mein Hintern tat schon heftig weh von der harten Holzbank. Du, erst freute ich mich, aber dann sah ich, dass sie nichts dabei hatte. Keine Kissen und Blümchen. Nichts!

Dann sah ich Tränen in ihren Augen. Sie weinte und meinte, sie würde ihre Karriere jetzt beenden. „Er kommt nicht", sagte sie ganz leise und schluchzte dabei. Sie hatte sich doch so sehr auf ihn gefreut und war extra nochmal zum Frisör gegangen.

Aber nicht bei Meister Fritz Burmeister. Dann würde sie nämlich genauso aussehen wie wir Männer von der Germania Dereberg. Das wollte sie dann doch nicht. So weit ginge die Liebe nicht. In der ganz großen Stadt sind die auch viel moderner. Die machten ihr eine pinke Strähne ins Haar. Das war modern. Man hatte das so.

Eh, ich stand immer noch auf dem Schlauch. Wen meinte sie denn? Dann rief sie: „Der Schweini kommt nicht!" Ach! Das wusste ich noch gar nicht. Sie sagte, der Schweini entschloss sich, nicht nach Dereberg auf die Bank zu kommen, sondern ganz weit weg nach Amerika zu gehen. Das ist so weit weg, dass die dort sogar andere Uhrzeiten haben. Kannste dir das vorstellen?

Wenn ich morgens aufstehe, um zu Farben-Paule zu gehen, schlafen die da hinten gerade erst ein. Das muss irgendeinen Grund haben. Das soll schon länger so sein. Ist doch blöd, wenn die Uhren überall anders gehen. Aber vielleicht ändert der neue Präsident dahinten das wieder. Weißte, der mit den Haaren. Der will ja ganz viel ändern, selbst Dinge, die man nicht ändern kann.

Der Schweini durfte sogar dort einreisen. Da hatte er nochmal Glück gehabt. Er durfte rein, obwohl er eigentlich aus einem sicheren Herkunftsland kommt. Ich hörte davon etwas im Radio drinne. Wer sicher ist, bleibt zu Hause.

Allerdings war der Schweini zuletzt in England. Da war es vielleicht nicht mehr so ganz sicher. Die wollten nämlich austreten gehen. Vielleicht dürfte der Schweini dann dort nicht mehr arbeiten. England gehört dann nicht mehr zu Europa. England ist eine Insel mit Wasser drumherum. Vielleicht wollen die ja mit der ganzen Insel rüber machen nach Amerika. Wer weiß das schon? Die Schotten sind auch auf dieser Insel. Die wollen wohl nicht mit England zusammen sein. Aber mache das mal, wenn du zusammen auf einer Insel hockst. Werde das mal beobachten.

Aber weißte, auch wenn der Schweini nun doch vorerst nicht nach Dereberg kommt, wünsche ich ihm trotzdem viel Glück! Vielleicht kommt er später mal zu uns. Werde die Schantall gleich mal trösten. Die Bank ist echt hart!

Du, der Poldi wurde nun auch National-Rentner. Der hörte beim Weltmeister von der ganzen Welt auf zu spielen. Auch schade! Der verabschiedete sich mit einem Hammer-Tor gegen England. Ausgerechnet England. Das macht es für die Engländer auch nicht einfacher. Der Poldi wollte danach in Japan etwas weiter spielen. Das ist in die ganz andere Richtung von Schweini. Ich sage es mal so: Wenn die Japaner

morgens aufstehen, gehe ich gerade ins Bett. Verstehste?
Genau anders als Amerika.

Dahinten in Japan fängt die Sonne an zu scheinen.
Das Land nennt sich auch „Land der aufgehenden
Sonne". Du, wenn Schweini und Poldi sich besuchen
wollen, müssen die echt weit fahren. Vatta meinte,
hintenrum wäre es vielleicht kürzer. Wie hinten rum?
Wie soll das denn gehen? Wenn ich von Heimberg nach
Dereberg fahren will, kann ich auch nicht einfach
hintenrum fahren. Das ist doch Verarsche, oder? Die
Erde ist rund? Kugel? Hä? Ja, ja!

Schauste dir mal meinen Atlas von der Welt an! Der
ist ganz flach. Da ist nichts rund. Vatta erklärte mir
dann, es wäre ganz anders. Er holte eine Apfelsine aus
Muttas Küche, machte die Schale ab und drückte sie

flach auf den Tisch. Vatta meinte, genau so müsse ich mir das vorstellen. Auf diese Weise bekommt man die runde Erde in den Atlas. Aha?!

Die Erde ist eine Apfelsine?

Halbfinale

Weißte Alter, ich wusste es eigentlich schon die ganze Zeit. Ich war todtraurig, denn scheinbar wollte niemand auf meine Warnungen hören. Man redet und redet, aber die Worte verhallen ungehört irgendwo am Himmel. Aber es soll niemand behaupten, ich hätte nicht gewarnt, oder meine Hilfe angeboten. Da kannste sagen, was du willst. Sofort wäre ich da gewesen und hätte die Karre aus dem Dreck gezogen.

Der Uli von den Bayern rief mich nicht mehr an. Er wollte meine Hilfe noch nicht. Jetzt hatten sie den Salat! Erst in der Pilz-Liga raus und dann noch das Pokalfinale gegen Borussia Dortmund verloren. Nun würde noch fehlen, wenn die Meisterschaft auch noch verloren ginge. Solche Niederlagen können schlecht für die Moral sein. Plötzlich verlierste Spiele, die du schon als sicheren Sieg eingeplant hattest. Rasenbrause Leipzig würde wieder die Chance wittern und gewinnen. Das würde meine Bayern noch nervöser machen. Und zack, stehste am Ende ohne Blechteil da. Das ist nicht nur im Fußball so, auch im Leben drinne.

Sarah-Herta schaute mit Vatta und mir zusammen das Spiel. Sie war wieder schwarz-gelb geschmückt.

Zusätzlich hatte sie noch Freundinnen eingeladen. Die hatten einen Marco-Reus-Fanclub gegründet. Das war echt hart für mich. Vatta tat erst so, als ob er für keine der Mannschaften Fan sei, aber dann jubelte er für Dortmund. Eigentlich war der doch Köln-Fan. Das verstand ich gar nicht. Wenn es gegen die Bayern geht, halten wahrscheinlich alle anderen zusammen. Möglich!

Nur meine Teddys hielten zu mir. Ich fühlte mich so sehr allein. Das Spiel war sehr spannend, aber am Ende wurde es ganz hart für mich. Je mehr die alle um mich herum jubelten, desto trauriger wurde ich. Traurig und allein. Es war so schlimm!

Nach dem Spiel ging ich in den Wald. Meine Augen waren zugeschwollen. Fast hätte ich meinen Stammbaum nicht gefunden. Ich weinte die halbe Nacht an meinem Baum.

Die zweite Hälfte der Nacht nutzte ich, mir wieder Mut zu machen. Die Meisterschaft war nicht verloren. Und ich würde weiter meinen Weg gehen. Außerdem hatten wir mit unserer Germania Dereberg das große Pokalspiel gegen Blankenhausen noch vor uns. Da gab es noch einige Dinge zu tun.

Irgendwann könnten die Bayern nicht mehr an mir vorbei kommen. Angebote aus der ganzen Bundesliga würden auf mich einprasseln. Sogar von Schalke 04 würden sich Leute bei mir melden, da sie in dieser Saison nie wirklich gut waren.

Das Ausland würde sich melden. Aber da würde ich erst hingehen, wenn die Deutsch als Pflichtsprache einführen würden. So wie die Bayern.

Auf geht es! Keine Zeit!

Baby

Alter, manchmal lernt man verrückte Sachen dazu. Neuigkeiten, die man nicht ahnte. Du, letzte Woche sah ich die Frau Müller vom Dorf. Mutta meinte aber, sie hieße Meyer und außerdem Fräulein Meyer. Die gehörte aber nicht zu unserem Nachbarn Herr Meyer. Der wohnt allein zu Hause, weil es niemand bei ihm lange aushalten würde.

Der selbe Name sei nur Zufall. In einem Dorf hat man es oft, dass Leute den selben Namen haben. Wahrscheinlich sind die sogar verwandt, aber das ist schon so lange her, so dass sich keiner mehr erinnern kann.

Eh, dieses Fräulein Meyer wurde immer dicker. Da konnteste fast zugucken. Bald würde der Bauch so dick sein, dass sie nicht mehr an den Flaschenautomaten heranreichen würde, um die Flaschen ins Loch zu schieben. Ich müsste ihr anbieten, das für sie zu erledigen. Tolle Geschäftsidee mal wieder, fand ich.

Dazu müsste ich mal eine Liste mit dicken Leuten anfertigen. Denen könnte ich helfen. Die leeren Flaschen würde ich bei denen zu Hause abholen und sie zum Dorfladen bringen. Die wären ihre Flaschen los und ich könnte gleichzeitig Euromarks sammeln. Das Geld käme zu den anderen Euromarks unters Bett.

Mutta sagte, das mit dem Bauch wäre irgendwann wieder vorbei. Das würde nicht mehr so lange dauern. Da im Bauch wäre ein Baby drinne.

Echt?! Wer macht denn so was? Wozu?

Oma Herta hatte auch bereits bemerkt, dass dieses Fräulein Meyer dick geworden war. Normal sei das nicht, denn die hätte noch nicht einmal einen Vater für das Kind. Das wüsste Oma, denn es hätte sich sonst schon lange im Dorf herumgesprochen. Im Dorf weiß man eher, wenn jemand schwanger ist, als die schwangere Person selbst.

Oma Herta schüttelte den Kopf. Die Meyer weiß nicht, wie der Erzeuger heißt und welcher Mann überhaupt Schuld war. Skandal! „Flittchen!" sagte Oma. Ich überlegte und fragte, ob Mutta auch ein Flittchen sei. Und als ich dann fragte, ob Oma mit Opa Walter verheiratet gewesen war, als Mutta produziert wurde, verschluckte sie sich am Kaffee, den sie gerade frisch aufgebrüht hatte.

Danach sagte Oma Herta nichts mehr. Glaube, sie hatte sich die Schnute verbrannt.

So ein paar Gedanken machte ich mir nun, wie die das Baby in den Bauch hinein bekommen hatten. Tut so was nicht weh? Irgendwann müssen die das Kind auch wieder rausholen. Ein Kind im Bauch muss doch furchtbar unbequem sein. Mutta sagte, das wäre normal. Aber Mutta ist manchmal noch von früher.

Heute braucht niemand mehr ein Baby im Bauch durch die Gegend zu tragen. Heute machste Internet an, dann Kreuze auf einer Liste und schon kannste die Bestellung abschicken. Ganz einfach. Das Kind wird mit der Post frei Haus geliefert.

Mutta war damals noch Selbstabholer. Weißte, ich komme aus Blankenhausen. Dort wurden früher viele Kinder gemacht, die persönlich abgeholt werden mussten. Das war ganz schön aufwendig. Heute mit dem Internet geht Vieles ganz einfach. Schuhe zum Beispiel.

Mutta macht „Klick" und ein paar Tage später sind die Schuhe zu Hause. Vatta merkt das gar nicht. Der würde garantiert meckern. Wenn er Mutta fragt, ob sie schon wieder neue Schuhe hätte, antwortet sie immer, die hätte sie schon ganz lange. Weil Vatta sich das nicht merkt, ist für ihn die Welt wieder in Ordnung. Auch wenn dabei so ein komisches Gefühl zurück bleibt.

Schuhe interessieren ihn nicht. Die sehen alle gleich aus. Da kann ihm Mutta alles erzählen. Er würde es glauben müssen. Außer das eine paar Stiefel. Das kennt er sehr gut. Aber ich finde, da hatte Mutta Mist gekauft. Mit diesen Dingern kann sie gar nicht richtig laufen. Ich sah sie, wie sie im Schlafzimmer versuchte, ein paar Schritte zu machen. Mutta stürzte ins Bett. Sogar Vatta lachte. Dann machten sie die Schlafzimmertür zu. Sie wollten wahrscheinlich heimlich üben.

In den Garten kann Mutta mit diesen Schuhen auch nicht gehen. Obwohl die Dinger wie Gummistiefel aussehen. Die haben ganz hohe Haken. Damit würde sie sofort im Beet stecken bleiben. Für Gartenarbeit sind diese Dinger nicht geeignet. Das sehe ich sofort.

Ich hörte, man nennt diese Schuhe „Bettstiefel". Die wären gar nicht zum Laufen gemacht. Die zieht man nur im Bett an. Warum macht man denn so was? Manchmal verstehe ich gar nichts.

Immerhin sind das die einzigen Schuhe, die Vatta gut kennt. Komische Sachen gibt es!

Mutta erklärte dann, ein Baby im Bauch wäre Natur. Normal und Biologie. Ich glaube, ich verstand das so ein bisschen. Es gab ja immer mehr Trends. Man macht wieder mehr Natur und schreibt dann „Bio" drauf. Das Baby bekam wahrscheinlich viel Freilauf und ist aus Bodenhaltung. Da stehen dann auch keine E-Nummern auf den Beipackzetteln drauf. Musste mal schauen! Beim Bio-Quark zum Beispiel.

Ein Freilandbaby muss also ganz gesund aufgewachsen sein. Weißte, immer mehr Leute wollen keine Chemie essen. Nur leisten kann es sich nicht jeder. So ein freilaufendes Bio-Baby ist sicher ganz schön teuer. Ob ich „Bio" bin, weiß ich aber nicht. Oma Herta meinte immer, obwohl Bio drauf steht, wisse man nie, was wirklich drinne ist. Es gäbe überall Betrüger.

Als Mutta mir gerade noch erklären wollte, wie Babys in den Bauch kämen, kam Vatta zur Tür herein und erzählte mal wieder etwas von Bienen und Blumen. Er sei eine Biene und wolle gleich mal auf die Blume fliegen. Er hätte Lust auf Bestäuben. Mutta schmiss ihn sofort raus. „Geh ins Schlafzimmer!", sagte sie. Vatta spurte sofort. Das war eigentlich unüblich bei ihm.

Danach war das Gespräch beendet. Komisch. Mutta ging Vatta hinterher und wollte ihm unter vier Augen etwas erklären. Mutta hatte wahrscheinlich richtig dolle mit ihm geschimpft. Vatta sah hinterher fix und fertig aus.

Ich machte mir echt Gedanken. Was war denn so schlimm an Bienen und Blumen, dass Vatta sofort raus musste? Ein schlimmes Geheimnis?

Vatta verschwand dann im Keller und desinfizierte sich. Der Arme war krank. Es war bestimmt etwas Schlimmes. Zum Glück tauchte er bald wieder auf und schien völlig geheilt zu sein.

Oma Herta meinte immer, dieses ganze Theater um Kinder gab es früher nicht. Heute wollen alle ganz wissenschaftlich Kinder züchten. So mit Genen und so Zeugs. Dann wollen sie am liebsten lange vorher wissen, ob es ein Junge oder ein Mädchen wird. Die Zeit brauchten die Eltern auch, um sich verrückte und bekloppte Namen zu überlegen. Diese kann sich dann niemand merken und die Kinder bekommen doofe Spitznamen, die sich auch kaum einer merken kann.

Früher wurde genommen, was man bekommen hatte. Man hatte ja nichts. Das Kind bekam den Namen von Opa oder Oma und dazu noch den vom Vater oder Mutter. Fertig! Musste auch alles schnell gehen. Man hatte keine Zeit.

Die Mütter mussten damals auf dem Feld arbeiten. In der Mittagspause sind sie schnell mal rein, haben das Baby abgeholt und nachmittags waren sie wieder auf dem Feld. So einen Quatsch wie heute machte niemand. Oma kannte sich wirklich gut aus.

Heute ist das Kind kaum auf der Welt, kommt ein Psychologe vorbei und stellt fest, dass das Kind von der Umwelt bereits schwer geschädigt ist. Das Baby hat dann Krankheiten, die es früher nicht gab. Später kümmern sich dann viele ausgebildete Leute darum, dass aus dem Kind doch noch was halbwegs Vernünftiges wird. Die Eltern haben selbst Probleme und müssen sich Selbstverwirklichen.

Oma meinte, die Eltern können ihre Kinder vor lauter Wissenschaft nicht mehr normal erziehen. Das könnten sie nicht mehr, da sie es selbst nicht gelernt hatten. Die fehlende Erziehung sollen dann die Lehrer in der Schule wieder gerade biegen. Wenn die Lehrer das Unmögliche nicht schaffen, gibt es auf die Mütze.

Wie sich Eltern beschweren können, hatten sie aber gelernt. Darin sind sie geübt. Da geht es dann mit voller Wucht drauf. Ob Eltern schlau oder nicht so schlau sind, sei dabei egal. Dort sind sie König. Verantwortung verteilen, ist einfacher, als selbst Verantwortung zu übernehmen.

Am Ende sind alle kaputt, brauchen einen Psychologen und schaffen es nicht bis zur Rente. Das Kind sitzt schwer geschädigt im Kinderzimmer und macht Computerspiele. Der Psychologe braucht auch einen Psychologen. „So ist das!", schimpfte Oma.

Ich verstand schon lange nichts mehr. Mein Gehirn hatte sich schon vor einiger Zeit ausgeklinkt. Oma war puterrot und ich machte mir echte Sorgen. Ich brachte ihr einen Schnaps zum Desinfizieren und nach drei weiteren Schnäpsen ging es ihr zum Glück wieder besser. Dass sie jetzt nicht mehr reden konnte, war mir ganz recht.

Das mit den Kindern machte mir jetzt noch mehr Angst, als vorher. Onkel Herbert machte es richtig. Der wusste Bescheid. Das mit der Erziehung war wohl ein echtes Problem. Aber damit kannte ich mich schon etwas aus. Klappt was nicht, gibt's aufs Maul. Verstehste?

Naja, die Lena mag so was nicht. Ich sollte sie mal fragen, ob sie mehr zu diesem Thema weiß. Die hat immer viel Ahnung. Vielleicht weiß sie auch, warum Vatta eine Biene ist.

Staubsauger

Alder, der Trainer kam wieder mit einer tollen Idee zum Training. Der hatte sich bestimmt die ganze Nacht um die Ohren gehauen und dann den Einfall gehabt. Immerhin stand das Pokalspiel vor der Tür und da musste alles gut vorbereitet sein. Sauber und ordentlich.

„Wir spielen mit Staubsauger vor der Abwehr!", erklärte er uns dann. Aha, gute Idee. Darüber würde ich natürlich sofort nachdenken. Da konnte ich mich auf mein Gehirn immer gut verlassen. Wenn es um praktische Dinge ging, war es sofort auf Betriebstemperatur. Mir fiel ein, dass Vatta in dem Haus, wo das Auto immer drinne steht, einen großen

Staubsauger hat. Industriestaubsauger sagte er dazu. Damit kann man irgendwie Industrie weg saugen. Der ist ziemlich groß und hatte sogar Rollen drunter. Für Rasen sollte das Ding auch taugen, dachte ich mir.

Ich war also ganz schlau und hängte das Teil hinter das Fahrrad. Das funktionierte echt gut. Das Fahrrad musste ich zwar schieben, aber immer noch besser, als den Sauger durch die Gegend tragen zu müssen. Der war nämlich ganz schön schwer. Ich freute mich auf die freudestrahlenden Gesichter meiner Mitspieler. Meine Leute von der Germania würden sicher staunen, wie schnell ich die neue Taktik umsetzen konnte. Schnell hatte ich alles vorbereitet und Staubsauger mit dem Kabel am Haus festgemacht. Alles fertig und gut!

Dann kamen auch schon meine Leute. Die staunten echt. Die freuten sich ganz laut. „Genau das hatten wir von dir erwartet", sagten sie. So ein bisschen fühlte ich mich wie ein Held.

Der Trainer nahm mich dann Beiseite, um noch einige Feinheiten zu besprechen. Der Staubsauger vor der Abwehr sei gar kein richtiger Staubsauger, meinte er. Man sage das nur so. Das wäre eigentlich der „Sechser", also der Spieler, welcher vor der Abwehr alle Bälle wegfangen soll. Sozusagen die Bälle, die da kommen, aufsaugen. Na gut, man lernt eben immer mal wieder etwas dazu! Aber da der Staubsauger nun mal da war, organisierte ich ein großes Saubermachen.

Echt, alle hatten Spaß und es wurde ganz schick! Allerdings motivierte ich meine Leute von der Germania mit zwei Kisten Bier und Mettbrötchen, die bei uns eigentlich Gehacktesbrötchen heißen. Aber das versteht wohl nicht jeder. Das Ganze bezahlte ich mit Flaschengeld aus meinem Konto von unter dem Bett. Als Kapitän muss man schon mal Opfer bringen!

Bald würde ich für meine aufopferungsvolle Arbeit eine Auszeichnung bekommen. „Oscar" oder „Echo" heißen diese Pokale. Dann renne ich über einen Teppich und alle freuen sich. Die machen viele Fotos und dann siehste mich in den bunten Zeitungen von Mutta.

Muss unbedingt das Laufen über einen Teppich üben. Ohne Stürzen. Sicher ist sicher! Ein Sturz vor der Weltöffentlichkeit wäre superpeinlich.

Schwimmhalle

Altar, die Lena rief an! Sie hörte, ich hätte mal wieder etwas Großes vor. Klar, das hatte ich doch immer! Von Onkel Herbert hörte sie, ich würde wieder ein großes Volksfest vorbereiten. Es wunderte mich nicht, dass sich großartige Dinge schnell rumsprachen. Daran hatte auch der Dorfpräsident Schuld. Der machte überall fleißig Werbung.

Der Chef fing nämlich bereits an zu kämpfen. Wahlkampf nannte er das. Kannte ich nicht. Ob er dann einen Pokal gewinnen würde? Aber sollte er gewinnen, würde er ganz sicher auch zum Rathausbalkon laufen, was in Dereberg eigentlich nur eine Tür ist. Ich würde mich sogar freiwillig in die Tür stellen und die Parade abnehmen. Eh, ich müsste unbedingt ein goldenes Buch besorgen, wo er seinen Namen reinschreiben kann. Hast du zufällig eins zu Hause rumliegen? Dann schenke es mir bitte! Muss auch kein echtes Gold sein.

Du, bei der Gelegenheit fragte mich die Lena, ob ich mit ihr in die Schwimmhalle gehen wolle. Da könnte man schön baden und bei dieser Gelegenheit könnte ich ihr einmal erklären, was ich so alles für das Fest geplant hatte. Sie wollte mir sogar helfen. Es war wirklich eine nette Idee. Also das Helfen. Das mit dem Baden war allerdings nicht so mein Ding. Ich hatte nämlich immer noch kein Seepferdchen.

Völlig überraschend für mich sagte ich der Lena zu. Anstatt „Nein", platzte mir ein lautes „Ja" heraus. Es waren auch nur noch ein paar Tage bis dahin. Das war echt knapp! Abends ließ ich mir gleich Wasser in die Badewanne ein. Mutta wunderte sich, dass ich mich waschen wollte. Eigentlich sparten wir immer noch Wasser. Alles war streng rationiert. Auf den Balken hinter dem Haus gingen wir auch immer noch. Zum Glück war es wieder warm draußen. Es ist echt nicht schön, wenn man mit dem nackten Hintern am Balken festfriert. Wenn dich dann Mutta vom Balken mit heißem Wasser wieder losmachen muss, ist es sehr unangenehm und peinlich. Verstehe mal!

Ich erklärte Mutta das mit der Schwimmhalle und dass ich dringend etwas üben müsse. Dafür muss man auch mal Opfer bringen und einmal richtiges Wasser in die Badewanne rein. Entschlossen machte ich meine Schwimmflügel um und stieg in die Wanne. Sicherheit ging vor.

Dann war es soweit. Der Tag war da. Ich packte alles ein, was ich so brauchen würde. Meine Badehose und noch eine zweite für drüber zu ziehen, meine Wasserspritzpistole, einen Wasserball und mein Quietsche-Entchen. Sonst saß das immer am Rand der Badewanne, aber ich fand, es sollte auch mal etwas Anderes sehen. Das Wichtigste waren meine Schwimmflügel. Mutta packte das alles wieder aus und meinte, es wäre peinlich. Ich wäre kein Kind mehr. Die Schwimmflügel durfte ich behalten. Die sein zwar auch peinlich, aber da ginge meine Sicherheit vor.

Mutta brachte mir noch zwei Handtücher. Eins für oben und eins für unten. Ich sollte es mir merken. Das für unten sei das dunkele und das für obenrum das helle

Handtuch. Denn unten ist „Iii" und ich sollte mir damit den Hintern abtrocknen, aber dann nicht mit dem „Iii-Tuch" durch das Gesicht wischen.

Fürs Gesicht sollte ich dann das helle Handtuch nehmen. Ich wusste nicht, warum ich nach dem Waschen da unten immer noch „Iii" war. Ich müsste doch überall gleich sauber sein. Mutta erklärte, sie wüsste das auch nicht, aber das wäre schon immer so gewesen. Na gut, vielleicht gab es einen tieferen Sinn, der in unserer heutigen Zeit verloren gegangen war.

Die Leute machen heute oft noch Sachen, von denen sie keine Ahnung haben. Keiner weiß mehr warum, aber alle machten es, wie es schon immer war. Kunststoff-Fußbodenbelag bohnern zum Beispiel.

Es gab zu Hause immer wieder Ärger, wenn Vatta Handtücher oder Decken zusammenlegte. Er machte es richtig schön auf Kante. Sah auch gut aus. Aber Mutta sagte, es sei falsch. Dann zeigte sie es ihm nochmal richtig. Das war dann auch alles auf Kante, aber etwas anders gefaltet. Für Vatta und für mich sah das gleich aus.

Warum musste man das unbedingt so falten? Weil es schon immer so war!

Macht man so!

Wenn du selbst überlegst, fallen dir sicher auch ganz viele Dinge ein, die genauso schräg sind. Machst du manchmal auch irgendwas, ohne zu wissen, warum du das machst?

Oma Herta war wieder fit und hatte dazu auch etwas zu sagen. Die meinte, Politiker wissen auch oft nicht, was sie tun. Die bestimmen zwar, aber überlegen manchmal nicht, was sie damit in ein paar Jahren anrichten könnten. Sie meinte, wo denn der gesunde Menschenverstand geblieben war. Wenn kein Geld da wäre, sollten sie das einfach sagen und nicht komische Ausreden und Beschlüsse erfinden. Oma drohte wieder zu erröten. Ich konnte sie aber beruhigen.

Das liegt an den Diäten, die sie machen müssen, erklärte ich ihr. Denen fehlt oft einfach nur die Kraft. Mit Hunger im Bauch kann man nicht gut denken. Ich würde schon noch eine Feldküche besorgen. Dann kann sie die Leute gesund kochen. Damit war sie im Augenblick zufrieden und ihr Gesicht nahm wieder normale Färbung an.

Die Lena und ich gingen nun rein in die Schwimmhalle und mussten uns gleich umziehen gehen. Bisschen nervös war ich, da ich niemanden weiter sah, der Schwimmflügel trug. Ich hoffte, Lena würde mich nicht auslachen. Da musste ich jetzt leider durch. Aber ich war ja hart! Ich sprang in meine Badehosen und es konnte losgehen.

Du, echt große Schränke hatten die dort. Ganz bequem. Man konnte drinne stehen und sogar die Klamotten gut sortiert aufhängen. Sogar eine Bank war dort eingebaut. Da konnteste dich hinsetzen, um besser an die Schuhe zu kommen. Die Füße sind nämlich weit weg von den Händen. Da kommste im Sitzen viel besser dran. Wo ich dann den Schlüssel zum Abschließen reinstecken sollte, konnte ich nicht entdecken. Dumm fragen wollte ich aber auch nicht. Mich würde schon niemand beklauen. Da machte ich mir eigentlich keine Sorgen. Den Schrank ließ ich einfach offen.

Eh, die Lena hatte eine komische Badehose an. Die ging hoch bis an den Hals und wurde hinten am Hals zusätzlich festgebunden. Hatte ich so noch nie gesehen. Aber sie hatte ja eine starke Brustmuskulatur. Die wollte Lena sicher schön warm halten. Ganz schnell bekommt man eine Zerrung, wenn die Muskulatur kalt wird. Wärme ist da gut als Schutz.

Lena lachte nicht über meine Schwimmflügel. Wirklich nicht. Sie meinte, ich brauchte die nicht, denn ich könnte überall im Becken gut stehen. Lena wollte baden und nicht schwimmen und sie würde gut auf mich aufpassen. Ich war erleichtert, denn ich bemerkte, wie einige Leute lächelten. Die machten sich scheinbar lustig. Maul hauen ging nicht wegen der Lena.

Haste mal so eine komische Badewanne gesehen? Die ist ganz groß, rund und ist mit richtigem Wasser drinne. Sogar ganz warmes Wasser. Ich glaubte, das Wasser würde kochen. Es sprudelte genau so, wie im Kochpott, wenn Oma Herta Kartoffeln kochte. Kartoffeln waren aber nicht drinne. Eigentlich sah es eher wie ein ganz großer Eierkocher aus. Aber wer würde denn so viele Eier essen? Du, das Wasser kochte gar nicht. Es war nur sehr schön warm. Diese Blasen waren aus Luft und krabbelten so schön am Körper. Manchmal krabbelten die Blasen gefährlich schön, so dass ich die Augen schließen musste. Das müsste ich zu Hause unbedingt nachbauen. Brauchen wir auch dringend.

Die Lena und ich redeten lange in diesem Eierkocher. Meine Ideen für das Fest fand sie richtig gut. Ich freute mich, dass sie mich unterstützen wollte. Sie machte es wahrscheinlich nur wegen mir.

Eins muss ich noch erzählen. Zum Abschluss gab es noch eine große Aufregung. Meine Klamotten waren weg! Mein Schrank war leer. Ich sofort hin zum Bademeister. Der hatte zum Glück eine Idee. Na, ein Glück! Ich vergaß einfach nur, in welcher Reihe mein Schrank war. Tatsächlich, ich hatte den Überblick verloren. Es war auch noch alles da. Der Bademeister meinte aber, das sei kein Schrank, sondern nur eine Kabine zum Umziehen. Das stände auch auf den Schildern überall drauf. Naja, du weißt schon, das konnte ich ja nicht lesen.

Der Meister zeigte mir dann aber noch die richtigen Schränke, um die Klamotten zu verstecken. Aber die waren echt klein und ungemütlich. Wenigstens lernte ich mal wieder etwas dazu. So was lernste nicht in der Schule. Das lernt man nur im Leben drinne!

Der ganze Tag im Bad hatte wirklich richtig Spaß gemacht. Die Luftblasen schienen immer noch zu kribbeln.

Die Lena sah anders aus als ich, das ahnte man schon durch ihre Badehose. Aber gut sah sie aus irgendwie. Anders eben. Ich war etwas neidisch. Leider tat mir diese Aufregung nicht gut und ich bekam wieder Herzklopfen und partielle Muskelverspannungen. Später zu Hause war mir immer noch ganz heiß. Das ging dann mit Wodka in Vattas Keller wieder weg.

Mir fiel Onkel Herbert wieder ein und was der immer so über Frauen und die Probleme erzählte. Die Prozente beseitigten die Bakterien, die das Gehirn durcheinander brachten, ganz gut. Am nächsten Morgen war nur noch ein leichtes Brummen im Kopf zurückgeblieben.

Geschäftsessen

Alter, ich sah im Fernseher drinne etwas ganz Wichtiges! Etwas, das ein Geschäftsmann oder Manager ganz dringend braucht: Geschäftsessen! Kennste Geschäftsessen? Da geht man zusammen was essen und trinkt was Schönes. Dabei kann man sich sehr gut unterhalten. Ganz entspannt. Zum Schluss macht man sein Geschäft.

Man sollte langsam essen, denn sonst kann man nicht gut reden. Also nicht rein stopfen! Oma sagte zu mir auch immer: „Mit vollem Mund spricht man nicht!", wenn ich ohne Pause ihre Rouladen in den Mund schaufelte und ihr dabei gleich ein paar Neuigkeiten berichten wollte.

Zu Hause kam ich erst gar nicht zum Reden. Da ging es nur um Geschwindigkeit. Sarah-Herta und Vatta aßen nämlich so schnell, dass ich nicht satt werden würde, wenn ich zusätzlich erzählen würde. Da ging es nur um Tempo und Sättigung. In kürzester Zeit möglichst viel essen. Das war es!

Mutta war immer etwas sauer. Was sie stundenlang gekocht hatte, würden wir in ein paar Minuten runter schlingen. Vatta sagte immer: „Zeit ist Geld!" Und ich wollte einfach nicht hungrig vom Tisch aufstehen müssen. Kocht doch selbst, meinte Mutta. Dann wüssten wir, wie es ist, wenn sich stundenlange Arbeit in Nichts auflöst! Ja, vielleicht sollte ich das mal probieren. Spiegelei hatte ich in der Schule gelernt. Vielleicht würde ich das sogar allein schaffen.

Mutta schimpfte dann auch immer weiter. Wir hätten keinen Respekt vor ihrer Arbeit. Kultur hätten wir auch nicht und würden die Lebensmittel nicht achten. Ich stellte mir vor, wie ich erst noch mit dem Schnitzel und der Gurke redete und ein paar Komplimente machte. Eine persönliche Beziehung zum Essen aufbauen gewissermaßen. Na ich weiß nicht, ob das was bringt. Ist die Gurke dann zufriedener?

Weißte, wenn ich dann eine persönliche Beziehung aufgebaut hätte, würde ich das Schnitzel und die Gurke nicht mehr essen wollen. „Man isst nichts, was einen Namen hat!", sagte Oma auch immer. Aber mit dem Essen reden, ist irgendwie albern. Manche Leute reden auch mit Bäumen oder Pflanzen im Garten und spielen ihnen klassische Musik vor. Die sollen davon besser wachsen. Wenn ich die hinterher esse, ist es auch irgendwie gemein! Oder?

Ich selbst hörte viel Musik, und Mutta und Vatta redeten viel mit mir. Na gut, meistens schimpften sie, aber es war sehr persönlich. Größer geworden bin ich dadurch aber auch nicht.

Zu einem Geschäftsessen sollte man vielleicht satt gehen. Dann müsste man nicht schlingen, sondern könnte in Ruhe essen und dabei erzählen. Ich wollte unbedingt den Fabian zum Geschäftsessen einladen. Den brauchte ich nämlich jetzt ganz dringend.

Ich lief auch sofort zu Oma Herta und fragte sie, ob sie für mich und Fabian ein Geschäftsessen kochen würde. Aber der Haken sei, der Fabian wäre Vegetarier. Der ist kein Fleisch. Noch nicht einmal Würstchen. Das würde er sogar freiwillig machen, weil er es wollte. Nicht wie bei Kevin-Melvin und seinem Vater. „Dann mache ich Gemüse, geschmort", sagte Oma. „Aber ohne Butter, das ist Kuh!", rief ich ihr noch zu. Das hörte sie nicht mehr.

Vorsichtshalber fragte ich den Jens nochmal, ob in Gemüse Fleisch wäre. Er beruhigte mich und es wäre gut für Fabian. Der erzählte dann wieder etwas von „Bio" und regional, aber das waren mir zu viele Informationen.

Fabian sagte auch sofort zu und freute sich echt auf das Geschäftsessen. Warum er satt kommen sollte, verstand er aber nicht. Aber er meinte, er hätte Kultur und wüsste, wie man sich benimmt. Kultur wäre ihm sozusagen in die Wiege gelegt worden. Na gut, das sollte er dann für sich selbst entscheiden.

Leute, mein erstes Geschäftsessen lief super! Mir hatte das Gemüse auch geschmeckt. Kann man mal machen. Aber da Fleisch aus Muskeln gemacht ist und ich Muskeln brauchte, werde ich nur ab und zu mal Grünzeugs essen. Wenn es aber einem guten Zweck dienen sollte, mache ich das natürlich auch wieder. Da muss man schon mal über seinen Schatten springen. Wie Mutta schon sagte: Als Manager muss man auch mal unbequeme Dinge tun. Manchmal hat sie Recht!

Ich konnte zum Glück den Fabian für unsere Videoanalyse gewinnen. Wir versuchten das ja schon einmal. Aber die Biertrinkerfans filmten alles, nur nicht unser Spiel. In der zweiten Halbzeit konnten sie die Kamera nicht mehr halten und sich selbst auch nicht mehr. Dadurch wurde unser Expertenstammtisch im Anschluss vom Spiel ein Schuss in den Ofen und die Videoanalyse fiel ins Wasser.

Der Fabian hatte das ganz besondere Talent. Das sind oft Dinge, die man hat, oder nicht. Er war genau der Richtige für solche Sachen. Im Punktspiel würden wir einen Test machen und wenn dann das Pokalspiel gegen

Blankenhausen käme, würden wir das so machen, wie die im Fernseher drinne mit den Experten. Leute, die immer ganz schlau reden, haben wir auch unter unseren Fans. Die Opas, die immer alles besser wissen.

Der Fabian sagte also zu und würde sogar seine eigene Kamera mitbringen. Einen Dokumentarfilm mit Interviews in der Kabine würde er auch nicht machen, obwohl er es sehr schade fand. Als Kompromiss sollten wir aber mit unseren pinken Laibchen spielen. Immerhin spielten die in der Bundesliga auch oft in Pink und ein bisschen Freude wolle er schließlich auch haben.

Das mit den Laibchen müsste ich aber noch meinen Leuten von der Germania verklickern. Aber das würde ich schon hinbekommen. Oder es gäbe einfach mal wieder aufs Maul. Dann müsste es eben wieder einmal sein! Das dürfte allerdings die Lena nicht erfahren. Also bitte nichts verraten.

So ein Geschäftsessen ist voll geil. Musste dir unbedingt merken! Und ich habe auf dem Weg zum erfolgreichen Manager wieder eine Erfahrung gemacht.

Weißte, ich wurde doch etwas nervös. Diese Vorbereitungen für das Dorffest nahmen viel Zeit in Anspruch und zeitgleich suchten die Bayern einen neuen Sportdirektor. Das ist so was wie ein Manager. Der muss sich immer um alles kümmern. So, wie ich das auch immer mache. Der hat es aber viel leichter, denn der kümmert sich nur um Sport. Deshalb heißt der auch so. Fußball ist nämlich auch Sport. Falls du es nicht wusstest, weißte es jetzt.

Ich machte mir nun echt Sorgen, dass der Uli von den Bayern mich ausgerechnet jetzt anrufen würde. Sicher hörte der auch schon von meinen Fähigkeiten auf diesem Gebiet. Nicht nur als Fußballer. Mir war klar, meine Managerfähigkeiten würden sich auch bis München herumsprechen. Ich hätte dann ein echtes Problem. Ich müsste dem Dorfpräsidenten kurzfristig absagen. Mitten in den Vorbereitungen. Das wollte ich eigentlich auch nicht. Das wäre nicht mein Stil. Dann müssten die Bayern eben noch etwas auf mich warten. Ich hoffte schon, die Bayern würden das verstehen.

Der Philipp, der Kapitän, hörte nun auf mit dem Rumspielen und wollte gern Sportdirektor werden. Aber nun doch nicht. Vatta meinte, das wäre auch richtig so, denn nach Fußball sollte er noch ein bisschen lernen. Da hatte ich ihm schon ganz viel voraus, denn ich hatte bereits ein Praktikum bei Platzwart Holger gemacht. Da sammelte ich bereits wichtige Erfahrungen. Auch als ich den Uwe auf dem Transfermarkt verkaufen wollte. Auch Misserfolge lernen. Meine Erfahrungen bei den Vorbereitungen unserer Fußballfeste waren auch nicht zu unterschätzen. Aber du weißt ja Bescheid.

Mit dem Fabian war alles geklärt. Er konnte sich nun vorbereiten. Beim Punktspiel filmte er ein wenig, um den besten Platz, Winkel und Einstellungen zu finden. Er besorgte noch drei weitere Kameras. Zwei für hinter das Tor, eine feste Kamera in der Mitte und seine gute bewegliche Kamera, mit der er auch auf dem Feld hin und her laufen konnte. Immer an der Linie lang. Auf Ballhöhe.

Alles funktionierte und ich war stolz auf Fabian. Als Dank gab ich ihm einen Schmatzer auf die Stirn. Das mochte er gern.

Dorfladen

Wette

Aldar weißte, mein Kollege kam zu mir. Er hatte echt mal wieder Karten für Blau-Weiß Madeberg. Echt, das war ja voll geil! Ich freute mich natürlich ganz dolle. Da würde wieder viel Stimmung sein und so viele Leute siehste sonst nie auf einem Haufen. Noch nicht einmal beim Dorffest in Dereberg.

Die Madeberger schafften es tatsächlich, vorne in der Tabelle mitzuspielen, auch ohne immer zu gewinnen. Normalerweise geht so was schnell in die Hose. Dann findeste dich plötzlich hinten in der Tabelle wieder. Aber die anderen Mannschaften wollten auch einfach nicht gewinnen. Da kannste schnell mal bei einem Unentschieden nicht zwei Punkte verlieren, sondern sogar einen Punkt gewinnen.

Das ist so wie bei einem Schützenfest. Da willste gar nicht Schützenkönig werden, wegen zu teuer und dann biste plötzlich doch König und musst die ganzen Betrunkenen bezahlen. Es reicht eben nicht, nur ein bisschen daneben zu schießen. Da musste schon konsequent sein und richtig vorbei ballern. Dass die anderen Schützen vorbei geballert hatten, erkennste daran, dass in den Scheiben keine Löcher sind. Dafür liegen ganz viele Tauben tot in der Gegend rum. Musste mal gucken! Aber erst, wenn das Schießen vorbei ist, sonst liegste plötzlich selbst neben den Tauben rum.

Weißte, mein Kollege oder Kumpel, wie Vatta immer sagt, bat mich sogar ganz dringend nach Madeberg mitzufahren. Er meinte, es ginge um was ganz Wichtiges. Außerdem war es immer sehr lustig mit mir, da immer etwas Blödes passierte. Hinterher hatten alle was zum Lachen. Eine ganze Woche lang.

Ich hörte ja schon, dass die Kollegen mit denen er arbeitete, gerne Wetten abschlossen. Bei denen war ich der Held. Die wetteten nämlich auf mich. Ich war sozusagen berühmt. Das wunderte mich eigentlich auch nicht!

Die Lena meinte aber, die würden nur darauf wetten, dass mir irgendetwas Dummes passiert und was genau passieren würde. Die würden so richtig viele Euromarks für mich ausgeben. Als ich damals mit meinen blau-weißen Klamotten im Gästeblock jubelte, gab es für meinen Kollegen richtig viele Euromarks zu gewinnen. Davon redet der heute noch ganz stolz. Der wettete nämlich darauf, dass ich erst im Krankenwagen wieder aufwachen würde. So richtig konnte ich es aber nicht glauben, was Lena so erzählte. Glaubte nicht, dass mein Kollege mich nur benutzen wollte.

Wir fuhren als los ins Stadion. Diesmal kam noch ein anderer Kollege mit. Der hatte so einen komischen Namen. „Notar" hieß der. Aus irgendeinem Grund durfte der nicht wetten. Das erklärte mir mein Kumpel. Verstand ich aber nicht.

Der Notar filmte die ganze Zeit mit seiner Kamera. Bestimmt war das für die anderen Kollegen, die nicht mitkommen konnten. So konnten die hinterher das Spiel auch noch sehen. Das war wie die Videoanalyse. Kennste ja schon. Der Notar hatte aber auch keine Ahnung vom Filmen. Der filmte nicht das Spiel, sondern immer nur mich. Der konnte sich wohl nicht so gut orientieren. Die sollten auch mal den Fabian fragen, der konnte es viel besser.

Die Lena sagte mir vorher, wenn ich mein Feuerwerk oder den Baseballschläger mitnehmen sollte, wäre sie echt sauer auf mich. Ich sollte langsam erwachsen werden. Als Manager könne man das sowieso nicht machen. Es wäre so richtig blöd, wenn ich meine Profis begleitete zum Spiel, aber Stadionverbot hätte. Da hatte sie natürlich Recht. So hatte ich das noch nie gesehen.

Ich hörte einfach mal auf sie und machte im Spiel gar nichts. Als das erste Tor für Madeberg fiel, jubelte ich nur so nach innen hinein. Auch wenn wir im richtigen Block standen. Außerdem wusste man nicht, wer hinter einem stehen würde. Konnte nämlich auch ein falscher Fan sein.

Mein Kollege war hinterher richtig sauer, obwohl die Madeberger das Spiel gewonnen hatten. Keine Ahnung, was mit ihm passiert war. Es war doch ein Grund zur Freude. Dann dämmerte mir etwas. Hatte die Lena etwa Recht? Das hatte wohl doch etwas mit Wette zu tun gehabt.

Einer seiner Kollegen zu Hause wettete auf „Nichts" und räumte den Pott ab. Mein Kumpel meinte danach nur, er wüsste nicht, ob wir nochmal zusammen zum Spiel fahren könnten. Er müsse jetzt sparen.

Das mit dem Sparen kannte ich natürlich. Wenn ich ins Kino gehen wollte, musste ich auch sparen. Aber ich erzählte nichts über meine Geschäftsidee mit den leeren Flaschen. Sonst wilderte der noch in meinem Revier an Sarah-Hertas Schule. Er sollte sich selbst etwas überlegen.

Aber Lena freute sich hinterher. Das war auch schön. Irgendwie.

Dorfladen

Alter, ich bin echt gern bei Oma Herta. Sonntags machte ich immer noch meine Besuche zum Kaffeekränzchen. Das war auch ein bisschen wie Geschäftsessen. Lustig war es aber auch, da Tante Lotte sehr viel von früher erzählte. Das konnte sie gut. Außerdem bekam ich von Oma immer noch meine fünf Euromarks. Dass inzwischen alles teurer geworden war, bemerkte Oma leider nicht. Hans-Rudolf meinte, es wäre Inflation. Die schleicht so rum. Ganz leise und niemand merkt es richtig. Oft wollten die Leute vom Land oder von dem Deutschland einfach mehr Geld.

Steuern sagt man dazu. Ich wusste ja selbst, dass man nicht mehr Geld ausgeben kann, als man hat. Dafür musste ich nur mal in mein Konto rein schauen. Wenn der Strumpf leer war, konnte ich nichts mehr kaufen. Außer ich frage Mutta, ob sie mir was ausleiht. Kredit nennt man dann das, erklärte Hans-Rudolf. Das Geld muss man wieder zurück geben. Meistens aber mehr, als man vorher bekommen hatte. Dieses Mehrgeld sind Zinsen. Strafe muss sein.

Wenn denen da oben das Geld mal wieder ausgegangen ist, dann machen die mehr Steuern und schon passt es wieder. Das merkste oft gar nicht so richtig. Weil es schleicht. Du wunderst dich nur, dass die Euromarks schneller weg sind als früher. Vatta meinte, von dem Geld, das er verdient, gibt er fast die Hälfte als Steuern ab. Einfach so. Zack weg!

Mit den Steuern bezahlen die da oben alles was so bezahlt werden muss. Dinge, die für uns alle gut sind. Aber manchmal schmeißen die das Geld auch irgendwo hin. Das nennt man Verschwendung. Das geht denen oft leicht von der Hand, denn es ist nicht ihr eigenes Geld. Da hat man nicht diese persönliche Beziehung zu. Mit den Euromarks aus dem eigenen Konto würden sie nicht so locker umgehen. Wahrscheinlich.

Fremdes Geld ist kein richtiges Geld. Das ist eine Zahl. Funktioniert beinahe wie in einem Computerspiel, in dem man drei „Leben" hat. Ist im Spiel dann etwas ganz dolle schief gegangen, macht man Neustart. Da passiert nichts Schlimmes.

Oder Diäten werden teurer. Das bezahlt man auch mit Steuern. Diät kostet oft richtig Geld. Kaufe du mal „Bio" ein! Oder gesunde Sachen, vom Fleischer oder Bäcker aus dem Dorf. Das ist nicht billig! Dabei kämpfen die Lebensmittelhandwerker oft auch nur um ihr Dasein. Verdienste nicht viel Geld, musste ungesund essen.

Vatta schimpfte weiter. Wenn er dann einkaufen geht, bezahlt er von dem Geld, das ihm übrig geblieben ist nochmal Steuern. Die Dinge kosten nämlich nicht nur das, was sie kosten, sondern nochmal Mehrwertsteuer. Es bedeutet aber nicht, dass das Geld über Nacht plötzlich mehr Wert geworden ist.

Vielleicht heißt es so, weil das Zeugs eigentlich mehr Wert hat, als es kostet. Und diesen Mehrwert gibt man wahrscheinlich zur Strafe ab. Wird dein Geld knapp, musste sparen und gibst nichts mehr aus. Wichtige Dinge kannste nicht erledigen. Du gehst auch nicht mehr so oft schoppen mit Mutta.

Dann wundern sich die Geschäfte oder Handwerker, dass sie weniger Geld verdienen. Schon logisch, da die Leute keine Knete mehr haben. Wo soll es denn her kommen? Das musste erst mal kapieren.

Dann gehen die Geschäfte pleite und die Verkäuferinnen rennen zum Arbeitsamt. Da bekommen die dann Hilfe, die von Steuern bezahlt wird. Sollten aber immer mehr Leute Hilfe benötigen, müssen die Steuern erhöht werden. Dann reichen die Euromarks noch weniger. Die Knete geht noch eher zu Ende. An dieser Stelle kannste nochmal ein paar Zeilen zurück gehen. Nun biste drinne im Kreislauf.

Vielleicht erklärt dir Vatta das mal richtig. Musste ihn einfach mal fragen.

Gibt es eigentlich den Beruf des Steuernausdenkers? Muss es wohl. Da würden mir sicher ein paar Dinge einfallen. Das wäre noch eine Geschäftsidee!

Um mit Lena ins Kino zu gehen, musste ich ganz schön viele Sonntage zu Oma gehen und Unmengen Kuchen essen. Kuchen war kein Fleisch zum Glück. Aber viel Kohlen waren da drinne. So richtig gesund war das auch nicht. Das gehörte leider zum Opfer, das ich bringen musste. Geld könnte man sicher auch leichter verdienen.

Oma rief an. Sie brauchte dringend meine Hilfe. Sie hatte sich ihren Fuß verkrackelt und konnte nicht so gut laufen. Weißte, ihre Fenster mussten nämlich dringend geputzt werden. Wenn die Sonne morgens aus einem bestimmten Winkel auf die Fensterscheiben fiel, sah man Putzstreifen. Das mochte Oma überhaupt nicht. Was sollten die Nachbarn denn über sie denken? Oder Tante Lotte. Auch Tante Waltraut und Tante Hannelore würden sich sehr wundern. Morgen wüssten dann alle Leute im Dorf, bei Oma wären die Fenster so dreckig, dass man nicht mehr hineinschauen konnte.

Das war natürlich alles sehr übertrieben, fand ich. Man sah diese Streifen nur in der ganz frühen Morgensonne. So früh kam nie jemand zu Besuch. Selbst Tante Lotte kam erst später. Als Mann hätte man diese Streifen sowieso nicht gesehen.

Auch wenn es niemand sah, Oma Herta wusste es. Das reichte schon aus, um gleich alle Fenster zu putzen. Dazu gehörte natürlich, die Gardinen zu waschen. Das machte man so. Das kannte Oma schon von ihrer Mutter.

Oma kletterte mit ihren Latschen auf die Leiter. Beim Runterklettern passierte es dann. Sie verzählte sich. Oma Herta dachte, sie wäre schon auf dem Fußboden angekommen, als unerwartet doch noch eine Stufe kam. Kannste dir denken? Fuß verkrackelt und zusätzlich landete sie noch heftig auf der Hüfte. So passiert so was! Deshalb sichere ich mich immer mit meinem Strick. Ich wusste schon, warum ich das erfunden hatte. Man muss eben schlau sein!

Es war Freitag und Oma musste dringend einkaufen gehen. Das machte sie immer so. Immer freitags. Selbst wenn sie nichts brauchte, ging sie los. Sonntag würden wieder ihre Tantchen zum Kaffee kommen. Kaffeebohnen waren aber noch genug da. Sie hatte schließlich ihren Jahresvorrat im Angebot gekauft. Frische Sahne für den Kuchen brauchte sie aber noch. Und Zucker.

Tante Lotte sollte zwar nicht wegen dem Doktor, aber ohne drei Löffel voll Zucker im Kaffee schmeckte es ihr nicht. „Dann gehe ich eben ein paar Jahre eher von dieser Welt, aber auf meinen Zucker im Kaffee verzichte ich nicht!", sagte sie immer. „Was hat man denn schon noch vom Leben?" ergänzte sie gleich. „Wenn ich nicht mehr machen darf, was ich liebe, kann ich doch gleich gehen!" Oma und die anderen Tanten gaben ihr Recht. Die Alten hatten eben eine andere Perspektive aufs Leben. Leben ist nicht mehr unendlich.

Wenn Oma Herta dann im Dorfladen war, fielen ihr noch ganz viele Dinge ein, die sie doch noch brauchte. Und schon waren ihre Einkaufsbeutel so voll, dass sie die kaum nach Hause schleppen konnte. Mit dem verkrackelten Fuß ging nun fast gar nichts mehr. Also begleitete ich sie zum Dorfladen. Als Taschenträger.

Du, als Mann geht man in den Laden, packt alle Sachen in den Korb, geht an die Kasse und schon ist man wieder draußen. Zack ist der Einkaufszettel abgearbeitet, den Mutta aufgemalt hatte. Da musste nicht links und rechts gucken. Einfach gerade durch! Bei Oma ist das aber anders.

Oma Herta blieb gleich vorne direkt hinter der Tür stehen. Da stand ein Regal mit Dingen, die man unbedingt im Garten gebrauchen konnte. Sie schaute mal den Dingen so ganz in Ruhe zu, die dort rumlagen. Ab und zu drehte sie mal etwas um, weil sie diese Dinge dann besser beurteilen konnte. Oma brauchte allerdings nichts von dem Garten-Zeugs. Im ihrem Garten gab es nur Wiese und Bäume. Ein paar Sträucher noch für den Frühling. Das blühte dann so schön. Mehr schaffte sie sowieso nicht mehr im Garten. Die paar Kräuter am Küchenfenster reichten ihr aus. Da brauchte sie sich auch nicht bücken.

Das ging nun so weiter. Der Einkaufswagen füllte sich allmählich mit Dingen, die sie nicht kaufen wollte. Aber jetzt brauchte sie es ganz dringend. Man könnte ja vielleicht einmal... später... irgendwann... . Das gekaufte Zeugs kommt alles ins Lager. Was man hat, das hat man.

Oma war auch ganz allein im Laden. Das dachte sie scheinbar. Sie ließ den Wagen einfach mitten im Gang stehen, wenn sie zu einem Regal rannte. Andere Kunden schimpften dann, da sie nicht vorbei kamen. Wenn Oma zusätzlich noch auf Knien rumrutschte, um an die Sachen ganz unten im Regal heranzukommen, ging gar nichts mehr. Ganz unten waren immer die ganz billigen Sorten versteckt, meinte Oma. Das war ein Geheimtipp! Kannste dir auch mal merken! Sollten die anderen Einkäufer doch warten, denn jetzt kaufte sie hier ein! Oma im Dorfladen war wie ein Staatsbesuch. Jeder hatte sich ihr unterzuordnen.

Irgendwann war der Einkaufswagen ganz gefüllt mit Berg obendrauf. Man konnte also langsam Richtung Kasse schlendern. Wenn ich mit der Uhr gut klar kommen würde, könnte ich dir genau sagen, wie lange wir im Laden waren. Dreimal machte die Kirchturmuhr in der Zwischenzeit Spektakel. Auf dem Weg zur Kasse machte ich mir Gedanken, wie ich das ganze Zeugs bis zu Oma nach Hause schaffen könnte. Ich war zwar so ein ganz harter Typ, aber an irgendeiner Stelle war auch bei mir Schluss.

Kurz vor der Kasse änderte sich alles! Eben noch hatten wir alle Zeit der Welt. Plötzlich wurde es hektisch. An der Kasse da vorne standen so viele Leute, wie ich Finger an den Händen habe. Oma rief schon von Weitem: „Kasse zwei bitte! Sofort starteten ein paar Leute Richtung Kasse zwei. Der eine Opa drängte sofort von ganz hinten an die Spitze. Normalerweise ging der immer am Stock. Davon merkte man jetzt nichts mehr. Er rannte gekonnt ohne Stock los. Wunderheilung! Geschickt schob er seinen Wagen so vor sich her, dass sich zwei einkaufende Damen nur mit einem Sprung an die Seite retten konnten.

Jetzt musste alles ganz schnell gehen. Nachdem wir ewig rumtrödelten, zählte jetzt jede Minute! Oma Herta schätzte blitzschnell ab, ob es links oder rechts schneller gehen würde. Dazu rechnete sie ein, ob die Kassiererin selbst schnell oder langsam rechnete, wie groß der Einkauf der Leute war und wer dort in der Schlange stand. Links stand die alte Schmidt in der Reihe. Die vergaß immer das Wiegen vom Gemüse. Dann lief die Kassiererin los und packte alles Zeugs auf die Waage. Das dauerte natürlich.

Rechts stand der olle Herr Wagner. Dem fiel immer plötzlich ein, dass er ein paar Sachen doch nicht brauchte. Also nahm die Kassiererin alles wieder aus der Kasse heraus. Das dauerte natürlich auch etwas länger.

Oma entschied sich dann für Kasse zwei. Die Frau Schmidt kaufte aber diesmal gar kein Gemüse. Das blieb von Oma Herta erst unbemerkt. Oma schimpfte dann eine ganze Weile laut vor sich her. Sie ärgerte sich, weil sie sich verzockt hatte. Zwei oder drei Minuten verlor sie nun im Wettkampf gegen die Zeit.

Das Band, auf das wir unseren Einkauf verteilen wollten, gab nun eine kleine Lücke frei. Kaum war etwas Platz, kamen die ersten Teile draufgelegt. Das musste schnell gehen. Auch wenn es vorne noch etwas dauern würde. Eine komische Vorstellung ist es schon. Man denkt, wenn man hinten schnell macht, geht es vorne auch schneller. Dass die Kassiererin von der hektischen Aktivität ganz hinten vollkommen unberührt bleibt, verstehen die Wenigsten.

Hinter mir lauerte dann schon die nächste Einkaufende, um selbst ein freies Stück von dem Band zu erhaschen. Du, damit man noch schneller voran kommt, muss man ganz eng zusammen stehen. Dabei fuhr mir die Frau hinter mir ihren Einkaufswagen in meine Hacken. Bei der Germania hätte das schon längst die gelbe Karte gegeben. Aber hier war weit und breit kein Schiri zu sehen. Der Platz an der Kasse wurde zum gesetzlosen Schlachtfeld.

Endlich war Oma dran und musste bezahlen. Das mit dieser Plastik-Karte machte Oma nicht so gern. Da kann vielleicht jemand in das Konto gucken. Vielleicht auch böse Buben. Plötzlich sind alle Euromarks aus dem Konto verschwunden und niemand weiß, wo die geblieben sind. Geld sieht überall gleich aus. Das würdeste nie wiederfinden. Steht ja auch kein Name drauf.

Oma Herta bezahlt lieber mit Papier- und Klimpergeld. Das funktioniert auch dann, wenn mal kein Strom da ist. Man weiß schließlich nie, ob mal wieder Stromsperre kommt, wie damals nach dem Krieg, sagte sie immer. Das Geld in der Hand zu halten, war ihr sicherer.

„Ich habe es passend", sagte Oma der Kassiererin und suchte im Klimpergeld-Beutel nach den letzten Cent-Stücken. Die Frau hinter der Kasse wurde langsam unruhig, auch weil Oma sich immer wieder verzählte. Die Einkaufende hinter mir rammte ihren Einkaufswagen wieder in meine Hacken, als wenn es dadurch schneller gehen würde. Die Schlange hinter uns wurde nun immer länger.

Ein eiliger Käufer, der nur schnell eine Flasche Wasser kaufen wollte, fragte, ob er bitte vorgehen dürfte. Er hätte es eilig und müsse zur Arbeit. Den hätten die Leute in der Schlange fast verhauen. „Wir kaufen hier auch nur ein und stellen uns hinten an!", riefen sie im Chor. Auch wenn diese schon lange Zeit Rentner waren, und keine Termine hatten. Arzttermine nahmen sie schon immer morgens um sieben Uhr wahr. Danach machen sie nur noch Dinge, die sie immer schon machten. Aber wichtig war es nicht wirklich. Es war nur die tägliche Routine, ohne die sie durcheinander kommen würden. „Komme du mal in mein Alter, dann wirst du schon sehen, wie das ist!", sagte Oma dann immer.

Hier unter den Wartenden ging es ums Prinzip! Der Typ schmiss die Wasserflasche auf die Erde und rannte schimpfend zum Bus. „Diese Jugend von heute kann sich einfach nicht benehmen. Früher war das ganz anders!", rief ein Mann mit Hut hinterher. Die Menge klatschte Beifall. Ein anderer Opa wollte dem verzogenen jungen Mann mit seinem Gehstock noch eins drüber ziehen. Er war zum Glück etwas zu langsam. Dafür erwischte er eine Melone, die schon auf dem Band lag. Große Sauerei!

Inzwischen stellte Oma fest, dass ihr genau ein Cent fehlte. Sie nahm das ganze Klimpergeld zurück und holte einen Papierschein heraus. Dann ging alles ganz schnell und wir konnten endlich aus dem Laden heraus.

Drei Taschen links und drei Taschen in der rechten Hand schleppte ich durch das Dorf. Am schwersten waren die fünf Tüten Zucker. Warum Oma Herta gleich so viel Zucker brauchte, wusste ich nicht. Für Tante Lottes Kaffee würde es aber ausreichen.

Ich fuhr dann doch noch zum Training. Einfach den Kopf frei bekommen. Der Einkauf war sehr anstrengend. Oft würde ich das nicht aushalten. Wenigstens schenkte mir Oma das Wechselgeld. Nächstes Mal sollte mir Oma besser einen Einkaufszettel malen und ich würde den Einkauf allein erledigen. Sie würde Geld sparen und es würde zusätzlich viel schneller gehen.

Wenn man kurz nach Mittag einkauft, ist es außerdem viel ruhiger in dem Laden. Die Rentner machen dann alle Mittagsschlaf. Glaube mir! Musste mal drauf achten!

Beackern

Altar, der Trainer sagte im Training vor dem nächsten Spiel gegen FC Wienberge, der Mario solle die linke Seite beackern. Das wäre ganz wichtig. Ich wusste nicht, warum es so bedeutend war, aber ich wollte als Kapitän den Mario unterstützen.

Ich kannte mich mit den Arbeiten im Frühjahr aus, wenn die Beete umgegraben werden mussten. Dann musste die ganze Familie ran zum Helfen. Das war immer sehr anstrengend. Vatta aber meinte, es müsse sein, denn wir wollten schließlich Grünzeugs essen und Mutta wollte sich gern bunte Blumen anschauen.

Vatta war meine Arbeit immer viel zu langsam. Aber ich wollte schön vorsichtig sein. Wegen Arbeitsschutz. Haste einmal mit einem Spaten gegraben? Das ist echt gefährlich! Da musste gut aufpassen! Man kann ganz schnell mit dem Fuß vom Spaten abrutschen. Mit viel Pech steckt das Teil dann in deiner Wade drinne. Dann geht nichts mehr. Ich kannte mich gut aus mit beackern.

Nachmittags ging ich gleich in den Stall, wo die Schweine früher drinne wohnten. Vatta stellte das ganze Werkzeug für den Garten dort hinein. Die beiden Spaten standen auch gleich ganz vorne. Ich brauchte nicht lange suchen. Nun band ich sie gleich an meinem Fahrrad fest. Der Mario würde sich riesig freuen.

Als ich starten wollte bemerkte ich, dass die Spaten zu breit sind. Ich kam nicht durch die Tür. An dieses Problem dachte ich gar nicht. Vatta kaufte diese Spaten einmal in der ganz großen Stadt. Aber mit dem Auto. Da hatte er echt Glück gehabt, dass er nicht mit dem Bus dort war. Der hätte nicht durch die Bustür gepasst. Vatta hätte den ganzen Weg nach Hause laufen müssen.

Sarah-Herta kam in diesem Augenblick zur Tür herein. Sie sah mich und meinte, ich sollte die Spaten längsseits am Fahrrad befestigen. Dann wäre das Ganze nicht so breit und die Tür passte dann auch wieder. Die machte mal wieder auf ganz schlau. Naja, Recht hatte sie aber. Danach ging es viel besser.

Meine Leute von der Germania Dereberg wunderten sich, was ich nun wieder vor hatte. Sie kannten mich schon ganz gut und wussten, dass ich immer nette Ideen hatte.

Ich war gerade dabei dem Mario zu erklären, wie man mit Spaten beackert, als der Trainer mich zu sich rief. Der erklärte mir dann, das mit dem Beackern wäre symbolisch gemeint. Man würde es nur so sagen. Das war mir wirklich neu, aber der Trainer war ganz schlau. Er sagte, wenn man an der Seite die ganze Zeit hoch und runter läuft und kämpft wie Sau, dann nennt man es auch „beackern". Man kämpft so dolle, dass der Rasen danach wie umgegraben aussieht.

Nun hatte ich mal wieder etwas gelernt. Mir war das alles neu. Egal. Die Spaten stellte ich zurück in den

Stall, falls Vatta noch schnell mal den Garten beackern wollte.

Pokalspiel

Alder, unser Pokalspiel und gleichzeitig das Dorffest stand kurz bevor. Die heiße Phase der Vorbereitungen begann. Ich ging noch einmal die Checkliste durch. Der Hans-Rudolf half mir ganz toll mit Dingen, die ich nicht lesen konnte. Wir kannten uns schon so gut, dass es sehr gut lief und wir gut voran kamen.

Ich brauchte danach nur noch alles mit dem Trainer abstimmen. Der musste das wissen, da er auch viel organisierte. Allerdings hatte er zusätzlich sehr viel mit dem Spiel zu tun. Da musste Taktik gemacht werden und die Aufstellung musste klar sein. Immerhin würden alle Leute von der Germania da sein. So würden wir auch eine gut besetzte Ersatzbank haben. Das war wichtig für Schantall, sie musste nämlich die Sitzkissen vorher abzählen. Das dauerte ja auch etwas.

Fleischer Müllermann aus Heimberg stellte sich wieder mit dem Grill hin und verkaufte Fleisch und auch Würstchen für die Leute, die kein Fleisch mögen. Bäckermeister Hase wollte Brezeln und Zuckerkuchen verkaufen. Auch Brötchen für die Würstchen wollte er mitbringen. Most-Inge machte auch einen Verkaufsstand auf. Natürlich wollte sie Most und Wasser anbieten.

Den Biertrinker-Fans gaben wir diesmal nicht den Auftrag, Bier zu verkaufen. Das klappte mit denen beim letzten Mal nicht so gut. Spätestens in der zweiten Halbzeit wären sie dazu nicht mehr in der Lage. Freibier war in diesem Fall auch nicht die beste Idee. Wenigstens würden sie auf diese Weise den Bierumsatz erheblich in die Höhe treiben. Den Bierverkauf übernahmen unsere Spielerfrauen, auch wenn es einigen unserer Männer nicht gefiel, da sie sich zu sehr kontrolliert fühlten. Da mussten meine Leute jetzt aber durch. Es diente einem höheren Zweck.

Für den Notfall stellte ich noch zwei Kisten Bier in die Dusche unserer Kabine. Kaum zu glauben, dass die Frauen dort hineinschauten.

Oma Herta würde sich wieder ins Kartenhäuschen setzen und Eintrittskarten kaputt reißen. So, wie sie es früher immer machte. Da kannte sie sich gut aus. Zum Glück brauchten wir das Häuschen nicht mehr entrümpeln. Alles war noch so, wie zu unserem letzten Pokalspiel. Nur ein bisschen Staub mussten wir noch wischen.

Schantall hatte sich von dem Schweini-Schock wieder etwas beruhigt und organisierte neue Sitzkissen für die zarten Hintern unserer VIPs. Sie pflückte auch Blümchen auf irgendeiner Wiese im Stadtpark. Es sollte alles schön sein!

Der Kindergarten „Gänseblümchen" übte schon immer fleißig unsere Vereinshymne und wollte die neuen Trommeln und Pauken mitbringen, die Farben-Paule spendiert hatte. Die Kinder würden so richtig Krawall machen. Unser Gegner wäre garantiert sehr beeindruckt. Vom Kopf her wären wir klar im Vorteil gewesen. Stimmung ist immer wichtig. Das kannte ich aus Madeberg sehr gut.

Sogar das Feierabendheim „Lebensabend" wollte mit einer Delegation zu uns kommen. Aber nur zum Essen. Der Dorfpräsident fuhr mit einem LKW durch das Dorf und sammelte Gartenstühle ein. So könnte jeder einen Sitzplatz bekommen. Die bequemsten Stühle würden natürlich unsere Experten bekommen. Diese Hooligans mit den Stöcken, die schon seit 50 Jahren zu den Spielen kommen. Eine gute Idee war das. Warum war ich noch nicht darauf gekommen? Einfach das Volk beteiligen. Stühle beschlagnahmen und hinterher können sich die Leute den Kram selbst abholen. Man lernt nie aus!

Platzwart Holger malte die Linien mit viel Liebe neu an und wollte sich zum Spiel sogar einen sauberen Arbeitsanzug anziehen.

Zu Friseurmeister Fritz Burmeister gingen wir Spieler auch noch einmal gemeinsam. Er machte es uns sogar zum halben Preis. Einmal mit der Maschine bei neun Millimeter drüber gerutscht und fertig! So sah das Ergebnis zwar auch aus, aber wir sahen wie eine Einheit aus. Haare wachsen wieder, auch wenn mein Traum von langen Haaren wieder um Einiges zurückgeworfen wurde. Ich wollte versuchen, doch bei den Langhaarigen zu spielen. Das wird vielleicht noch. Später.

Sogar die Lena wollte kommen. Sie rief mich an und ich freute mich ganz dolle. Ich erklärte sie sofort zu meinem Stellvertreter, wenn ich meine Mannschaft auf den Platz führte. Das würde sie bestimmt schaffen.

Fabian hatte die ganze Technik voll im Griff. Ich freute mich sehr auf die Videoanalyse nach dem Spiel im Vereinsheim. Unsere Experten sollten dann am runden Tisch sitzen. Dafür stellten wir Sessel hin. Stehen wollten wir ihnen nicht zumuten und nachdem sie beim Spiel unbequem saßen, sollten sie es nun bequem haben.

Die Experten bekamen noch einen Zettel mit wichtigen Mitteilungen mit nach Hause. Erstens als Entschuldigungsschreiben für Frauen und Angehörige. Es sollte sich niemand Sorgen machen, wenn es später wurde. Als Zweites einen Merkzettel, dass sie Hörgeräte und andere Ersatzteile oder Hilfsmittel mitbringen sollten. Natürlich durften sie auch alle Pillen einschließlich Einnahmeplan nicht vergessen.

Der Kindergarten schmückte sogar noch den Sportplatz mit Wimpelketten, die sie in den letzten vierzig Jahren gebastelt hatten.

Kevin-Melvins Vater brachte diesmal sogar ganz freiwillig seinen ganz großen Fernseher vorbei. Ich fragte ihn nämlich, nachdem wir bei Oma Herta Kasseler gegessen hatten. Da konnte er einfach nicht „Nein" sagen.

Sogar eine Blaskapelle aus Langenberge kam. Die sollte zusammen mit dem Dorfpräsidenten einmarschieren. Mit Pauken und Trompeten sozusagen.

Unglaublich, was wir alles geschafft hatten. Es war gut vorbereitet, jeder wusste, was zu tun war. Nun brauchte es nur noch los zu gehen. Ich war so aufgeregt. An Schlafen war nicht zu denken. Morgen würde das Spiel und das Fest beginnen. Wahnsinn!

Wenn man alles gut organisiert hatte, alles passte, dann wurde auch das Wetter gut. Es war ein wunderschöner Tag. Die Sonne schien. Nun waren nur noch wir an der Reihe, den Tag zu unserem ganz perfekten Tag zu machen.

Der Dorfpräsident strahlte über das ganze Gesicht. Seit zwei Wochen ging er ins Sonnenstudio und war nochmal schnell zur Kosmetik gegangen. Jung und dynamisch wollte er für sein Volk aussehen. Bald war die Wahl des neuen Bürgerchefs und er wollte nicht den Eindruck erwecken, er wäre alt und würde bald aus den Latschen kippen. Der Dorfchef strahlte nicht nur, sondern er schien sogar zu leuchten. Feuchtigkeitscreme wahrscheinlich. Das machte Mutta auch immer ins Gesicht.

Wir hatten es aber abgelehnt, ihn auf einer Sänfte hereinzutragen. Immerhin mussten wir noch Fußball spielen. Da sollten wir schon unsere Kräfte einteilen. Klar oder?

Wir waren wie im Rausch. Alle Spieler von der Germania flogen förmlich über den Platz. Es lief wie verrückt. Sogar die Doppelpässe kamen an. Uwe machte Tunnel ohne Ende und erlöste uns mit dem ersten Tor. Der Uwe kam aus dem Jubeln gar nicht mehr raus. Die halbe Mannschaft rammelte er um. Aber das war heute egal.

Es war so herrlich, das Spiel ging wie im Flug vorüber. Wir konnten unser Glück nach dem Abpfiff gar nicht fassen. Es war wie im Traum! Wir gewannen 3:0.

Damit konnten wir niemals vorher rechnen. Umso schöner war es jetzt.

Der Dorfchef ließ sich feiern, als wenn er selbst auf dem Platz gestanden hätte. Weil ihm warm war, sah er etwas komisch aus jetzt. Man sah, dass Farbe in seinem Gesicht verlief. Er wirkte ein wenig gespenstisch. Aber das war wirklich Allen egal.

Die Leute aßen, tranken und lachten. Sogar die Blaskapelle gab einige Zugaben. Es war einfach krass geil!

Die Videoanalyse lief ebenfalls super. Fabian hatte tolle Arbeit geleistet. Die Experten bekamen den dritten Frühling und hatten nur Lob für uns über. Wahrscheinlich das allererste Mal überhaupt in den letzten fünfzig Jahren.

In meiner übergroßen Freude sah ich zu der Lena herüber. Die sah ja richtig gut aus! Nanu! So hatte ich sie noch nie gesehen. Mit anderen Augen irgendwie. Oder es war der Rausch, der mich benebelte. Schon komisch!

Unsere Pokalfeier endete morgens, als es bereits hell wurde. Meine Leute von der Germania Dereberg waren alle bis zum Schluss da geblieben. Die Ollen waren schon viel eher nach Hause gegangen und tatsächlich meckerten sie am nächsten Tag nicht auf der Couch rum.

Wir als Verein hatten so viele Euromarks eingenommen, dass wir davon wirklich einen neuen Rasenmähertrecker kaufen konnten. Der Holger war vielleicht der Glücklichste an dem Tag. Was für ein Fest!

Vater

Altar, immer noch berauscht von unserem großartigen Erfolg fuhr ich wieder in die ganz große Stadt. Ich hatte Lust, mich wieder um meine eigenen Geschäfte zu kümmern. Ich benötigte Euromarks!

Mich überkam die Sparwut. Ich wollte es mir eigentlich nicht eingestehen, aber irgend etwas war passiert mit mir, als ich Lena bei unserem Fest sah. Nun wollte ich mit ihr unbedingt wieder ins Stadion nach Madeberg fahren. Dass mich mein Kollege nochmal mitnehmen würde, konnte ich im Moment nicht erwarten. Der war echt komisch zu mir. Keine Ahnung, was der plötzlich hatte!

Mit Lena ins Stadion zu fahren, war aber auch ganz toll, aber anders. Ich sollte ordentlich aussehen, durfte kein Feuerwerk mitnehmen und auch sonst sollte ich mich fanuntypisch benehmen. Alles was ich gewohnt war, durfte ich bei ihr nicht. Aber die Umarmung und der Kuss auf die Backe hatten auch was!

Ich ging durch den Park in der ganz großen Stadt, um meine Reviere zu kontrollieren. Dabei sammelte ich fleißig leere Flaschen. Plötzlich sah ich diesen Typen mit den roten Haaren wieder. Dahinten ging er ganz langsam vor sich hin.

Ich musste unbedingt zu ihm. Da waren noch ein paar Fragen. Aber vorher schaute ich genau, ob seine Olle in der Nähe war. Man muss vorsichtiger sein. Das hatte ich gelernt. Weit und breit war niemand zu sehen.

Das passte. Hoffentlich musste er nicht wieder ganz schnell weg.

Als ich auf ihn zu ging, konnte ich sehen, dass seine Augen blutunterlaufen waren. Er hatte Pflaster im Gesicht und um den Kopf war eine Binde gebunden. Noch nicht einmal weglaufen hätte er können. Der Typ humpelte und stützte sich dabei auf einen Stock. Seine Olle hatte ganze Arbeit geleistet, wie es aussah.

Als der Rothaarige mich sah, schwankte er scheinbar zwischen zwei Möglichkeiten. Erstens schnell abhauen oder zweitens mich zu verhauen. Ich blieb auf Sicherheitsabstand und fragte ihn, ob er Fußball spielen könnte. Der Typ meinte, er hätte es versucht, aber er sei nicht über die 2. Kreisklasse hinausgekommen. Zu mehr hatte es leider nicht gereicht. Naja, Talent hatte er also nicht.

Dann erklärte er aber, er wohne erst ein paar Jahre hier in der Stadt und ihm wäre vor zwanzig Jahren nicht das Gehirn ausgegangen. Zumindest nicht hier in der Nähe. Seine Olle würde ihm das aber nicht glauben. Selbst mit der Logik, dass es unmöglich war, an zwei Orten gleichzeitig zu sein, glaubte sie ihm nicht. Logik interessierte seine Olle nicht. Jetzt machte sie ihm jeden Tag die Hölle heiß. Hoffentlich würde es sich bald wieder einrenken.

Schon immer waren sie zusammen unterwegs, sie würde ihn nie aus den Augen lassen und trotzdem das jetzt! Eifersucht nennt man das. Ich fand, das war schon ganz schön verrückt, sich so zu benehmen. Und gibt es das, dass Frauen Männer schlagen? Geht man eigentlich in den Besitz des Anderen über, wenn man zusammen ist? Ich dachte, man macht das freiwillig. Egal, das muss ich noch lernen.

Mein Vater war er also wirklich nicht. Also müsste ich weiter suchen. Als Trost bot ich ihm an, doch einmal bei unserer Germania vorbeizuschauen. Wir spielen auch in der 2. Kreisklasse. Eine gute Möglichkeit, sich einmal vor seiner Ollen aus dem Staub zu machen. Das machen die anderen Spieler bei uns genauso.

Wir verabschiedeten uns. Der rothaarige Typ humpelte langsam weiter. Ich sammelte weiter fleißig leere Flaschen. Ein bisschen nachdenklich, aber dann konzentrierte ich mich weiter auf meine großen Pläne. So kam auch mein Lächeln zurück.

Für Blau-Weiß Madeberg war die Saison nun auch fast zu Ende. Ich wollte unbedingt noch einmal dort hin. Die Stimmung in dem Stadion war immer so toll. Das weißte natürlich schon lange. Gern wollte ich das Alles nochmal aufsaugen. Sogar ein Aufstieg war immer noch drinne.

Vatta ärgerte sich aber oft, da die Madeberger ihre Chancen nicht gut nutzten. Seit Vatta wusste, dass ich mich öfter dort im Stadion rumtrieb, verfolgte er die Spiele genauer. Er überraschte mich sogar mit einem neuen Trikot von Blau-Weiß. Sogar in meiner Größe. Er selbst kaufte sich auch so ein Teil. Ich war richtig stolz!

In meinem Konto unter dem Bett lagen nun ganz viele Euromarks. Die sollten reichen, dachte ich mir. Sarah-Herta zählte das Geld nach und meinte, es wären sogar noch Würstchen und Cola drinne. Prima!

Ich rief sofort die Lena an, ob sie mich ins Stadion begleiten würde. Sie sagte sofort: "Ja!" Ich hatte meine Frage noch nicht einmal fertig ausgesprochen. Wahnsinn! Ich freute mich schon riesig. Fast schon ein wenig zu sehr. Achtung!

Abends ging es mir noch einmal durch den Kopf. Ich müsste dringend vorher nochmal zu Onkel Herbert gehen. Der sollte mich vorsichtshalber etwas bremsen und ein wenig auf den Boden zurück holen. Ein paar Sorgen machte ich mir schon. Vielleicht wurde ich zu unvorsichtig. Noch wusste ich nicht alles und kannte die ganzen Zusammenhänge nicht, was diese anderen Menschen betraf.

Das Spiel in Madeberg war dann wirklich sehr schön. Mit dem Aufstieg wurde es leider nichts, aber Vatta meinte, es käme vielleicht noch etwas zu früh.

Tore fielen auch wieder und ich bekam wieder meine Küsse auf die Backe. Spaß machte das schon. Leichtsinnig wurde ich aber nicht. Onkel Herbert brachte mich rechtzeitig wieder in die Spur. Wieder zu Hause angekommen, desinfizierte ich alle Keime weg. Damit hatte ich gute Erfahrungen gemacht. Das klappte gut.

Es war ein schöner Tag! Ich befand mich auf der Sonnenseite.

Bollerwagen

Oma Hertas Füßen und Hüfte ging es zum Glück wieder besser. Ein paar Mal erledigte ich noch Einkäufe für sie. Ich konnte sie davon überzeugen, mir Einkaufszettel zu malen. Auf diese Weise ging der Einkauf wesentlich schneller und er war auch nicht so nervenaufreibend. Ich ging auch erst am späten Nachmittag in den Dorfladen, bevor ich zum Training fuhr. Dann sind viel weniger Leute im Laden.

Schwere Sachen bestellte sie vorher im Dorfladen, die ich dann nur abholen brauchte. Das machte ich mit dem Fahrrad. Da hätte ich eigentlich schon viel eher drauf kommen können.

Im Stall bei unserem Haus fand ich einen alten Bollerwagen drinne. Kennste Bollerwagen? Das ist eine Kiste mit Rädern dran. Und vorne ist eine Stange, mit der man das ganze Teil ziehen kann. Da kam mir eine tolle Idee. Das wäre auch eine gute Geschäftsidee.

Ich baute mir den Wagen so um, dass ich ihn hinter mein Fahrrad hängen konnte. Sehr praktisch! In die Kiste kann man viele Dinge rein tun. Das Ding könnte ich vielleicht in Serien produzieren und würde es Fahrradanhänger nennen. Dass noch niemand auf diese Idee gekommen war? Komisch!

Der Bollerwagen gehört Vatta. Den kaufte er einmal vor vielen Jahren, als Herrentag war. Kannste auch Vattatag oder Himmelfahrt dazu sagen. So, wie du es magst. Damals zog Vatta mit seinen Kumpels noch richtig los. Wandern! Dazu zogen sich die Männer alberne Klamotten an und setzten sich komische Hüte auf.

In den Bollerwagen kam alles rein, was man zum Wandern dringend brauchte. Das war sehr praktisch, denn so mussten sie das ganze Zeugs nicht auf Rucksäcken durch die Gegend tragen. Das Zeugs bestand allerdings nur aus Bier. Mehr brauchten sie nicht.

Vorher legten die Männer die Wanderroute fest. Dann befestigten sie einen Zettel am Wagen. Darauf schrieben sie aus welchem Dorf sie kamen. Sollte sie jemand im Laufe des Tages irgendwo hilflos finden, könnte er lesen, aus welchem Dorf die Wanderer kamen. Falls Männer nicht mehr reden konnten. Dann könnten Helfer Vatter und Kumpels nach Hause retten.

Wenn sie sich morgens trafen, machten sich Vatta und seine Kumpels erst mal eine Flasche Bier auf. „Prost!", sagten sie und schon ging es los. Herrlich, allein unter Männern den Tag zu verbringen! „Das waren noch Zeiten!", schwärmte Vatta.

Später änderte sich nämlich alles. Plötzlich wollten die Frauen auch mitlaufen. Mit einer Drohung schafften sie es, ihre Ziele umzusetzen. Dann kamen sogar die Kinder noch mit. Statt Bier saßen nun Kinder in dem Bollerwagen. Benehmen mussten sich Vatta und seine Kumpels auch noch. Es war einfach nicht mehr dasselbe. Weichgespült fühlten sich die Männer.

Zum Glück hatten die Männer dann eine Idee. Sie täuschten gesundheitliche Probleme vor. Füße und Knie taten ihnen weh. So konnten sie leider nicht mehr mitwandern. Der Bollerwagen kam in den Stall und die Frauen wanderten von da an alleine.

Kaum waren die Ollen unterwegs, trafen sich die Männer heimlich bei Vatta im Keller. „Es ist so traurig!", weinte Vatta. Wir müssen uns sogar an unserem Tag vor den Frauen verstecken. Es war der letzte Tag im Jahr, der nur uns gehörte. Nun sind wir ihn los geworden und können nur noch im Untergrund diesen wichtigen Tag begehen. Jetzt weinte Vatta richtig.

Nachdem ich den Bollerwagen aus dem Stall holte, erfüllte er wieder seine Bestimmung. Einkäufe hinein tun und ohne Probleme etwas schweres transportieren. Auch Tante Hannelore und Tante Waltraut waren begeistert. Deren Einkauf fuhr ich nun auch immer öfter zu ihnen nach Hause. Das brachte mir bei der Gelegenheit ein paar Euromarks ein.

Bei einer dieser Transporte für Tante Hannelore erzählte sie mir, der Fritz hätte Opa Walter getroffen. Mein Opa erzählte ihm, er hätte sich sehr gefreut, mich gesehen zu haben. Auch meine tollen Ideen begeisterten ihn. Ich würde ihn sehr an sich selbst erinnern, als er noch jung war. Es sei schön zu wissen, einen Enkel zu haben. Ja, Enkel, das war ich! Vielleicht träfe man sich irgendwann wieder.

Ich freute mich sehr über diese Nachricht. Ganz sicher würde ich mich wieder zu ihm auf den Weg machen. Nun kannte ich mich viel besser aus. Der Bollerwagen wurde nun mein Begleiter. Der war wirklich sehr praktisch. Musste dir auch zulegen!

Bürgermeisterwahl

Alter, in Dereberg war so richtig was los! Alle Leute im Dorf waren von unserem Fest noch schwer beeindruckt. Sie schwebten auf der Wolke der Freude und Herzlichkeit. Das waren die erhofften guten Karten für die Wahl des Bürgerchefs. Der Präsident war sehr stolz auf seine Germania. Und dankbar war er schon jetzt. Er hatte ein gutes Gefühl.

Sollten wir mit der Germania Dereberg einen Pokal gewinnen, würde er sogar einen Umzug mit Blaskapelle durch das Dorf hin zur Rathaustreppe organisieren. Sogar einen Balkon, würde er am Rathaus anbauen lassen. Natürlich nur, wenn er wieder Chef sein würde. Bei seinen Worten wurde mir klar, es war Wahl. Er kämpfte Wahlkampf.

Alle Leute aus dem Dorf sollten losgehen und heimlich einen Zettel in eine Urne schmeißen. Ich durfte allerdings nicht wählen, da ich in Heimberg wohnte. Das durften nämlich nur die Leute, die in Dereberg ihre Wohnung hatten. Sogar Frauen und alte Menschen durften wählen. Da staunste!

Die Wahl an dem Sonntag war aber nicht sehr spannend. Es blieb nämlich nur noch der alte Präsident über. So war er der einzige Kandidat. Wenn man keine Wahl zwischen zwei Leuten hat, ist das dann noch eine Wahl? Vatta sagte, früher ging man nur so zur Wahl. Das Ergebnis stand schon vorher fest. Man ging da nur hin, um gesehen zu werden. „Ganz früher auch", sagte Oma Herta gleich.

Der zweite Kandidat kam eigentlich von außerhalb. Ein Zugezogener, ein Fremdling. Er zog nur nach Dereberg, weil er Bürgermeister werden wollte. Nicht, weil er eigentlich dort leben wollte. Das behaupteten jedenfalls die Dereberger. Dieser Fremde hatte ganz komische Ideen. Das war den Leuten vom Dorf nicht ganz geheuer.

In einem Dorf, das froh war, überhaupt fließend Wasser und einen Stromanschluss zu haben, kamen andere Ideen nicht gut an. Nicht mal zugehört hatten sie ihm richtig. Mit einem Besen mobbten sie ihn sozusagen raus aus ihrem Dorf. In einem Dorf ist man stolz auf sich selbst und die Vergangenheit. Auch wenn nur die guten Dinge in den Köpfen geblieben sind. Identität nennt man das, sagte Hans-Rudolf.

Der alte Chef wurde nun gleichzeitig der neue Chef. Es gab ein großes Feuerwerk und danach zog er feierlich zum Rathaus. Das machte auch Sinn, denn er wohnte dort. Eigentlich war es den Leuten egal, ob er ein guter Bürgermeister war. Sie liebten es, wenn alles beim Alten blieb und in einem Jahr wieder ein tolles Fest stattfinden würde.

Das würden wir von der Germania sicher wieder hin bekommen. Es sei denn, der Uli von den Bayern würde mich nach München holen. Aber vielleicht würde er mir für das Fest Urlaub geben.

Du wunderst dich bestimmt, dass ich nicht genau so aktiv für mein Dorf Heimberg bin. Die Dereberger wissen eben, was sie an mir haben. Aber später einmal komme ich zurück. Berühmt und mit vielen Euromarks. Dann werde ich Dorfpräsident in Heimberg. Dann sitze ich im Rathaus auf einem Thron und dirigiere. Diäten mache ich dann aber nicht.

Feierabend

Saisonende

Aldar, eine aufregende Saison ging so langsam zu Ende. Nicht nur im Fußball, sondern auch meine Saison war aufregend. Was so alles passiert war und was ich so lernte, war schon toll. Fußball blieb auch in diesem Jahr ganz normaler Fußball. Mit all seinen Überraschungen. Vieles passierte nicht überraschend. Wenn man nicht gewinnt, dann verliert man und steigt ab. Nicht gewünscht, aber keine Überraschung. Wer immer gewinnt, ist am Ende oben. So einfach ist das!

Bayern München wurde wieder Meister. Sie schafften es, die beiden schlimmen Niederlagen in der Pilz-Liga und im Pokal wegzustecken. Als feststand, dass sie wieder Meister waren, war richtig was los. Ich hatte das im Fernseher drinne gesehen. Einen Spieltag vor Schluss stand die Meisterschaft fest. Teddy und ich jubelten.

Vor Freude machte ich einen Autokorso durch das Dorf. Leider nur allein und mit Fahrrad. Das war mir aber egal. Ich musste mit meiner Freude einfach raus!

Weißte was aber blöd ist? Der Meisterpokal ist gar kein richtiger Pokal. Das ist eine Scheibe. Sieht aus wie ein UFO. Das sah ich mal im Fernseher drinne. Da kannste keinen Sekt rein kippen. Der hält dort nicht fest. Diese Scheibe ist zu flach.

Den Bayern war das aber scheinbar egal. Die kippen sich sowieso weißes Bier über den Kopf. Der italienische Trainer hatte aber Angst vor dem Bier. Statt seines schicken Anzugs zog er sich einen Trainingsanzug an. Seinen Anzug wollte er sich wahrscheinlich nicht einsauen lassen. So ein schicker Anzug ist natürlich sehr teuer. Den kann sich nicht jeder leisten. Verstehste?

Sarah-Herta freute sich am Ende ebenfalls. Ihre Dortmunder gewannen das Pokalfinale in Berlin. Sie gewannen ein spannendes Spiel verdient gegen Frankfurt. Dafür bekamen sie aber einen richtigen Pokal. So mit oben offen.

Meine Schwester jubelte wie verrückt mit ihren Freundinnen. Die sahen alle aus wie Insekten. Kennste?

Diese Insekten, die Honig sammeln und dann in Gläser machen. Ihr Marco verletzte sich leider in dem Spiel, aber er bekam endlich seinen ersten Pokal geschenkt.

Ich verstand es sehr, dass er sich so dolle freute. Da biste bei Jogi in der Nationalmannschaft, alle aus der Mannschaft haben irgendwelche Pokale, freuen sich, aber du bist der Einzige, der noch nie einen großen Pott gewonnen hatte. Das konnte ich sehr gut nachfühlen. Es ist wie mit meinen Toren, die ich einfach nicht schieße.

Der Bundes-Jogi hatte mal wieder viel zu wenig Zeit. Er rief nicht an. Die Nationalmannschaft von Deutschland machte noch den Konfetti-Cup mit. Danach haben auch diese Spieler Ferien. Dieser Cup sollte in Russland sein und wäre eine Probe für die Weltmeisterschaft im nächsten Jahr. Sicher wird der Jogi mich dann holen. Zur Weltmeisterschaft braucht er dann alle guten Leute.

Weißte, ich habe zwei linke Füße. Deshalb treffe ich das Tor nicht. Der Schuhverkäufer in der ganz großen Stadt meinte, solche Schuhe gäbe es nur in Russland. Da gibt es viele verrückte Sachen. Auch deshalb musste ich dort hin. Mit neuen Schuhen würde es auch endlich mit den Toren klappen.

Sollte jemand Weltmeisterschaften ausrichten müssen und hat keine Ahnung von solchen Sachen, kann er sich bei mir melden. Nach unserem tollen Dorffest, wäre eine Weltmeisterschaft kein Problem mehr. Mache ich Dir! Musste dich nur melden.

Feierabend

Alter, geht's dir auch manchmal so? Nach einer aufregenden Zeit braucht man eine Pause. Urlaub! Das Gehirn hat dann Zeit, ganz viel Müll rauszuschmeißen und Platz für neuen Müll zu machen. Es ist dann auch die Zeit, in der man sich zurücklehnen kann. Man kann alles sortieren und neue Pläne schmieden.

Was hatte ich im letzten Jahr erreicht, was vielleicht noch nicht? Welche Dinge möchte ich erreichen oder neu zum Alten dazulernen?

Der Hans-Rudolf ist nebenbei zum Abitur gegangen und ist nun auch fertig mit seinen Kräften. Er meinte, er wäre im letzten Jahr um einige Jahre gealtert. Weil er sich sehr viel mit mir beschäftigt hatte. Überlege mal selbst! Das geht doch gar nicht. Naja, manchmal erzählt er auch komische Sachen. Hans-Rudolf meinte wahrscheinlich, er wäre gereift. Das ja!

Bald geht er in eine neue Schule. Das Lernen dauert bei ihm etwas. Bisschen langsam ist er manchmal schon. So ganz ausgelernt ist er noch nicht. Hans-Rudolf meinte, vielleicht macht er eine Ausbildung zum Kopfgucker. Er kennt sich schon gut aus, weil er mich kennengelernt hatte und schlimmer konnte es nicht werden.

Sarah-Herta hat es leider auch nicht geschafft. Sie muss ans Gymnasium gehen. Ansonsten ist sie ja kein schlechter Kerl. Wahrscheinlich macht sie trotzdem ihren Weg. Ich werde aber trotzdem ein Auge auf sie werfen.

Du, bei Farben-Paule geht es auch immer weiter. Im zweiten Lehrjahr werde ich vielleicht sogar Ecken malern dürfen. Fabian ist dann auch noch dort und ganz sicher hilft er mir ein wenig. Nach Köln geht er noch nicht. Erst macht er die Ausbildung fertig. Klug, das hat er von mir gelernt!

Einen guten Stand habe ich bei Farben-Paule inzwischen erreicht. Der Meister lässt mich ganz oft nach Dereberg fahren, um dort zu organisieren. Er meinte, ich könnte dann nicht viel Schaden anrichten und der Malerladen könnte weiterhin existieren. Es wäre viel billiger, wenn ich nicht da wäre. Aber verzichten konnten sie nicht auf mich.

Das lag irgendwie am Dorfpräsidenten von Dereberg. Der und der Maler-Chef sind befreundet und waschen sich gegenseitig die Hände. Ich bin unabkömmlich, denn das nächste Fest würde in Dereberg auch wieder kommen.

Das Rathaus sollte gemalert werden. Mit Balkon. Da lächelte der Chef von Farben-Paule wieder.

Ja, die Lena! Das ist echt alles sehr komisch geworden. Noch weiß ich nicht, was in meinem Kopf drinne so alles passiert. Vieles kann ich mir noch nicht erklären, aber ich komme der Sache immer näher. Zum Glück habe ich Onkel Herbert, der gut aufpasst. Mal sehen, was sich da noch entwickelt. Aber auch dort lerne ich.

Mit meinen Leuten von der Germania Dereberg hatte ich viel Spaß. Wir erlebten tolle Sachen. Als Kapitän passe ich auf meine Leute immer gut auf. Das muss ich! Aufgestiegen sind wir leider nicht, aber im Pokal sind wir noch fett dabei. Nur noch ein paar Siege, dann fahren wir nach Berlin. Pokalfinale! Kommste dann gucken?

Weißte, der Transfermarkt hat auch wieder aufgemacht. Noch konnte ich diesen Markt nirgends finden. Mannschaften kauften und verkauften jetzt schon Spieler. Die machen ihr Geschäft.

Mein Schmartfon habe ich nun immer dabei. Sollte mich der Uli von den Bayern anrufen, müsste er aber „Bitte, bitte" sagen. Nachdem er sich so lange nicht gemeldet hatte, kann man schon eine kleine Entschuldigung erwarten. Aber dann starte ich durch!

Schön, dass du so lange durchgehalten und aufgepasst hast! Sicher konnteste ganz viele nützliche Dinge fürs Leben lernen.

Ich schwinge mich gleich auf Opa Walters Fahrrad und ziehe los! Eine Runde durch Dereberg werde ich drehen und mich bejubeln lassen. Dann sammele ich leere Flaschen und schaue nebenbei, ob ich meinen Vater vielleicht irgendwo entdecke.

Ich mache jetzt Feierabend. Auch wenn ich nicht feiere und auch noch nicht Abend ist. Es ist aber eines der schönsten Wörter, die es gibt im Deutsch!

Vielleicht treffen wir uns wieder!

Dein Kevin-Hendrick

Vielen Dank an meine Fußballfreunde, die mir immer wieder Inspirationen geben.

fm

Zeitfracht Medien GmbH
Ferdinand-Jühlke-Straße 7
99095 Erfurt, Deutschland
produktsicherheit@kolibri360.de